MAX BENTOW

DAS PORZELLANMÄDCHEN

GOLDMANN
Lesen erleben

MAX BENTOW

DAS PORZELLANMÄDCHEN

PSYCHOTHRILLER

GOLDMANN

Originalausgabe

1. Auflage

Dieses Werk wurde vermittelt
durch die Literarische Agentur Michael Gaeb
Umschlaggestaltung: Uno Werbeagentur, München
Umschlagmotiv: Trevillion Images/Elena Bovo
FinePic®, München
CN · Herstellung: kw
Satz: Uhl + Massopust, Aalen
Druck und Bindung: CPI Moravia Books s.r.o.
Printed in the Czech Republic
ISBN 978-3-442-20511-0
www.goldmann-verlag.de

Für Christina

Und wenn du lange in einen Abgrund blickst, blickt der Abgrund auch in dich hinein.

Friedrich Nietzsche

Wir erfinden Horror, damit wir im wahren Leben besser klarkommen.

Stephen King

ERSTER TEIL

Juni 2003

EINS

Sie war sechzehn. Von den Jungs in ihrer Schule, die sie nicht beim Namen kannten, wurde sie das Mädchen mit der Porzellanhaut genannt. Ihr Haar war tiefdunkel, ihre Taille schmal, und den Blick aus ihren kristallblauen Augen fanden manche aus ihrer Klasse zu rätselhaft, auf andere hingegen übte er einen gewissen Reiz aus.

Es war im Sommer 2003, als sie aus einer spontanen Laune heraus nach der Schule nicht gleich nach Hause fuhr, sondern am Bahnhof Gesundbrunnen die U-Bahn verließ und in die S-Bahn Richtung Bernau umstieg.

Vor Kurzem hatte sie eine Gegend im Umland Berlins entdeckt, die in ihren Augen von beinahe magischer Schönheit war. Idyllisch, still, fernab vom Trubel der Großstadt, der perfekte Ort zum Nachdenken und Alleinsein.

Allein zu sein war ihr besonders wichtig. Weit weg von den anderen. Sie war eben nicht wie die meisten Jugendlichen in ihrer Schule. Sie galt als eher schweigsam, leicht versponnen und in sich gekehrt.

In Berlin-Karow stieg sie in die Regionalbahn. Nach einer etwa zwanzigminütigen Fahrt vorbei an Maisfeldern, Ginsterbüschen und Birkenhainen erreichte sie den Bahnhof Wandlitzsee.

Sie stieg aus, passierte die schmale Ortsstraße. Kaum hatte

sie einen asphaltierten Weg hinter sich gelassen, bog sie in den Wald ein.

Kühle umfing sie, schützendes Grün. Hohe Kiefern, dichte Tannen. Sie zog ihre Schuhe aus und ging barfuß weiter. Eine Mönchsgrasmücke sang ihr Lied. Unwillkürlich musste sie lächeln. Sie war so glücklich an diesem Ort. Schon bald blitzte der Liepnitzsee zwischen dem Laub der Bäume auf.

Am Ufer angekommen raffte sie ihr Kleid und tauchte die nackten Füße ins Wasser. Der See war klar, tief, smaragdgrün. Ihre Brust weitete sich, und sie schloss für einen Moment die Augen.

Sie trat aus dem Wasser heraus, bedauerte kurz, dass sie keine Badesachen dabeihatte, streifte die nackten Sohlen an einem von der Sonne gewärmten Stein ab, schlüpfte wieder in ihre Schuhe und ging weiter. Sie schlug den Weg in östlicher Richtung ein und beschloss, den See einmal zu umrunden.

Das Unbehagen begann, als ihr eine merkwürdige Verfärbung des Himmels auffiel. Anfangs hielt sie es für das Abendrot. Was sie irritierte, denn so spät war es doch noch gar nicht. Dann frischte der Wind auf, und sie fröstelte. Sie hatte den Hügel erreicht, von dem aus sich ein prächtiger Blick hinab auf den See bot. Normalerweise wäre sie stehen geblieben, um die Aussicht zu genießen, doch es überkam sie eine diffuse Unruhe, sodass sie ihre Schritte beschleunigte. Als ein Windstoß in die Tannen am Wegesrand fuhr, rauschte es aus der Tiefe des Waldes, und es klang wie ein Raunen an ihren Ohren.

Plötzlich hatte sie das Gefühl, dass jemand dicht hinter ihr wäre, und sie wandte sich erschrocken um.

Der Weg war leer bis auf die Tannennadeln am Boden,

die von den Windböen im Kreis herumgetrieben wurden. Sie schlang die Arme um ihre Schultern, für einen Moment war ihr so kalt, dass ihre Zähne aufeinanderschlugen. Sie überlegte, ob sie vielleicht lieber umkehren sollte, denn ihre Glieder schmerzten mit einem Mal. Es fühlte sich an, als habe sie sich einen Virus eingefangen. Sie ging weiter.

Schließlich hatte sie die Spitze des Sees erreicht. Von früheren Besuchen wusste sie, dass man von hier aus noch ungefähr fünfundvierzig Minuten für den Rest des Rundwegs brauchte. Leider fuhr die Regionalbahn nur einmal in der Stunde, also musste sie sich beeilen.

Sie ging nun so schnell, dass ihr der Schweiß auf die Stirn trat. Sie hatte ihren Schulrucksack dabei, und der kam ihr auf einmal unendlich schwer vor. Ich werde krank, dachte sie. Ich bekomme die Grippe.

Ein Ziehen in den Gliedern. Und dann blieben ihr nur noch wenige Schritte.

Hinterher wusste sie, dass er ihr gefolgt war. Er musste eine Abkürzung durchs Unterholz genommen haben. Wahrscheinlich in dem breiteren Waldstück, wo der Weg in einer Schlaufe für ein paar Hundert Meter vom See wegführte.

Denn plötzlich war er vor ihr.

Er tauchte aus einem Gebüsch auf. Er war sehr viel größer als sie. Er sah aus wie ein riesiges Insekt.

In ihren Augen *war* es ein Insekt. Aber es hatte Gliedmaßen wie ein Mensch und bewegte sich aufrecht. Das Sonderbare aber war der Kopf. Kreisrunde Augen, die wie tot wirkten. Und darunter baumelte dieser Rüssel, schwarz und lang.

Sie blieb abrupt stehen. Das Insekt machte eine Bewegung auf sie zu.

Sie war wie erstarrt. Wenn sich ihr Herz nicht zu einem

kleinen harten Klumpen verkrampft hätte, wäre ihr das Atmen sicher leichter gefallen. Und auch ihr Gehirn hätte schneller reagiert. Wie in Zeitlupe suchte ihr Verstand nach Erklärungen für das, was sich ihr dort auf dem Waldweg näherte.

Sein Gang war schleichend, aber zielstrebig.

Sie versuchte, sich auf die Augen zu konzentrieren, aber sie waren so breit und leer.

Sie vergaß zu schreien. Zu atmen und um Hilfe zu rufen.

Im Bruchteil einer Sekunde kam ihr der Gedanke, dass sich da jemand einen Scherz mit ihr erlauben könnte. Doch schon war das Insekt dichter bei ihr, und sie starrte auf das schlauchartige Ding unter seinen Augen. Es ekelte sie.

Endlich hatte sie die Kontrolle über ihre Bewegungen wieder. Sie wich einen Schritt zurück, doch das Insekt kam näher.

»Was … warum …?«, stammelte sie.

Erst als sie den anthrazitfarbenen Drillich und die farblosen Gummihandschuhe registrierte, begriff sie ansatzweise, womit sie es zu tun hatte.

Aber da war es schon zu spät.

Das Insekt schoss vor, holte aus, und plötzlich verspürte sie einen Stich am Hals, als habe es seinen Stachel in sie versenkt.

Als sie zu Boden sank, erblickte sie einen Tropfen Blut an der Injektionsnadel über ihr.

Das Insekt beugte sich zu ihr herab, und kurz darauf verlor sie das Bewusstsein.

Sie erwachte in einem kleinen fensterlosen Raum. Sie lag auf einem Bett. Noch sah sie alles verschwommen. Nach und nach erkannte sie farbige Lichterketten an der Wand. Einen Flokatiteppich auf dem groben Holzboden. Und die verschlossene Tür.

Sie spürte, dass sie nicht allein war.

Das Insekt war bei ihr. Es hockte neben ihr auf dem Bett und starrte sie an.

Als der Rüssel in ihr Gesichtsfeld geriet, verstand sie endlich. Es war ein Atemschlauch. Sie hatte es mit einem Mann zu tun, der eine Gasmaske trug. Die Augen waren irgendwo hinter diesen großen, dunkel getönten Scheiben verborgen. Und er trug eine Art Kampfanzug aus festem Drillich.

Obwohl sie nun eine rationale Erklärung für sein unheimliches Aussehen hatte, behielt er für sie etwas Tierisches, Kriechendes. In ihrer verängstigten Wahrnehmung blieb er dieses monströs vergrößerte Insekt, wie ein mutiertes Wesen nach einem Laborunfall.

»Hier. Für dich. Ein Geschenk.« Das Insekt konnte also sprechen. Aber seine Stimme klang dumpf und hohl. Es war mehr ein Raunen, tonlos, gedämpft.

Zu ihrer Überraschung hielt ihr der Mann mit der Gasmaske eine Porzellanpuppe hin. Sie trug ein weißes Kleid. Ihr schwarzes Haar war zu Zöpfen geflochten. Sie hatte Ähnlichkeit mit ihr selbst: zerbrechlich und hellhäutig, große Augen, blau.

»Nimm sie«, wisperte er.

»Was wollen Sie von mir?«

»Dir ein Geschenk machen. Nimm.«

Zögerlich streckte sie die Hand nach der Puppe aus.

»Gefällt sie dir?«

Sie schluchzte. »Bitte lassen Sie mich gehen.«

»Ob sie dir gefällt?« Er drückte ihr die Puppe an die Brust.

Tränen liefen über ihr Gesicht. »Ich weiß nicht.«

»Findest du sie nicht hübsch?«

»Wer sind Sie?«

Statt einer Antwort zog er etwas aus der Hosentasche seines Kampfanzugs hervor. Es blitzte silbrig auf, während ihr der pudrige Geruch seiner Gummihandschuhe in die Nase stieg. Nirgends war ein Flecken seiner Haut zu erkennen, alles Menschliche an ihm war versteckt.

Es war ein Lippenstift. Er zog die Verschlusskappe ab und schraubte ihn auf.

»Mal ihr die Lippen an«, wisperte er.

»Warum?« Ihre Stimme war zittrig. »Warum sollte ich das tun?«

Sie überlegte, ob es eine Chance gab, sich zu wehren. Ihre Augen huschten umher. Neben dem Bett stand ein Nachtkästchen. Eine von den Lichterketten lag darauf. Überall im Raum verteilt funkelten diese kleinen bunten Glühbirnen und tauchten alles in ein beinahe irreales Licht. Sie dachte über die Möglichkeit nach, ihm das Kabel um den Hals zu schlingen und ihn damit zu würgen, aber es war aussichtslos. Er wirkte so mächtig und Furcht einflößend auf sie, dass sie den Gedanken sofort wieder verwarf.

»Mach sie hübsch. Schmück sie.« Der Mann drehte den Lippenstift weiter auf, ein rotes, drohendes Ding.

Plötzlich lag der Stift in ihrer Hand. In der anderen hielt sie die Puppe. Sie richtete sich ein wenig auf. Ihr war übel.

»Nun mach schon.«

Dieses dunkle Plastik, hinter dem irgendwo seine Augen sein mussten. Sie versuchte, sie zu erkennen, etwas Menschenähnliches zu entdecken, aber es gelang ihr nicht. Ihre Blicke konnten nicht durch die Oberfläche dringen. Der Rest der Maske war aus Gummi, und der Atemschlauch pendelte, wenn er den Kopf bewegte. Sie hörte ihn hinter der Maske atmen, schwerfällig, gepresst. Es schien ihm zu gefallen, wie sie der Puppe die Lippen nachmalte, rot und obszön.

»Und jetzt die Wangen. Mach ihr die Wangen schön.«

»Ich will nach Hause.«

Er stieß eine Art Lachen aus. »Wie alt bist du?«

»Sechzehn.«

Er zuckte mit dem Kopf. »Du lügst! Du bist jünger.«

»Nein, ich bin sechzehn.«

»Du siehst aus wie vierzehn.«

»Lassen Sie mich gehen«, wiederholte sie.

»Mal ihr die Wangen an«, raunte er. Er riss ihr den Lippenstift aus der Hand und schraubte ihn noch weiter auf. Sie starrte auf die rote, bröcklige Masse und kämpfte mit den Tränen.

»Hör auf zu heulen und tu, was ich dir sage!«

Wie lange war sie ohnmächtig gewesen? Womit hatte er sie betäubt? Ob man schon nach ihr suchte? Niemand konnte wissen, wo sie war. Niemand hatte sie gesehen. Sie war ganz allein mit diesem Monster in dem unheimlichen Raum, der irgendwo auf einem Dachboden zu sein schien. Es roch muffig, nach morschem Holz, staubig, leicht süßlich. Unwillkürlich musste sie an den Urin von Ratten denken. Sie richtete sich noch weiter auf und sah sich verzweifelt nach einem Werkzeug um, das sie als Waffe benutzen könnte.

Aber da war nichts. Bloß bunte Lichter, ein Nachttisch und das Bett, ein Tisch und zwei Stühle. Und dieser flauschige Teppich auf dem Boden.

Sie hielt die Puppe fest und schmierte mit dem Stift über die Porzellanwangen.

Es gefiel ihm. Er schnaufte. Das Atmen fiel ihm sicher nicht leicht unter der eng anliegenden Maske. Sie verstand instinktiv, dass Gummi und Atemnot, dass Puppenhaftes und die Farbe Rot stimulierend für ihn waren. Sie begriff, dass sie fortan Teil seines perversen Spiels sein würde. Dabei versuchte sie, sich nicht von ihrer Angst überwältigen zu lassen. Wenn sie sich bemühte, sein boshaftes Treiben möglichst rational zu betrachten, war sie ihrer Panik vielleicht nicht völlig ausgeliefert.

Ihr war klar, dass er sie für jünger gehalten hatte. Je jünger, desto niedlicher und wehrloser. Sie verstand, dass sie in seinen Augen eine Ähnlichkeit mit der Puppe hatte. Sie sollte ein Spielzeug für ihn sein, ein lebendiges Porzellan. Wenn sie es so nüchtern betrachtete, seine kranken Beweggründe zu durchschauen versuchte, fühlte sie sich ein klein wenig stärker. Sie musste ihm die Stirn bieten, beschloss, nach seiner verwundbaren Stelle zu suchen, ihm viele Fragen zu stellen. Vielleicht konnte sie ihn durch Reden vom Handeln abhalten.

»Wie heißt die Puppe?«

»Sei still.«

»Hat sie denn keinen Namen?«

»Du sollst still sein. Ich mag es nicht, wenn du rumplapperst!«

»Jede Puppe hat einen Namen.«

»Jetzt bei dir!«, wisperte er.

»Wie?«

Er nahm ihr die Puppe weg und wies auf den Stift. »Anmalen! Na los! Schmück dich für mich.«

Sein Zeigefinger in dem Gummihandschuh machte kreisende Bewegungen vor ihren Lippen. Eine Geste, die ihr den Angstschweiß aus den Poren trieb.

Sie gehorchte. Sie hatte ja keine andere Wahl. Sie spürte die Farbe auf ihren Lippen und ekelte sich. Die Insektenfratze übergroß vor ihr, dazu der Gummigeruch, ein Brechreiz und der Würgegriff der Panik. Was würde er als Nächstes von ihr verlangen?

»Deine Wangen!«

Er wies auf die Puppe, die nun grotesk entstellt war, mit ihren roten Bäckchen und dem vollgeschmierten Mund.

Das Mädchen mit der Porzellanhaut schüttelte den Kopf. Er riss ihr den Stift weg und tat es für sie. Er malte Kreise auf ihre Wangen, in hektischen Bewegungen. Erst überdeckte er die eine, dann die andere mit der fettigen Farbe.

»Nun leg dich hin.«

»Nein!«

»Wenn du dich weigerst, muss ich dir wehtun. Möchtest du, dass ich dir wehtue?«

»Hören Sie, wir können doch reden. Wollen Sie mir nicht verraten, wie Sie heißen?«

»Sei still! Die Puppe hat keinen Namen, und ich hab auch keinen. Also leg dich hin. Flach auf den Rücken, los!«

Sie sank auf das Bett zurück. Er setzte die Puppe auf dem Nachtkästchen ab. Ihre Augen waren auf sie gerichtet. Das Mädchen starrte die langen Wimpern an. Die Puppe schien ihr zuzuzwinkern. Die Puppe schien zu ahnen, was nun kam.

Alles in ihrem Körper verkrampfte sich. Sie wollte nicht, dass er sie anfasste. Sie musste dieser Hölle entkommen.

Er schob ihr das T-Shirt-Kleid bis zu den Achseln hoch. Seine Finger glitten unter sie und hakten ihren BH auf. Danach streifte er ihren Slip ab.

»Tun Sie das nicht, ich flehe Sie an.«

»Wenn du schreist, muss ich dich töten.« Er hielt ihr den

Stift hin. »Es ist nur Lippenstift. Es tut nicht weh. Ihr süßen Püppchen mögt doch Lippenstift, nicht wahr?«

Sie kniff die Augen zusammen.

»Schau die Puppe an!« Er packte ihr Kinn und drehte ihren Kopf zur Seite. »Immer die Puppe anschauen.«

Sie starrte zu dem rot verschmierten Porzellangesicht hin, während der Lippenstift über ihren nackten Körper wanderte. Er umkreiste ihre Brüste, fuhr dann tiefer, bemalte ihren Bauchnabel.

»Du musst sie die ganze Zeit anschauen.«

Sie blinzelte ihre Tränen weg.

Dann hatte sie den Lippenstift zwischen ihren Beinen. Nur den Stift, die fettige Farbe. Sie hörte das Keuchen unter der Maske.

Er machte mit dem Stift an ihr herum.

Es dauerte nicht lange. Plötzlich war es vorbei. Er hatte wohl genug.

Abrupt stand er auf. Er schraubte den Stift zu und setzte die Kappe wieder auf. Danach ließ er ihn in seiner Hosentasche verschwinden.

»Gute Nacht, mein Püppchen.«

Er ging zur Tür. Sie konnte sich nicht rühren. Sie hörte, wie er aufschloss, hinausging und hinter sich zusperrte. Sie vernahm Schritte auf dem Dachboden. Dann wurde noch eine Tür geöffnet. Sie hörte entfernt den Schlüssel im Schloss kratzen. Gleich darauf vernahm sie, wie er eine Treppe hinabstieg.

Schließlich war es still. Nur das Blut rauschte in ihren Ohren.

Er hatte die bunten Lichter für sie angelassen.

Sie starrte auf die Puppe. Ein Detail irritierte sie an ihr.

Sie kam nicht sofort darauf. Bis sie bemerkte, dass etwas mit den Augen nicht stimmte.

Sie waren verschieden. Das eine hatte ein tieferes Blau als das andere.

ZWEI

In dieser Nacht hatte das Mädchen mit der Porzellanhaut zum ersten Mal in seinem Leben das Gefühl, wahnsinnig zu werden. Sie lag da, schlaflos, starr vor Angst. Die ungleichen Augen der Puppe ruhten auf ihr. Und plötzlich schien sich ihr Kopf zu bewegen. Die langen falschen Wimpern klimperten. Auf einmal war ihr, als würde die Puppe zu ihr sprechen: *Armes Ding, hat es wehgetan?*

Die Stimme der Puppe war krächzend. Sie klang wie die eines alten kranken Mannes, eines schweren Rauchers und Trinkers. Sie hatte nichts Niedliches und nichts Puppenhaftes an sich. Sie war unheimlich und rau.

Du willst nicht sterben, armes Ding, nicht wahr?

Das Mädchen hüllte sich in die Decke ein, die auf dem Bett bereitlag. Sie zitterte am ganzen Körper. Unter der Decke zupfte sie an ihrem Kleid, das sie, sofort nachdem das Insekt gegangen war, wieder über ihre Hüften gezogen hatte. Sie spürte die Farbe des Lippenstifts auf ihrer Haut, bröcklig und kühl.

Die Puppe lachte heiser. *Dumme Frage, ich weiß. Wer will schon gerne sterben! Aber meinst du, dass du jemals lebend hier rauskommst?* Sie neigte den Kopf. *Sag schon! Wie schätzt du deine Chancen ein? Fünfzig zu fünfzig? Oder eher fünfundsiebzig zu fünfundzwanzig?*

Das Mädchen antwortete nicht. Ihr war klar: Wenn sie anfangen würde, sich mit der Puppe zu unterhalten, wäre sie wirklich dabei, den Verstand zu verlieren.

So vergingen die Stunden der Nacht. Überwiegend lautlos, zuweilen unterbrochen von dem Gekrächze der Puppe.

Manchmal knackte das Holz im Gebälk. Gelegentlich fuhr der Wind in den Kamin des Schornsteins, der sich offenbar nah an der Dachkammer befand. Das ergab ein Heulen und Wispern, und sie versuchte sich zurechtzulegen, dass die Stimme der Puppe damit zusammenhing. Eine akustische Täuschung womöglich, verstärkt durch ihre Angst.

Die Erschöpfung pochte an ihren Schläfen. Doch sie musste wachsam bleiben.

Denn sie spürte, dass das Insekt ganz in der Nähe war. Irgendwo in einem Winkel dieses Hauses versteckt.

Und es war schlaflos wie sie.

Es lauerte. Und wenn es doch mal für einen Moment einnickte, träumte es wahrscheinlich von roter Farbe auf porzellanheller Haut.

Am nächsten Morgen wurde die Tür aufgeschlossen, und der Mann mit der Gasmaske kam zurück. Er verband ihr die Augen mit einem dunklen Tuch und forderte sie auf, sich zu erheben. Er hielt sie am Oberarm fest und führte sie aus der Kammer hinaus auf den Dachboden.

Ihre Schritte waren unsicher. Erneut versuchte sie, ihn in ein Gespräch zu verwickeln.

»Wohin führen Sie mich?«

»Ins Badezimmer. Du willst dich sicher sauber machen. Und auf die Toilette musst du doch auch, oder etwa nicht?«

»Wozu das Tuch?«

»Sei lieber still.«

»Sie können es mir abnehmen, wirklich. Ich mache Ihnen keinen Ärger, versprochen.«

»Braves Püppchen. Aber das Tuch bleibt, wo es ist.«

Er hatte es so fest verknotet, dass es sich in ihre Haut schnitt und ihr Schmerzen verursachte. Sie zählte die Schritte, versuchte, sich blind zu orientieren. Der Dachboden schien recht geräumig zu sein. Schließlich führte er sie durch eine weitere Türöffnung hindurch.

Da war eine Treppe. Sie stolperte. Er packte sie am Ellbogen. Instinktiv tastete sie nach dem Treppengeländer. Es war glatt und kühl. Ein lackierter Handlauf, dachte sie.

Mit einem Mal musste sie an ihren Schulrucksack denken. Und an ihr Handy darin. Ob er den Rucksack wohl mitgenommen hatte? Oder hatte er ihn auf dem Waldweg liegen gelassen, wo er ihr nach dem Stich mit der Injektionsnadel von der Schulter gerutscht war? Das wäre doch eine wichtige Spur. Ein Hinweis auf den Ort, an dem sie sich zuletzt aufgehalten hatte.

Sie stellte sich die Suchmannschaften der Polizei vor, die vermutlich längst alarmiert waren. Sie dachte an Spürhunde und malte sich das verweinte Gesicht ihrer Mutter aus.

Dann wieder konzentrierte sie sich, während sie langsam an der Seite des Insekts die Treppe hinabstieg, auf den Geruch des Gebäudes, in dem sie sich befanden. War noch jemand hier? Oder hauste das Insekt allein?

Es roch ungelüftet. Als habe das Haus längere Zeit leer gestanden. Ganz entfernt nahm sie den Duft von frisch gebrühtem Kaffee wahr.

Ihre Sinne waren geschärft. Sie wollte sich jedes Detail einprägen. Die Treppe hatte zweimal zehn Stufen, unterbrochen von einem Absatz, auf dem es um die Ecke ging. Unten schien der Flur zu sein, offenbar kein weiteres Stockwerk. Wohnräume im Erdgeschoss, darüber der vermutlich nicht ausgebaute Dachboden. Auch die Kammer machte nicht den Eindruck, als würde sich für gewöhnlich jemand dort aufhalten. Sie glaubte, dass die sonderbare Einrichtung – Lichterketten, Flokatiteppich, Tisch und Bett – allein ihrer Gefangenschaft diente.

Zwölf Schritte im Flur, dann hielt das Insekt inne, klinkte eine Tür auf und führte sie in einen Raum. Es war offenbar das Bad. Ihre Hand betastete die Fliesen an der Wand.

»Nehmen Sie mir jetzt die Binde ab?«

»Nein.«

»Aber Sie müssen rausgehen, wenn ich …«

»Keine Widerrede.«

Der Mann klappte für sie den Klosettdeckel auf. Es war demütigend.

Er half ihr auf und reichte ihr die Seife. Sie stützte sich am Becken ab und wusch sich die Hände. Danach drückte er ihr eine Tube Zahnpasta in die Hand. Sie hörte, wie er eine Zellophanhülle aufriss. Er gab ihr eine offenbar frische Zahnbürste.

Sie tastete nach ihrem Mund und putzte sich die Zähne.

»Bitte lassen Sie mich jetzt allein«, sagte sie, als sie damit fertig war.

»Kommt nicht infrage«, wisperte er. »Du stellst bloß Dummheiten an.«

Blind unter der Augenbinde wandte sie sich von ihm ab. Auf seinen Befehl hin zog sie sich aus.

Schließlich half er ihr in die Wanne und drehte den Hahn der Dusche für sie auf.

Plötzlich sagte er: »Wenn du nicht gehorsam bist, muss ich dich töten.«

Ihr blieb für einen Moment die Luft weg. Sie schwankte, krümmte sich unter dem mäßig warmen Wasserstrahl. Das Insekt meint es ernst, durchfuhr es sie, es bringt mich um.

»Das Wasser ist zu kalt.«

Sie hörte, wie er an dem Regler drehte. »Besser?«

»Ja«, erwiderte sie zittrig.

Abermals reichte er ihr die Seife. Sie stellte sich vor, wie sich die rote Farbe des Lippenstifts von ihrem nackten Körper löste und im Ausguss verschwand.

Er stellte das Wasser ab.

Sie war froh, als sie abgetrocknet und angezogen war. Er hatte ihr frische Unterwäsche und ein neues Kleid gereicht.

»Ein weißes Kleid«, wisperte er. »Wie das von dem Püppchen. Und es steht dir gut. Ich hab die richtige Größe für dich ausgesucht.«

Ihr lief ein Schauer über den Rücken.

Sie verließen das Bad. Er führte sie die Treppe hinauf, zurück auf den Dachboden. Sie zählte die Schritte bis zur Kammertür. Es waren vierundzwanzig.

Nachdem er hinter ihr die Tür geschlossen hatte, nahm er ihr die Augenbinde ab. »Setz dich dort hin und warte auf mich.«

Sie nahm an dem kleinen Holztisch Platz.

Er trat hinaus und schloss hinter sich ab.

Etwa fünf Minuten später kam er zurück. Er brachte ihr eine Schale Haferbrei mit Milch und eine Tasse Kaffee.

»Zeit fürs Frühstück«, sagte er tonlos und setzte sich zu ihr.

Sie zog die Schultern hoch.

»Iss!«

Ihr Blick irrte durch die Kammer. Wozu die bunten Lichter?, fragte sie sich. Wozu dieser flauschige Teppich? Sie sah an sich herab. Und dieses weiße Kleid, das er ihr gegeben hatte. Es hatte Rüschen und einen altmodischen Schnitt. Sie sah darin tatsächlich aus wie die Puppe auf dem Nachttisch.

Ich bin kein lebloses Ding aus Porzellan, dachte sie. Und das hier ist keine Puppenstube, sondern eine Zelle. Und der Brei auf dem Teller ist kein Frühstück, sondern der Fraß für eine Gefangene.

»Ich hab keinen Hunger.«

»Du musst tun, was ich dir sage!« Er schob die Schale näher zu ihr heran.

»Ich mag keinen Haferbrei.«

Er schlug mit der Faust auf den Tisch.

»Los jetzt!«

ICH. BIN. KEINE. PUPPE, dachte sie, nahm den Löffel und schaufelte den Fraß in sich hinein. Danach trank sie von dem Kaffee.

»Wie lange wollen Sie mich hierbehalten?«, fragte sie leise.

Das Insekt antwortete nicht.

»Sie können mich gehen lassen. Ich habe nichts gesehen. Ich kenne ja nicht einmal Ihr Gesicht.«

Der Insektenkopf kam ihr näher, und sie erschrak. Als die Finger in den farblosen Gummihandschuhen ihren Hals berührten, am Kragen ihres Kleids nestelten und schließlich ihre Wangen tätschelten, kämpfte sie gegen eine Welle der Übelkeit an.

»Wir haben uns doch gerade erst kennengelernt«, flüsterte er.

Würde sie seine Stimme wiedererkennen, wenn sie es jemals lebend hier herausschaffte? Nein, dachte sie, unmöglich. Unter der Gasmaske klang alles, was er sprach, tonlos und entstellt. Es war bloß ein Raunen, dumpf und unheimlich.

Er ließ von ihr ab. Sie überlegte, ob sie die Schale an der Tischkante zerbrechen sollte. Sie malte sich aus, wie sie mit den Scherben auf ihn einstach.

Aber sie war zu schwach, und die Angst lähmte sie.

Schließlich stand er auf und räumte das Geschirr ab.

»Gehen Sie nicht«, sagte sie kaum hörbar.

»Warum?«

Es war merkwürdig, obwohl sie sich so sehr vor ihm fürchtete, wollte sie nicht allein in der Dachkammer bleiben. Wenn sie allein war, lauerte der Wahnsinn auf sie. Wenn niemand bei ihr war, wurde die Porzellanpuppe lebendig und richtete das Wort an sie.

»Wir können doch reden. Uns ein wenig unterhalten. Oder ...«, ihr kam eine Idee, »... wie wäre es mit einem Kartenspiel?«

»Was?«

»Rommé? Oder Canasta? Ein Spiel. Mögen Sie so etwas nicht? Wir vertreiben uns die Zeit damit.«

Bis sie kommen und mich hier rausholen. Suchtrupps sind unterwegs. Spürhunde nehmen die Fährte auf.

Man wird mich retten.

Erneut versuchte sie, etwas Menschliches hinter der Maske zu erkennen. Doch es gelang ihr nicht. Selbst wenn ihr eines Tages die Flucht gelingen würde, könnte sie ihren Peiniger nicht beschreiben. Sie sah das Gesicht ihrer Mutter vor sich. Den zweifelnden Blick, wenn sie ihr sagen würde, sie sei von einem riesigen Insekt gefangen gehalten worden.

»Heute Abend komme ich wieder«, raunte er. »Dann spielen wir mit dem Lippenstift.«

Er nahm das Geschirr und wandte sich zur Tür.

»Was ist, wenn ich auf die Toilette muss?«

»Unter dem Bett steht ein Nachttopf.«

Er ging hinaus und schloss hinter sich ab.

Sie blickte verzweifelt zu der Puppe hin.

DREI

In der zweiten Nacht musste sie wieder die Prozedur mit dem Lippenstift über sich ergehen lassen. Dabei sollte sie die Puppe anschauen. Sie durfte den Kopf nicht bewegen. Die ungleichen Augen musterten sie.

Als der Mann fertig war, erhob er sich und schraubte den Lippenstift zu.

»Gute Nacht, mein Püppchen.«

Die Tür wurde abgeschlossen. Schritte. Die zweite Tür. Schritte auf der Treppe. Stille.

Das Mädchen mit der Porzellanhaut straffte das altmodische Kleid mit den Rüschen und bedeckte damit ihre Hüften. Sie hüllte sich in die Decke ein. Zitternd begann sie, die kleinen Glühbirnen der Lichterketten zu zählen. Es waren jeweils zwanzig. Fünf Lichterketten, das ergab zusammen hundert Glühbirnen.

Sie zählte sie ein zweites Mal durch, um ruhiger zu werden. Danach ein drittes Mal. Aber sie zitterte noch immer am ganzen Leib.

Schließlich schaute sie zu der Puppe hin.

Die falschen Wimpern klimperten.

Und schon meldete sich die krächzende Stimme wieder: *Er wird dich töten.*

Sie stieß die Luft aus. »Nein!«

Hier kommst du nicht mehr lebend raus.

»Ich will nicht sterben.«

Dann musst du etwas dagegen tun.

»Vielleicht lässt er mich ja gehen.«

Die Puppe lachte heiser. *Warum sollte er? Weil du so ein hübsches braves Mädchen bist? Weil du dich von ihm anmalen lässt? Ihm gefügig bist wie eine Hure?*

»Ich bin keine Hure!«

Er lässt dich nicht gehen, niemals. Wenn er genug von dir hat, bringt er dich um.

Sie schwieg. Es war verrückt, sich mit einer Puppe zu unterhalten. Sie war kein kleines Kind mehr. Früher, als sie vielleicht vier oder fünf Jahre alt war, hatte sie ihren Puppen die Haare gekämmt und ihnen dabei erzählt, was ihr gerade in den Sinn kam. Dass sie sich draußen beim Spielen die Knie aufgeschlagen hatte oder was eine ihrer Freundinnen zu ihr gesagt hatte. Manchmal hatte sie ihren Puppen Fragen gestellt und sie dann mit verstellter Stimme antworten lassen.

Aber es hatte niemals so grässlich geklungen wie jetzt.

So bösartig, knarzend und grob.

Ich will dir doch nur helfen, sagte die Puppe, als habe sie ihre Gedanken gelesen.

Es ist abartig, dachte sie, ich werde wahnsinnig. Das Insekt sorgt dafür, dass ich den Verstand verliere.

Die Farbe auf ihrer Haut fühlte sich klebrig an. Es juckte zwischen ihren Beinen, und sie musste auf die Toilette, aber sie ekelte sich vor dem Nachttopf unterm Bett.

Es gibt nur einen Ausweg, krächzte die Puppe.

Das Mädchen lauschte. In dieser Nacht war es windstill. Keine Geräusche aus dem Kamin, die ihr vielleicht die

Stimme vorgaukelten. Vielleicht hatte es eher etwas mit dem Rauschen in ihren Ohren zu tun. Das Blut toste darin, das kam von der Angst. Manchmal raschelte es vor der Kammer, und sie musste wieder an Ratten denken. Sie fürchtete den Moment, da sie sich durch versteckte Ritzen zwängten und zu ihr kämen.

Um sich abzulenken, betrachtete sie die Puppe genauer. Sie hockte an ihrem üblichen Platz auf dem Nachttisch. Ihre Lippen obszön beschmiert, rote Flecken auf den Wangen. Die Augen verschieden blau, schwarze Zöpfe, helles Porzellan.

Sie war bloß ein Ding. Ein Spielzeug. Nichts an ihr war echt. Es gab keine andere Erklärung: Die Stimme spielte sich in ihrem Kopf ab, und das war nicht normal.

Und doch half es ihr, ihre Angst und die Hilflosigkeit besser zu ertragen, wenn sie mit der Puppe sprach.

»Was für einen Ausweg?«, fragte sie.

Die Puppe neigte den Kopf, zwinkerte ihr zu und senkte ihre unheimliche Stimme zu einem Flüstern, als sei das Insekt ganz in der Nähe und könnte sie belauschen: *Du musst dich wehren. Such dir etwas, mit dem du zuschlagen kannst. Überwältige ihn und dann lauf um dein Leben.*

Das Mädchen mit der Porzellanhaut blickte sich suchend in der Kammer um.

Die Puppe hatte ja recht. Sie durfte sich nicht einfach ihrem Schicksal ergeben.

Wehr dich, wisperte ihr die Puppe zu. *Tu es!*

Am nächsten Morgen ließ der Mann mit der Gasmaske die Kammertür offen stehen, nachdem er aufgeschlossen hatte und hereingekommen war. Bevor er ihr die Augen verband, konnte sie ein paar Blicke nach draußen erhaschen. Es waren nur Sekunden, aber sie sog förmlich alles in sich auf und versuchte, sich jedes einzelne Detail zu merken.

Balken, Stützpfeiler, dazwischen allerhand Gerümpel. Verstohlen suchten ihre Augen den Dachboden ab.

Sie fand nichts, was ihr als Waffe dienen könnte. Schon schlang er das Tuch um ihren Kopf. Doch kurz bevor ihr die Sicht genommen wurde, entdeckte sie den Nagel.

Einen Zimmermannsnagel, lang und spitz. Er lag auf dem Boden, ein wenig links von der Tür, ungefähr fünf Schritte entfernt.

Sie musste sich die Stelle genau einprägen.

Der Mann verknotete das Tuch und führte sie hinaus.

Wieder ließ er sie im Bad nicht allein und überwachte all ihre Verrichtungen. Erneut half er ihr in die Wanne und drehte den Hahn der Dusche für sie auf.

Nachdem sie sich gewaschen hatte, reichte er ihr das Handtuch und gab ihr frische Unterwäsche.

»Das Kleid ist noch sauber«, wisperte er, »zieh es wieder an.«

Sie gehorchte.

Danach reichte er ihr einen Kamm.

»Mach dich hübsch.«

Sie fuhr mit dem Kamm durch ihr Haar.

»Und jetzt flechte dir Zöpfe.«

»Nein.«

»Ich möchte, dass du Zöpfe hast. Wie die Puppe.«

»Das geht nicht mit der Augenbinde. Nehmen Sie sie mir ab.«

Er schien zu überlegen. »Gut, dann machst du das eben oben.«

Er griff nach ihrem Arm und führte sie aus dem Badezimmer. Sie gelangten zur Treppe. Sie war ganz zittrig, dachte nur immerzu an den Nagel. Oben angelangt zählte sie die Schritte.

Plötzlich taumelte sie.

»Was ist?«, raunte er.

»Mir ist schwindlig.«

Sie sackte in sich zusammen.

»Komm schon, wir sind gleich da.«

»Ich kann nicht.« Sie machte sich noch schwerer, tastete verstohlen am Boden herum. Wo war der Nagel?

Er packte sie fester. »Verdammt, jetzt reiß dich zusammen.«

»Nehmen Sie mir die Binde ab.«

»Was soll das!«

»Die Binde. Mir ist so schwindlig.«

Er fuhr mit beiden Armen unter ihre Achseln und versuchte, sie bis zur Kammer zu schleifen. Sie aber machte sich so schwer, dass er schließlich nachgab. Er löste den Knoten an ihrem Hinterkopf und entfernte das Tuch von ihren Augen.

»Danke«, murmelte sie und sah sich heimlich nach dem Nagel um.

»Du isst zu wenig«, wisperte er. »Deswegen ist dir schwindlig.«

Er half ihr auf, und dann sank sie ein zweites Mal zusammen. Da war der Nagel. Sie hatte ihn. Ihre Hand lag darauf.

»Steh auf!«

Sie gehorchte.

Er öffnete die Kammertür. »Geh rein und setz dich.«

Sie nahm am Tisch Platz.

Er musterte sie. »Ich hole dein Frühstück. Du musst essen.«

Sie nickte schwach. Er schloss sie für eine Weile in der Kammer ein. Kurz darauf kam er mit der Schale Haferbrei und einer Tasse Kaffee wieder.

Er setzte sich zu ihr und beobachtete sie, während sie frühstückte. Sie löffelte ihren Brei mit der Rechten. In der Linken hielt sie den Nagel versteckt.

Was sollte sie jetzt tun? Einfach zustechen? Ihr Herzschlag beschleunigte sich. Nein, sie brauchte Zeit. Sie musste nachdenken.

Als sie fertig war und ihren Kaffee ausgetrunken hatte, raunte er ihr zu: »Und nun die Zöpfe.«

Sie erschrak, legte rasch ihre Hände in den Schoß. Vorsichtig schob sie den Nagel unter ihren Oberschenkel. Nun saß sie darauf.

»Mach schon!«

Langsam frisierte sie sich vor ihm, flocht ihr Haar zu Zöpfen. Es schien ihm zu gefallen.

Schließlich stand er auf und räumte das Geschirr ab.

»Bis heute Abend, mein Püppchen. Wir spielen wieder mit dem Lippenstift. Du magst doch Lippenstift, oder nicht?«

Sie schwieg.

»Antworte! Magst du Lippenstift?«

»Ja.«

»Es gefällt dir, dich zu schmücken?«

Sie kämpfte gegen die Tränen an. »Ja.«

»Braves Püppchen.«

Das Insekt trat hinaus und sperrte die Tür hinter sich zu.

Sie schaute zu der Puppe hin. Nun waren sie sich noch ähnlicher als zuvor. Porzellanhelle Haut, dunkle Zöpfe, weißes Kleid.

Nur mit den Augen stimmte etwas nicht. Verschieden blau und falsche Wimpern.

Stille im Haus.

Und auch von draußen war kaum etwas zu hören. Manchmal rief ein Vogel. Zuweilen rauschte das Laub in einem Baum. Aber keine menschlichen Stimmen. Kein Auto, das sich näherte. Niemand, der sie retten kam.

Sie legte sich aufs Bett und dachte nach.

Was hältst du da in der Hand versteckt?, fragte die Puppe.

»Nichts.«

Zeig es mir.

»Nein. Es ist nichts.«

Öffne deine Hand!

»Lass mich in Ruhe.«

Die ungleichen Augen musterten sie. *Ich will dir doch nur helfen.*

Sie öffnete ganz kurz die linke Hand, dann schloss sie sie wieder.

Die Puppe grinste. *Gut gemacht*, krächzte sie.

Sie schwiegen eine Weile. Dann lehnte sich die Puppe vor und fragte leise: *Was hast du damit vor?*

»Weiß noch nicht.«

Ich hab eine Idee.

»Ach ja?«

Die Puppe kicherte gedämpft. *Es ist böse.*

»Und?«

Sehr, sehr böse.

»Sag schon.«

Stich ihm ein Auge aus. Die Puppe machte ein schmatzendes Geräusch.

Das Mädchen stellte sich ein zerquetschtes Auge vor, in dem ein Nagel steckte. Sie malte sich die gallertartige Masse aus. Ein glotzendes, totes Etwas. Schleimig, zermatscht.

Es war furchterregend.

»Er hat Plastikscheiben vor seinen Augen«, murmelte sie.

Zertrümmere sie.

»Das schaffe ich nicht.«

Was nützt dir dann der Nagel? Die Puppe neigte den Kopf. *He? Streng dich an! Denk nach! Wie kann er dir nützen?*

Sie hielt den Nagel umklammert und überlegte.

VIER

Es wurde Abend, und er kam zurück. Diesmal traktierte er sie besonders ausgiebig mit dem Lippenstift. Als er fertig war, hockte er über ihr und starrte sie an.

»Du bist wunderschön, mein Püppchen. So zart und zerbrechlich. Ganz wie ich es mag.«

Sie schluckte.

Er berührte sie mit seinem Rüssel im Gesicht.

»Gefällt dir das?«

Sie konnte kaum mehr atmen. Sie stellte sich vor, wie sie mit dem Nagel in seine Maske hineinstieß. Dort, wo sein rechtes Auge war. Es platzte. Und das Insekt schrie.

»Antworte!«

Sie schüttelte den Kopf.

»Du wirst dich an mich gewöhnen. Und wenn du schön artig bist, tu ich dir auch nicht weh.«

Sie schwieg.

»Ich liebe dich, mein Püppchen.«

Sie malte sich aus, wie sie noch einmal zustach. Und das linke Auge platzte. Sie hörte das Insekt vor Schmerzen winseln. Es wand sich vor ihr. Sie jagte den Nagel immer tiefer hinein und sah, wie zähe Hirnmasse aus der Augenhöhle sickerte. Genüsslich ließ sie das Insekt verenden, empfand kein Mitleid mit ihm, sondern nur Hass. Grell leuchtenden Hass.

»Liebst du mich auch?«

»Nein«, entgegnete sie.

Der Mann mit der Gasmaske richtete sich auf. »Das kann sich noch ändern. Je länger wir zusammen sind, desto mehr wirst du für mich empfinden.«

Er stand am Bett und blickte auf sie herab. Sie sah sich selbst, gespiegelt in dem getönten Plastik vor seinen Augen, wehrlos und entblößt.

»Ich werde dir morgen ein neues Kleid schenken, was hältst du davon?«

»Wo ist mein Rucksack?«, fragte sie unvermittelt.

»Was für ein Rucksack?«, flüsterte er.

»Meine Schulsachen, wo hast du sie?«

»Ich weiß nicht, wovon du sprichst.«

»Warum verstellst du deine Stimme? Du flüsterst immer nur. Warum sprichst du nicht normal mit mir?«

»Verstehst du denn nicht, mein Püppchen? Wenn du von hier wegläufst. Wenn es dir irgendwie gelingt zu fliehen. Wirst du den Leuten dann nicht sagen, wo du warst?«

»Nein. Ich verspreche es.«

»Meine Stimme könnte mich verraten.«

»Ich sage niemandem etwas, also lass mich gehen. Bitte.«

Er beugte sich zu ihr herab. »Merkst du nicht? Wir werden uns immer vertrauter. Zum ersten Mal, seitdem wir uns kennen, duzt du mich. Das ist ein gutes Zeichen.«

Er berührte ihre Stirn, ließ ihre Zöpfe durch die Finger gleiten. Sie roch das Gummi seiner Handschuhe. Alles an ihm roch pudrig und ekelhaft.

»Gute Nacht, mein Püppchen.«

Er ging hinaus und verschloss hinter sich die Tür.

Angewidert wischte sie sich mit dem Handrücken den Lippenstift aus dem Gesicht. Sie richtete ihre Kleidung und wartete ab.

Sie hoffte, dass das Insekt bald schlief. Aber um sicherzugehen, ließ sie einige Zeit verstreichen.

Schließlich stand sie auf, holte den Nagel unter dem Bett hervor, schlich sich zur Tür, kniete davor nieder und schob ihn ins Schloss. Es war ein gewöhnliches Buntbartschloss. Sie versuchte, den Mechanismus mit der Spitze des Nagels zu betätigen. Doch sosehr sie sich auch bemühte, es wollte ihr nicht gelingen.

Sie dachte nach. Stellte sich die Form eines Dietrichs vor. Er hatte ein gebogenes Ende, rechtwinklig. Wie aber konnte sie den Nagel ohne Hammer oder Zange für ihre Zwecke bearbeiten? Sie schob das eine Ende unter den Türspalt und versuchte, das andere Ende an der Kante umzubiegen. Ihre Hände schwitzten, und der Nagel rutschte ab.

Sie erhob sich, dachte weiter nach. Dann ging sie zum Bett.

Zustechen wäre die bessere Lösung gewesen, krächzte die Puppe, die sie von ihrem Platz auf dem Nachttisch unablässig beobachtete.

»Sei leise. Ich muss mich konzentrieren.«

Du bist zu feige.

»Bin ich nicht!«

Du hättest ihn töten können.

»Mit einem Nagel?«

Man muss es nur richtig anstellen.

»Halt den Mund!«

Nun wird er dich *töten.*

»Sei still!«

Das Mädchen hob den Bettpfosten an und legte ein Ende des Nagels darunter. Sie ließ den Pfosten auf den Nagel sinken und setzte sich aufs Bett. Sie lehnte sich vor und versuchte, das andere Ende hochzubiegen.

Die Längsseite des Nagels bohrte sich in ihren Finger. Es tat höllisch weh. Sie versuchte es immer wieder. Ihr Finger begann zu bluten.

Das hast du nun davon, höhnte die Puppe.

Das Mädchen saugte das Blut von seinem Finger.

Danach gab sie auf. Sie hob das Bett an und zog den Nagel hervor. Was sollte sie nur tun?

Gedankenverloren begann sie, mit dem Nagel auf dem Boden herumzukratzen. Es wurden Buchstaben daraus.

Hilfe, das Insekt

will mich tö

ten

Armes Ding, krächzte die Puppe.

Das Mädchen schob den Nachttisch ein wenig nach vorn, sodass die Schrift von ihm verdeckt wurde.

Als ob das was helfen würde.

»Sei endlich still. Ich muss es schaffen. Ja, ich *werde* es schaffen.«

Erneut versuchte sie, den Nagel unter dem Bettpfosten zu krümmen. Doch je länger sie sich damit abmühte, desto mehr verkrampfte sich ihre Hand. Bei einem Versuch brach ihr der Fingernagel. Sie versuchte es ein zweites und ein drittes Mal. Schließlich stand sie auf, hob das Bett an, holte den Nagel hervor und betrachtete ihn. Er war nun an der Spitze ein ganz klein wenig verbogen.

Vielleicht würde das genügen.

Sie ging erneut zur Tür, kniete vor dem Schloss nieder und steckte den Nagel hinein.

Mit der Krümmung versuchte sie, die Schließvorrichtung so zu beeinflussen, dass der Schnapper aus der Türfalle glitt. Aber ihr fehlte ein Griff am anderen Ende des Nagels. Immerzu rutschte sie ab. Schließlich nahm sie den Zeigefinger ihrer linken Hand zu Hilfe. Sie legte ihn als Stütze unter den Nagel und probierte es weiter.

Ihr brach der Schweiß aus. Ihre Hände fühlten sich inzwischen völlig taub an. Sie wollte schon aufgeben, als es plötzlich im Schloss klickte. Der Schnapper bewegte sich. Sie drückte die Klinke, und die Tür sprang auf.

Sie atmete tief durch.

Sieh einer an! Du bist ja doch nicht so dumm! Und jetzt?

»Schscht«, machte sie. »Wir dürfen ihn nicht aufwecken.«

Wenn er dich erwischt, bringt er dich um.

»Sei leise!«

Sie trat hinaus auf den Dachboden. Ihr Herz hämmerte. Sie näherte sich der zweiten Tür. Ihr war schwindlig vor Aufregung.

Noch ein weiteres Schloss hatte sie zu knacken, und schon wäre sie im Wohnbereich des Hauses. Und dann? Wo hielt sich das Insekt auf? Wo könnte sich das Schlafzimmer befinden? Sie musste, möglichst weit von ihm entfernt, ein Fenster öffnen und hinaussteigen, denn die Haustür war mit Sicherheit verschlossen, und ganz bestimmt steckte nicht der Schlüssel. Und ein Sicherheitsschloss ließe sich nicht mit einem Nagel öffnen.

Also durchs Fenster und dann nichts wie weg.

Ruhig, dachte sie, ganz ruhig. Eins nach dem anderen.

Sie erreichte die Tür, hinter der sich die Treppe befand. Sie ließ den Nagel ins Schloss gleiten. Der Mechanismus schien komplizierter zu sein. Außerdem war es so dunkel. Das Licht aus der Kammer drang kaum bis hierher.

Sie stand auf und sah sich nach einem Schalter für eine Beleuchtung um. Sie fand keinen, wurde ungeduldig. Sie durfte nicht zu viel Zeit verlieren.

Und sie musste extrem leise sein, damit der maskierte Mann nicht wach wurde.

Falls er denn überhaupt schlief.

Wieder ging sie vor der Tür in die Hocke und schob den Nagel ins Schloss. Doch plötzlich glitt er ihr aus der Hand.

Ein gedämpftes *Pling*, und er war verschwunden. Verzweifelt tastete sie den Boden ab. Was, wenn er in eine Ritze zwischen die Dielenbretter gefallen war?

Sie wurde immer panischer, atmete schwer.

Plötzlich hörte sie Schritte auf der Treppe.

Entsetzt hielt sie inne. Die Angst drückte ihr die Kehle zu. Was sollte sie nur tun? Die Schritte näherten sich.

Schließlich rappelte sie sich auf und ging hinter der Tür in Deckung. Verzweifelt sah sie sich nach einem Gegenstand um, mit dem sie zuschlagen könnte. Das Blut schoss ihr in den Kopf, und ihr Herz schlug so schnell, dass sie fürchtete, es könnte zerbersten.

Sie suchte, tastete fahrig im Halbdunkeln herum. Die Schritte kamen noch näher. Da stand ein Korb mit Brennholz. Sie griff sich einen Holzklotz.

Die Tür wurde aufgeschlossen. Der Mann mit der Gasmaske kam herein. Sie überlegte nicht lange. Sie holte aus und schlug mit dem Klotz zu.

Sie wollte ihn am Kopf treffen, doch er hatte sie schon bemerkt und wehrte den Schlag mit dem Arm ab. Der Klotz fiel polternd zu Boden.

Sie starrten sich an.

»Warum hast du das getan?«, flüsterte er.

»Es tut mir leid«, stammelte sie.

»Wie bist du aus der Kammer rausgekommen?«

»Es war nicht richtig abgeschlossen.«

»Du lügst.« Er wiegte den Kopf. »Ich dachte, du bist ein braves Püppchen.«

»Ich tu es nie wieder. Ich verspreche es.«

»Es ist zu spät, weißt du. Nun muss ich dir was antun.«

»Nein.«

»Verdammt. Du zwingst mich dazu.«

»Bitte. Vergeben Sie mir.«

Er blickte sie noch eine Weile wortlos an. Dann nahm er sie in den Klammergriff und schleifte sie zur Kammer. Er stieß sie aufs Bett, ging hinaus und verschloss von außen die Tür.

Atemlos hörte das Mädchen mit an, wie draußen schweres Gerümpel vor die Tür geschoben wurde.

Danach war es lange Zeit still. Sie vermutete, dass er unten im Haus war.

Doch dann kam er zurück.

Sie hörte, wie er die Tür freiräumte. Es wurde aufgeschlossen, und er trat ein.

Er hielt eine Spritze in der Hand.

»Wo möchtest du sterben?«, wisperte er. »Hier? Oder draußen im Wald?«

Ihre Augen weiteten sich vor Angst.

»Lassen Sie mich am Leben, bitte.«

»Antworte auf meine Frage. Hier? Jetzt gleich?«

Sie schüttelte den Kopf.

»Also draußen im Wald.«

Sie schluckte.

»Sehr gut. Ist mir auch lieber so. Du weißt, dass ich dich liebe. Das hab ich dir gesagt.«

»Dann tun Sie es nicht.«

»Ich muss. Hier im Haus würde es mir besonders schwerfallen, weißt du. Ich würde auf deinem Bett liegen und weinen.« Er beugte sich vor und raunte: »Aber draußen kann deine Seele fliegen. Du wirst eins mit den Bäumen und dem See. Du löst dich in dieser bezaubernden Landschaft auf. Ich such dir eine schöne Stelle aus. Ich schaufel dir ein wunderschönes Grab.«

»Hören Sie, ich flehe Sie an ...«

Er hielt ihr den Mund zu. »Pssst, mein süßes Püppchen.«

Sie wollte sich wehren, doch er war stärker. Er zerrte an ihren Zöpfen und jagte ihr die Spritze in den Hals.

Das Mädchen sank zurück und blickte zu der Puppe hin. Was hat es nur mit den ungleichen Augen auf sich?, dachte sie.

Dann schwanden ihr die Sinne.

FÜNF

Als sie wieder zu sich kam, lag sie auf dem Boden ausgestreckt. Ihr Blick war verschwommen. Weit über sich ahnte sie die Wipfel der Bäume. Sie schienen sich sacht im Wind zu bewegen. Manchmal blitzte etwas darüber auf. Und dann erkannte sie, dass es Sterne waren.

Milliarden von Sternen über ihr. Das Leben war voller Schönheit. Es war so kostbar. Sie beschloss, für jede einzelne Sekunde dankbar zu sein.

Kurzzeitig überlegte sie, ob sie nicht alles, was ihr auf dem Dachboden widerfahren war, nur geträumt hatte. Vielleicht waren die Puppe und das Insekt bloß die Ausgeburt eines furchtbaren Albdrucks, den sie gerade von sich abschüttelte, und von nun an wäre alles wieder gut. Vielleicht war sie ja bei ihrem Ausflug an den See wirklich krank geworden. Womöglich hatte sie irgendein bösartiges Fieber gepackt. In der Folge könnte sie sich im Wald verirrt haben, vor Erschöpfung hingesunken und einfach eingeschlafen sein. Nun wäre es an der Zeit heimzukehren.

Es war tief in der Nacht. Bestimmt war ihre Mutter längst außer sich vor Sorge.

Doch da vernahm sie ein gleichmäßig wiederkehrendes Geräusch. Es waren Spatenstiche. Der dumpfe Aufprall von Erdhaufen. Und sie erinnerte sich, was man ihr gesagt hatte.

Sie sollte sterben.

Jemand schaufelte ihr Grab.

Sie wollte aufstehen, doch es gelang ihr nicht. Ihre Glieder fühlten sich an wie Blei. Sie versuchte es noch einmal, doch schon kam der Schwindel. Ihr wurde so schummrig, dass sie fürchten musste, jeden Augenblick wieder das Bewusstsein zu verlieren.

Sie war kurz davor aufzugeben. Ihr Widerstand brach. Die Injektion, die ihr das Insekt verabreicht hatte, lähmte sie.

Sie schloss für eine Weile die Augen, spürte, wie sie wegdämmerte. Sie riss sie wieder auf, hob schwerfällig den Kopf. Da war Licht. Ein Stück von ihr entfernt. Zwei Scheinwerferkegel erhellten die Umgebung. Sie gehörten zu einem Wagen, der dort geparkt war, mitten im Wald. Offenbar hatte das Insekt sie darin hierhergebracht. Ob sie auf der Rückbank gelegen hatte? Oder etwa zusammengekrümmt im Kofferraum?

Sie blinzelte, machte schwach die Umrisse eines asphaltierten Wegs dahinter aus. Langsam drehte sie den Kopf in die andere Richtung, und nun erkannte sie die Grube. Sie sah den Mann mit der Gasmaske darin stehen, er hantierte mit dem Spaten. Manchmal blitzte das Licht der Autoscheinwerfer in den Plastikscheiben vor seinen Augen auf.

Sie sank zurück, sah wieder zum Himmel hinauf und gab sich dem Anblick der Sterne hin. Nun war alles zu spät, sie würde hier draußen sterben. Niemand würde kommen und ihr helfen.

Es war merkwürdig, plötzlich sehnte sie sich nach der Puppe zurück. Auch wenn ihr die krächzende Stimme unheimlich war, mit ihr wäre sie nicht allein. Sie wäre auf ihrer Seite, würde ihr sagen, dass sie sich wehren musste.

Und die Puppe hatte ja recht, sie durfte sich ihrem Schicksal nicht einfach ergeben.

Abermals versuchte sie, sich aufzurichten, und diesmal gelang es ihr, zumindest den Arm aufzustützen und sich halb auf die Seite zu drehen.

Doch plötzlich war er bei ihr. So rasch, dass sie ihn gar nicht hatte kommen hören. Er kniete sich hin und blickte zu ihr herab.

»Bitte«, sagte das Mädchen leise, »bitte tun Sie es nicht.«

»Es geht nicht anders. Du lässt mir keine andere Wahl.« Mit einer einzigen Handbewegung zwang er sie zurück auf den Boden. Sie roch das modrige Laub. Sie witterte die dunkle Grube. Und sie ahnte den nahenden Tod.

Auf einmal hielt er einen Ledergürtel in den Händen.

»Nein«, stammelte sie, »nicht!«

Noch schien er zu zögern, doch schließlich ruckte er energisch mit dem Kopf, schlang ihr den Gürtel um den Hals und zog fest zu. Sie würgte, bäumte sich auf. Verzweifelt versuchte sie, den Gürtel zu fassen, doch ihre Finger glitten ab.

»Es tut mir so leid, mein Püppchen«, raunte er und zog noch fester zu.

Das ist das Ende, durchfuhr es sie. Alles an ihr erschlaffte, ihr Gesichtsfeld trübte sich ein, und ihre Augen quollen hervor. Sie dachte an ihre Mutter und dass sie um sie weinen würde. Sie dachte an das kristallklare Wasser des Waldsees, an den schönen Moment, da sie mit den nackten Füßen darin eingetaucht war. Plötzlich verstand sie, dass er sie von diesem Zeitpunkt an beobachtet und verfolgt haben musste. Und ihre Unruhe, die Tatsache, dass sich der Himmel vor ihren Augen mit einem Mal rot verfärbt hatte, waren bloß drohende Vorzeichen gewesen, die sie besser hätte deuten sollen.

Doch nun war es zu spät.

Er würgte sie mit dem Gürtel, und sie spürte, wie sich alles von ihr entfernte.

Plötzlich befand sie sich in einem Tunnel aus Licht.

Dies also ist mein Tod, dachte sie, und sie hatte keine Angst mehr. Sie ließ einfach los.

Dann aber geschah etwas. Urplötzlich lockerte er den Griff.

Der Lichttunnel verschwand. Keuchend rang sie nach Atem.

Er lauschte.

Da war etwas. Unten am Weg. Ein Geräusch. Es näherte sich.

Unter Schmerzen sog sie weiter Luft in ihre Lunge. Ihre Kehle fühlte sich wund und geschwollen an. Wieder und wieder keuchte sie und kämpfte um jeden einzelnen Atemzug.

Schließlich sprang er auf und rannte von ihr weg. Sie zerrte an der Gürtelschlaufe, und ihr Hals war wieder frei. Sie atmete verzweifelt, hechelnd. Noch war sie so benommen, dass sie alles nur verlangsamt wahrnahm.

Allmählich registrierte sie, was ihn aufgescheucht hatte. Andere Lichter. Ein zweiter Wagen. Er näherte sich in der Ferne auf dem Waldweg.

Sie hörte, wie das Insekt die Wagentür aufriss. Die Tür wurde zugeschlagen, der Motor gestartet. Sie vernahm, wie die Räder auf dem Waldboden durchdrehten. Erdkrumen spritzten auf. Schon fuhr der Wagen davon, während sich das andere Auto langsam näherte.

Sie sah, wie die Scheinwerferkegel zwischen den Baumstämmen aufblitzten.

Hier, wollte sie rufen. Hier bin ich. Aber sie brachte nur ein Röcheln hervor.

Unter Schmerzen hob sie den Arm, um sich bemerkbar zu machen. Es kostete sie unendlich viel Mühe.

Ihr Arm sank zurück.

Bitte, versuchte sie zu rufen. Helfen Sie mir.

Doch erneut drang bloß ein Keuchen aus ihrer Kehle.

Wie in Zeitlupe näherte sich das Auto auf dem Waldweg.

Ihr war so furchtbar kalt. Sie ahnte, dass sie nicht mehr lange durchhalten würde. Ihre Kehle fühlte sich an, als würde sie nicht genügend Luft durchlassen.

Das Motorengeräusch kam näher und näher, und das Mädchen mit der Porzellanhaut fürchtete den Moment, da der Wagen einfach an ihr vorbeifahren würde.

»Hilfe«, flüsterte sie und starrte zu den Sternen hinauf.

ZWEITER TEIL

November 2015

SECHS

»Fünfhundert Leute warten unten im Saal auf Sie«, sagte der Moderator. »Wir sind seit Wochen ausverkauft.«

Luna Moor lächelte zaghaft. Es war drei Minuten nach acht. Sie stand mit ihm in den Kulissen auf der Hinterbühne.

»Ist Ihnen nicht gut?«, fragte er.

»Doch, alles in Ordnung.«

»Sagen Sie bloß, Sie haben Lampenfieber?«

Sie schluckte, schüttelte den Kopf. Plötzlich wurde das Deckenlicht ausgeschaltet. Scheinwerfer blitzten auf. Gedämpftes Stimmengewirr.

»Sind Sie bereit?«

Abermals nickte sie. Sein breites Grinsen, öffentlichkeitswirksam, strahlend. Er schien das hier zu genießen. Sie schwitzte. Sie trug Pumps mit zu hohen Absätzen, streckte den Rücken durch, es musste sein. Schließlich ging er raus, um sie anzukündigen. Schlagartig wurde es still im Publikum.

Luna Moor spürte ihren dumpfen Herzschlag. Darüber hinaus ein Ziehen in den Armen und im Nacken. Sie kannte das. Ein Gefühl, als würden ihr gleich die Nerven versagen. Noch vor zwei Stunden, bevor sie im Taxi zu der Halle gefahren war, hatte sie überlegt, ob sie sich einen Whisky vom Zimmerservice bringen lassen sollte. In den Hotels gab es offensichtlich keine Minibars mehr. Dabei hätte einer von diesen kleinen diskreten Kühlschränken die Sache vereinfacht.

Nun bereute sie es, vernünftig geblieben zu sein. Ein Drink vor der Veranstaltung hätte geholfen. Was war nur los mit ihr? Köln war die siebenundzwanzigste Station ihrer Lesetour. Und die letzte. Sie könnte doch den Abend einfach abspulen. Aber nein, ausgerechnet jetzt machten die Nerven schlapp.

Und sie hatte böse Vorahnungen. Sie wusste, dass diese Gefühle trügerisch sein konnten. Aber wenn sie nun stimmten? Sie musste wachsam sein. Ihre Haut war nicht sicher. Luna hatte ein Gespür dafür entwickelt, wann es besser für sie war, sich zu verkriechen. Es gab Tage, an denen verließ sie nicht das Haus. Doch auf einer Lesereise war das schwierig.

Auf einer Tour war sie ausgeliefert.

Vor den Kulissen hob der Moderator die Stimme: »Meine Damen und Herren, das lange Warten hat ein Ende. Nun ist es endlich so weit. Sie ist da! Hier bei uns! Einen kräftigen Applaus für das Wunderkind der Spannungsliteratur. Ein herzliches Willkommen für Luna Moor!«

Jubel im Saal, Applaus brandete auf. Sie trat hinaus. Ihre Absätze sorgten für einen aufrechten Gang. Sie hatte ein schwarzes Etuikleid für ihren Auftritt ausgewählt, schlicht, aber figurbetonend. Ihr dunkles Haar trug sie hochgesteckt, weil die Journalisten ihren Schwanenhals liebten. Wegen ihres hellen Teints und ihres runden Gesichts nannte man sie in der Presse auch die Thriller-Prinzessin.

Luna Moor war gerade mal neunundzwanzig Jahre alt. Fanpost erdrückte sie. Sie verstand nicht, warum man sie wie einen Popstar verehrte, sie schrieb doch nur auf, wovor sie Angst hatte. Schreibend begab sie sich in die Abgründe menschlicher Seelen, vor denen sie sich selbst fürchtete. Aber ihre drei bisher erschienenen Thriller hatten nun mal eine erstaunlich hohe Auflage erreicht, und Luna musste einsehen, dass sie Teil einer geschickten Vermarktungsstrategie geworden war. Sie spielte dieses Spiel mit, so gut sie nur eben konnte. Auch wenn sie sich an diesem Abend lieber unter einer Bettdecke versteckt hätte.

Die Scheinwerfer blendeten sie, während sie zur Mitte der Bühne ging, wo der Moderator die Arme für sie ausbreitete. Sie ließ sich von ihm an den Schultern berühren und auf beide Wangen küssen, das gehörte zur Show.

»Hallo Luna.« Er reichte ihr das kabellose Handmikrofon.

»Hallo«, sagte sie leise. Ihre Stimme wurde über Lautsprecher verstärkt.

Das Publikum johlte. Sie winkte in die Menge.

»Danke«, sagte sie, »ihr seid toll.«

Sie nahm neben dem Moderator auf einem der weißen Drehsessel Platz. Vor ihr auf dem Tisch lag ihr neustes Buch.

»Wie geht es Ihnen, Luna?«

»Danke, gut.«

»Ich bin aufgeregt.«

»Warum?«

»Weil *Sie* hier sind.«

Sie lächelte. Ihre Hände schwitzten. Sie hatte den Namen des Moderators vergessen. Vorhin hatte er ihn ihr noch gesagt, aber er fiel ihr partout nicht mehr ein. Andreas? Anton?

Er begann zu reden. Es dauerte lange. Eine weitschweifige Einleitung. Luna spürte, dass ihr Lächeln mittlerweile genauso aufgesetzt war wie seines.

Ihr Mund war trocken. Auf dem Tisch standen eine Karaffe mit Wasser und zwei gefüllte Gläser bereit. Sie wollte sich gerade einen Schluck genehmigen, als sie das Klicken unten im Saal bemerkte. Jemand im Publikum schien sie unablässig zu fotografieren, das irritierte sie. Ihr Blick wanderte die Stuhlreihen ab.

Ganz vorne rechts. Ein Typ, das Gesicht hinter der Kamera versteckt. Sie war in seinem Sucher. Es machte sie nervös.

»Luna?«

Andreas oder Anton war fertig. Sie hatte seine Frage nicht verstanden.

»Entschuldigen Sie.«

»Ich sagte gerade, dass Ihre Bücher von einer Kraft sind, die einem den Schlaf raubt. Wie ist es um *Ihren* Schlaf bestellt, wenn Sie an einem neuen Buch arbeiten? Haben Sie Albträume? Träumen Sie von den Bestien aus Ihren Thrillern, diesen Serienmördern, Kinderschändern und Leichenfledderern?«

»Wenn ich schreibe, schlafe ich nur wenig. Drei, vier Stunden. Und meistens traumlos vor Erschöpfung.«

»Wie halten Sie das auf Dauer aus? Ich meine, drei Bücher im Abstand von drei Jahren, jeweils achthundert Seiten stark. Ein Stil, den ich als fiebrig bezeichnen würde. Sätze, die Sie uns Lesern buchstäblich unter die Schädeldecken hämmern. Wie steht das eine nach außen hin so zerbrechlich wirkende junge Frau eigentlich durch?«

»Ich esse viel Obst und praktiziere Yoga.«

Der Moderator lächelte.

»Nein, wirklich, Schreiben ist ein harter Job, und ich nehme ihn sehr ernst. Also gebe ich auf mich acht. Ich bin selten auf Partys anzutreffen, treibe mich nicht in Bars und Clubs herum, es sei denn, ich recherchiere dort. Für gewöhnlich sieht mein Alltag so aus: aufstehen, Kaffee trinken, bis zum Anbruch der Nacht schreiben, ein wenig schlafen, dann weiterschreiben. Und wenn ich fertig bin, fange ich mit dem nächsten Buch an.«

»Haben Sie denn kein Privatleben?«

»Das *ist* mein Privatleben.«

»Wie sieht es mit Freunden aus?«

»Natürlich habe ich Freunde. Und sie haben Verständnis für meine Art zu leben.«

Unablässig klickte es unten im Publikum. Reihe eins, rechts außen. Der Typ war penetrant. Verstohlen sah sie zu ihm hin. Er ließ die Kamera sinken, lächelte ihr zu. Bevor sie wegsehen konnte, machte er eine beinahe obszöne Geste. Er strich langsam mit dem Daumennagel über seine Lippen.

Rasch streckte Luna die Hand nach dem Wasserglas aus, nahm es und führte es zu ihrem Mund. Dabei bemühte sie sich so sehr, nicht zu zittern, dass sich ihr ganzer Arm verkrampfte. Sie trank einen Schluck und stellte das Glas halbwegs sicher wieder ab.

Der Moderator holte zu einer längeren Frage aus. Sie versuchte zuzuhören, doch ihre Gedanken schweiften ab.

Den Abend hinter mich bringen, dachte sie, und dann schnell ins Hotel. Sie blickte wieder zu dem Typen in der ersten Reihe hin. Er kam ihr irgendwie bekannt vor.

Er fing ihren Blick auf. Ein breites Grinsen. Dann strich er sich erneut mit dem Daumennagel über die Lippen. Schließlich spitzte er den Mund und formte stumm ihren Vornamen.

»Luna?«

»Bitte?«

»Wie kommen Sie zu Ihren Stoffen?«

»Die Stoffe kommen zu mir.«

»Wie meinen Sie das?«

»Ich beobachte Menschen.«

»In Ihren Büchern geht es überwiegend um Psychopathen.«

»Richtig. Nach jüngsten wissenschaftlichen Untersuchungen befindet sich unter hundert Menschen mindestens ein Psychopath.«

Andreas oder Anton lachte. »Das heißt, heute Abend, wir haben fünfhundert Leute im Saal, befinden sich darunter …«

Gelächter.

Aus Reihe eins machte es klick-klick-klick.

Er sprach immer weiter. Luna brauchte nur zu lächeln. Er riss noch einen Witz über Psychopathen. Wieder hatte er die Lacher auf seiner Seite. Und Luna lächelte.

»Kommen wir auf den Serienkiller zu sprechen, von dem Ihr erstes Buch handelt. Ein Monster mit einem realen Vorbild.«

»Ja. Ein Mörder, der wirklich existiert. In meinem Buch heißt er *der Verführer*.«

»Und das ist auch der Titel des Buchs. Ihr erster Megaseller.«

Sie nickte.

»Erzählen Sie uns von diesem Killer.«

»Er hat Frauen die Haut abgezogen.« Sie sagte es so ernst, dass es im Saal sofort ruhig wurde.

»Sie haben den Kerl, der Vorbild für diese Figur ist, im Knast interviewt. Wie war das? Hatten Sie keine Angst vor ihm?«

»Natürlich hatte ich Angst.«

»Sie waren damals fünfundzwanzig. Sie treffen sich mit diesem Schwerverbrecher im Besuchsraum der Strafvollzugsanstalt. Sie befragen ihn zu seinen grausamen Taten. Führen lange Interviews mit ihm, Tag für Tag. Wie, glauben Sie, wirkte das auf ihn?«

»Er fand es geil.«

Gemurmel im Saal.

»Es hat ihn aufgegeilt, ja. Ich hab es ihm angesehen. Es war furchtbar für mich. Er hat jede einzelne Sekunde unserer Gespräche genossen. Ich bin mir sicher, dass er sich hinterher in seiner Zelle vorgestellt hat, wie er mit mir dasselbe macht, was er mit den anderen Frauen zuvor auch getan hat.«

Es klickte mehrmals in der ersten Reihe. Sie setzte eine Pause. Als das Geräusch endlich verstummt war, fuhr sie fort.

»Dieser Serienmörder hat insgesamt neun wehrlose Frauen betäubt, verschleppt, gefangen gehalten, gefoltert und schließlich getötet. Ihre Leichname hat er gehäutet. Ich hab ihn gefragt, was für eine Bedeutung die Haut für ihn hat, und er antwortete mir: ›Sie ist dafür da, dass ich sie mir über den Kopf ziehen kann. Ich will sie riechen und schmecken. Weißt du, Luna Moor‹, sagte er wörtlich zu mir, ›so ein Stück weibliche Haut, fein säuberlich seziert von meinem Skalpell, bringt mich zu multiplen Orgasmen.‹«

Raunen im Saal. Das war genau die Vorstellung, die man von ihr erwartete. Es war verstörend und faszinierend zugleich, wenn eine junge Frau wie sie über derartige Abgründe sprach.

Der Typ aus Reihe eins hatte die Kamera sinken lassen und lächelte sie an. Und wieder diese Geste. Der Mund spitz, die Lippen gewölbt. Sein Daumennagel darüber. Sie wandte den Blick ab.

»Erstaunlich. Wie haben Sie das verkraftet?«

»Gar nicht. Ich konnte nicht schlafen zu dieser Zeit. Nicht eine Minute. Und ich konnte kaum etwas essen. Aber ich musste schreiben. Wenn ich über ihn schrieb, konnte ich mir *den Verführer* vom Leib halten. Wenn ich seinem realen Vorbild gegenübersaß, war ich ihm ausgeliefert. Leute aus meinem Umfeld machten sich Sorgen um mich … ich meine, ganz besonders Wieland Kühn …«

»Wieland Kühn, Ihr Literaturagent, der eine wichtige Rolle in Ihrer Karriere spielt. Er hat Ihr Talent frühzeitig entdeckt. Wir werden gleich noch auf ihn zu sprechen kommen.«

Sie nickte. »Wieland habe ich unendlich viel zu verdanken. Er hat mich damals ausdrücklich gewarnt. Er wusste ja frühzeitig von dem Projekt, ahnte, worauf ich mich einlassen würde, fürchtete, was mir bevorstand. Er sagte mir: ›Du darfst dich diesem Monster nicht zum Fraß vorwerfen. Bewahre stets die Distanz. Lass dich niemals von ihm einwickeln. Er ist rhetorisch geschickt, er wird dich mit Worten umschmeicheln. Er ist *der Verführer*, und er wird dich niemals loslassen.‹ Wieland hat mich aufgebaut in Momenten, da mir die Kraft auszugehen drohte. Und er hat mir immer wieder Mut gemacht.«

Applaus brandete auf.

»Und es hat sich gelohnt«, sagte der Moderator. »*Der Verführer* war Ihr fulminantes Debüt, zweihunderttausend verkaufte Exemplare im deutschsprachigen Raum, Übersetzungen in zehn Sprachen. Das Buch ist halb fiktional, halb dokumentarisch. Es geht um einen Serienkiller mit realem

Vorbild, aber es geht auch um eine fiktive junge Frau, die es mit der Bestie aufnimmt und sie am Ende besiegt.«

»Ja.«

»Sie sagen, Ihre Stoffe kommen zu Ihnen. Kam denn auch *der Verführer* zu Ihnen?«

Stille. Sie rührte sich nicht. Dann sagte sie leise: »Ich sah sein Foto in der Zeitung. Dieses berühmte Foto von seiner Verhaftung. Er grinst in die Kamera, und in seinen Augen erkenne ich etwas, das …«

Sie schluckte. Der Moderator wartete ab.

»… es mag komisch klingen, aber seine Augen sprachen zu mir. Sie forderten mich auf, dieses Buch zu schreiben.«

»Irre.«

Schweigen.

»Ja, vielleicht ist das irre«, murmelte sie.

»Luna, was danach kam, ist eine unglaubliche Erfolgsstory. Welche junge deutsche Autorin schafft es schon auf Anhieb, zweihunderttausend Exemplare ihres Debüts zu verkaufen. Und Sie haben einfach weitergemacht. Im Jahr darauf erschien *Masken*, und nur zwölf Monate später *Furien*, Ihr neues Buch, das Sie uns heute vorstellen werden. Und wieder hielten sich beide Bücher wochenlang in den Top Ten der Bestsellerliste. Hat Sie der Erfolg verändert?«

»Ich glaube nicht.«

»Können Sie ihn wenigstens auch ein bisschen genießen?«

Klick-klick-klick aus der ersten Reihe.

»Genießen?«

»Na ja, freuen Sie sich nicht manchmal darüber? Ich meine, Sie sitzen hier, wirken ein bisschen scheu, aber schauen Sie doch mal in den Saal da unten. So viele Leserinnen und Leser, und sie sind begeistert von Ihnen und Ihren Büchern.«

»Klar, ich freue mich.« Sie lächelte zaghaft ins Publikum. »Danke, dass ihr so zahlreich erschienen seid.«

»Kehren wir zu Ihren Wurzeln zurück. Wieland Kühn, wir haben ihn vorhin schon erwähnt, Ihr Berliner Literaturagent. Stimmt eigentlich diese Geschichte, dass er Ihr Talent entdeckt hat, als Sie gerade mal Anfang zwanzig waren?«

»Ja, das war bei einem Schreibwettbewerb in Berlin. Ich hab mich dort mit einer Erzählung beworben und kam in die engere Auswahl. Er war in der Jury. Er las die Geschichte, und ich …«

Sie dachte daran, wie sie damals vor Publikum aus ihrem Text vorlesen sollte. Gemessen an den Zahlen von heute waren das wenige Zuhörer, aber doch so viele, dass ihr die Stimme versagte. Gerade mal ein paar Sätze ihrer Geschichte hatte sie vortragen können, dann war sie verstummt. Ihr war, als müsste sie auf offener Bühne in Tränen ausbreche, wenn sie nicht sofort rauslief. Sie hatte eine Entschuldigung gemurmelt, ihr Manuskript genommen, war aufgestanden und vom Podium geflohen.

Damit war natürlich jegliche Chance vertan, einen Preis bei dem Wettbewerb zu gewinnen, aber das war ihr egal, Hauptsache, sie kam raus ins Freie, um wieder atmen zu können.

Sie schnappte sich ihre Jacke und rannte auf die Straße. Plötzlich rief ihr jemand nach.

»Luna, warten Sie.«

Sie blieb stehen und drehte sich um.

Es war Wieland Kühn, er war bekannt in der Szene. Viele

namhafte Autoren wurden von ihm vertreten. Er galt als streng, unnachgiebig, eitel und war nicht besonders beliebt bei den Verlagen wegen seiner knallharten Verhandlungsmethoden. Andererseits eilte ihm der Ruf voraus, dass er, wenn er erst einmal für einen Autor Feuer gefangen hatte, so gut wie alles für ihn tat.

Er kam auf sie zu und blickte sie prüfend an. »Was war da gerade los? War das zu viel für Sie?«

Sie nickte stumm.

»Lampenfieber?«

»Nicht nur das, ich …«

»Eine Schriftstellerin muss mit ihren Texten in der Öffentlichkeit bestehen können, das ist Ihnen doch wohl klar.«

»Natürlich.«

»Meinen Sie es ernst mit dem Schreiben? Oder betrachten Sie das bloß als ein Hobby?«

»Es ist mir sehr ernst.«

»Ihre Geschichte, die ich vorab gelesen habe, ist … nun ja, beklemmend, verstörend, düster. Sie hat mir gefallen.«

»Wirklich?«

»Ich denke nur, diese grausame Handlung ist zu nah an Ihnen dran. Sie fühlen sich von Ihrer eigenen Geschichte erdrückt, hab ich recht?«

Sie konnte nicht antworten. In ihrem Hals steckte ein Kloß.

Sie sah ihn nur an.

»Sollten Sie nicht eher über etwas schreiben, zu dem Sie mehr Distanz aufbauen können?«

»Ich werde darüber nachdenken«, antwortete sie.

»Tun Sie das. Andernfalls müsste ich mir ernsthaft Sorgen um Sie machen.«

Sie nickte ihm zu, wollte weitergehen.

Plötzlich sagte er: »Ich würde Sie gern unter Vertrag nehmen. Ihre Erzählung war bloß ein Anfang. Schreiben Sie einen Roman. Erfinden Sie Horror für mich.«

Sie war wie vom Donner gerührt.

»Luna? Sind Sie noch bei uns?«

Es war beklemmend ruhig im Saal, nicht einmal mehr das Klicken der Kamera war zu vernehmen.

»Verzeihung. Wie war die Frage?«

»Ihre Erzählung damals. Wovon handelte sie eigentlich? Sind Sie nie auf die Idee gekommen, sie zu veröffentlichen?«

»Das war … Sie handelt von … Nein, sie war nie zur Veröffentlichung bestimmt.«

Der Moderator versuchte es mit einem Scherz. Luna trank einen Schluck Wasser. Es ärgerte sie, dass sie nicht geschickter reagiert hatte. Es gab viele Antworten, die sie sich vorher zurechtgelegt hatte, um sich vor unangenehmen Fragen zu schützen. Sie mussten nur flüssiger kommen. Ihr Auftreten müsste noch professioneller sein. Sie durfte sich keine Schwächen erlauben. Nicht auf offener Bühne. So eine Blöße wie damals bei ihrem allerersten Auftritt wollte sie sich nicht noch einmal geben, das hatte sie sich geschworen.

Und gleich die nächste Frage traf sie wieder bis ins Mark: »Was ist eigentlich der Auslöser für Ihre immense Schreibwut? Warum begibt sich, um mal diesen Begriff aus der Presse aufzugreifen, die Thriller-Prinzessin stets aufs Neue in diese schwindelerregenden Abgründe einer dunklen Welt voller Perverser und Psychopathen?«

»Ich bin der Filter«, sagte sie kaum hörbar. »Der Horror muss durch mich hindurch.«

Pause.

»Es tut mir leid, ich kann es nicht anders erklären.«

Der Moderator hob die Stimme und wandte sich direkt an die Zuschauer unten im Saal: »Sie ist der Filter. Der Horror muss durch sie hindurch. Meine Damen und Herren, noch einmal einen kräftigen Applaus für Luna Moor.«

Sie klatschten in die Hände. Sie bemühte sich zu lächeln.

»Luna, bevor wir nun über *Furien*, Ihr jüngstes Werk sprechen, gleich eine Frage vorweg. Etwas, das uns natürlich alle brennend interessiert. Arbeiten Sie bereits an Ihrem nächsten Thriller?«

»Ja.«

»Können Sie uns schon etwas verraten? Wir sind natürlich alle höchst gespannt, wie es weitergehen wird.«

»Es wird … Es soll …«

Sie schluckte. In ihrem Kopf war mit einem Mal ein Vakuum. Sie hörte das Blut in ihren Ohren rauschen. Und sie vernahm eine Stimme, die wie ihre eigene klang.

Es ist das Buch, das mich töten wird.

Sie starrte den Moderator an. Er starrte zurück. Hatte sie das etwa eben laut ausgesprochen?

Offenbar nicht. Jedenfalls riss er einen seiner Witze und erntete Gelächter im Publikum.

Und auch Luna hatte ihre Fassung wieder. Sie antwortete ausweichend.

Schließlich ging es um *Furien*, Thriller Nummer drei. Bald darauf wurde sie aufgefordert, eine Passage daraus zu lesen.

Sie nahm das Buch und schlug es auf. Sie wusste, dass sie es lieber nicht tun sollte, aber sie blickte noch einmal zur ersten Reihe hin.

Ein anzügliches Lächeln. Gespitzte Lippen. Der Daumennagel, der darüberstrich.

Und wieder hörte sie die Stimme in ihrem Kopf, die wie ihre eigene klang: *Das nächste Buch wird mich töten.*

Sie strich die Seiten glatt und las.

SIEBEN

Der Whisky schien sie von innen liebkosen zu wollen. Warm glitt er ihre Kehle hinab und umschmeichelte ihren Magen. Sie saß allein an der Hotelbar und betrachtete die von unten beleuchteten Flaschen vor der verspiegelten Wand.

Sie hatte die Veranstaltung hinter sich gebracht, war beim Signieren fleißig gewesen, hatte freundlich gelächelt und für Fotos mit Lesern bereitgestanden. Die Veranstalter hatten sie noch zu einem späten Abendessen einladen wollen, doch sie hatte eine aufkommende Migräne vorgeschützt, sich ein Taxi rufen lassen und war ins Hotel gefahren.

Sie nickte dem Barkeeper zu, und ihr wurde ein zweiter Whisky serviert. Plötzlich nahm jemand neben ihr Platz.

»Luna Moor, was für eine Überraschung!«

Sie blickte ihn an. Es war der Typ aus Reihe eins.

»Verzeihen Sie, aber ich wollte gerade gehen«, sagte sie. Sie ließ das volle Glas stehen und erhob sich.

»Sie haben recht, es ist schon spät.« Er stand ebenfalls auf.

Luna eilte zu den Aufzügen, doch er hielt mit ihr Schritt.

»Vielen Dank noch mal für die großartige Lesung.«

»Gern geschehen«, erwiderte sie knapp.

»Ich hoffe, Sie erinnern sich an mich. Tobias Schmidt mit dt. Sie haben *Furien* für mich signiert und mir eine überaus charmante Widmung hineingeschrieben.«

Sie drückte auf die Tasten an den Lifts und wartete schweigend.

»So ein Zufall, dass wir im selben Hotel eingecheckt haben, nicht wahr?«

Die Bar war ein Fehler gewesen. Sie hätte sich gleich auf ihr Zimmer verziehen sollen. Und der Aufzug kam einfach nicht.

»Es ist ein schönes Hotel, finden Sie nicht auch?«

»Ist ganz in Ordnung.«

Endlich sprangen die Türen auf. Sie ging hinein und wählte die Taste fürs dritte Stockwerk, um ihn schnell loszuwerden. Er drückte auf 5, das war leider die Etage, wo sich auch ihr Zimmer befand.

Die Türen schlossen sich, und sie war mit ihm in der Kabine allein.

»Es ist übrigens nicht die erste Lesung auf Ihrer Tour, die ich miterleben durfte. Erinnern Sie sich vielleicht? München? Frankfurt? Hamburg, auf Kampnagel? Und jetzt Köln. Davor natürlich noch Berlin. Ich komme nämlich selbst aus Berlin.«

Er reiste ihr nach. Deswegen war ihr sein Gesicht bekannt vorgekommen.

»Tut mir leid, aber ich kann mich unmöglich an jeden Leser erinnern.«

»Dabei hab ich mir immer was Neues einfallen lassen. In Frankfurt bat ich Sie, mir eine Serviette zu signieren, in Hamburg war es die Eintrittskarte.«

Er trug einen Anzug. Kein Hemd, dafür ein schwarzes T-Shirt. Sein blondes Haar war auf lässige Art verstrubbelt. Abgekaute Nägel, registrierte sie. Ein nervöses Zucken um den Mund. Sportschuhe der Marke New Balance. Trendbewusst, offenbar gut gebildet. Aber hochneurotisch. Alter Anfang, Mitte dreißig. Über fünfzig Prozent ihrer Fans waren männlich, was ungewöhnlich war, denn Bücher wurden überwiegend von Frauen gelesen.

Woher wusste er, welches Hotel man für sie gebucht hatte? Das konnte doch kein Zufall sein.

Sie vermied es sogar, öffentlich zu erwähnen, in welchem Bezirk Berlins sie lebte.

Und doch fühlte sie sich niemals sicher.

Der Fahrstuhl hielt, die Türen öffneten sich.

Luna eilte ohne ein Wort hinaus. Sie folgte den Notausgangschildern und gelangte ins Treppenhaus. Sie lehnte sich gegen die Wand und atmete gepresst.

Nach einiger Zeit stieg sie langsam bis ins fünfte Stockwerk hinauf.

Der Teppich im Flur dämpfte ihre Schritte. Sie blieb vor der Tür mit der Nummer 532 stehen und schob die Schlüsselkarte ein. Ein kleines rotes Licht leuchtete auf. Sie hatte die Karte verkehrt herum eingesteckt. In diesem Moment hörte sie eine Stimme in ihrem Rücken.

»Ich habe Nummer 544.«

Sie fuhr herum. Tobias Schmidt trat aus dem Zimmer gleich gegenüber und lächelte sie an.

»Interessiert mich nicht.«

Sie wollte sich schroff abwenden, als er plötzlich sagte: »Ich weiß übrigens, worum es in Ihrem nächsten Buch geht.«

Sie hielt inne. »Was?«

Er kam auf sie zu. »Sie haben die Szenerie gewechselt. All Ihre vorherigen Bücher spielen in Berlin. Diesmal haben Sie etwas anderes gewählt.«

»Woher wollen Sie das wissen?«

»Ich bin ein guter Beobachter, Luna Moor. Und seit ich den *Verführer* las, bin ich Ihr größter Fan.«

Sie drehte sich um und schob die Schlüsselkarte erneut ins Schloss.

Er kam ihr noch näher. Sie spürte ihn in ihrem Rücken.

»Ich mache mir große Sorgen um Sie. Sie sind ein Stadtkind. Mitten in Berlin aufgewachsen. Und nun haben Sie sich ausgerechnet den Wald ausgewählt, den finsteren Wald, in dem Sie ganz allein sind. Dieser Schauplatz, an dem Sie schreiben, ist nicht gut für Ihre Nerven. Sie haben sehr empfindliche Nerven, Luna Moor, das sehe ich Ihnen an.«

Er blies ihr seinen Atem in den Nacken.

»Was für ein Kontrast, diese düsteren Bücher und Ihre zarte Person. Sie tanzen auf Messers Schneide, und das mit jedem Satz, den Sie schreiben. Sie brauchen einen Beschützer, Luna Moor. Sie brauchen jemanden, der immer für Sie da ist.«

»Hören Sie auf, mich zu belästigen!«, stieß sie hervor.

Endlich ließ sich die Tür aufklinken. Sie zog die Karte heraus, glitt rasch hinein und warf die Tür hinter sich zu. Hastig legte sie den Riegel um. Der war nur zum Schein, das wusste sie. Hotelgäste misstrauten den elektronischen Sicherheitsschlössern. Sie wollten Riegel. Sichtbare Beweise dafür, dass ihre Zimmer gut verschlossen waren.

Sie steckte die Karte in den dafür vorgesehenen Schlitz, und das Zimmerlicht flammte auf. Sie kniff für ein paar Sekunden die Augenlider zusammen. Ihr Herz wummerte.

»Luna«, sagte er leise von draußen.

»Gehen Sie weg!«

»Bitte verzeihen Sie, ich möchte nicht aufdringlich erscheinen. Aber eines ist mir wichtig: Wenn Sie Hilfe brauchen, rufen Sie mich an, jederzeit, Tag und Nacht. Ich hab Ihnen hier meine Nummer notiert.«

Er schob ein Foto unter der Tür hindurch. Es zeigte sie beide. Nach einer Lesung. Tobias Schmidt hatte einen Arm um ihre Schulter gelegt und grinste breit in die Kamera, während sie nur verlegen lächelte.

Eines dieser Fotos, um die ihre Fans sie baten.

Mit Filzstift hatte er eine Handynummer auf das Foto geschrieben.

»Ich rufe jetzt unten bei der Rezeption an und verlange nach dem Sicherheitsdienst.«

Stille.

Aber er war noch da. Das spürte sie.

Schließlich fragte er leise hinter der Tür: »Welchen Zug nehmen Sie morgen? Vielleicht können wir uns im Abteil weiter unterhalten?«

»Verschwinden Sie!«

Kurz darauf vernahm sie das Klicken seiner Tür.

Sie bückte sich, hob das Foto auf, zerriss es mehrmals, ging ins Badezimmer und warf die Fetzen ins Klo. Sie hielt die Spültaste gedrückt und wartete ab, bis auch der letzte Überrest von seinem Grinsen im Abfluss verschwunden war.

Tobias Schmidt, Zimmer 544, gleich gegenüber. Woher zum Teufel wusste er von ihrem neuen Projekt?

Es gab nur eine Erklärung dafür. Er war ihr in den Wald gefolgt.

Sie lag die ganze Nacht wach. Um halb sieben schlich sie sich aus ihrem Hotelzimmer. Sie checkte aus und ging zu Fuß zum Bahnhof. Sie nahm den ICE um 7 Uhr 48. Er fuhr pünktlich ab. Im Großraumabteil sah sie sich noch eine

Weile verstohlen um, aber von Tobias Schmidt war nichts zu sehen. Sie trank ihren Kaffee aus dem Pappbecher, den sie am Bahnsteig gekauft hatte. Hunger verspürte sie keinen.

Schließlich klappte sie ihren Laptop auf und begann hoch konzentriert zu schreiben. Dabei blendete sie ihre Umgebung völlig aus.

Nach etlichen Seiten blickte sie zum ersten Mal von ihrem Text auf. Sie sah aus dem Fenster, Bäume glitten vorbei, Laub wehte im Wind. Es war trüb, novembergrau, wie tot draußen.

Sie fokussierte sich wieder auf ihre Arbeit und schrieb weiter, bis die Zeilen vor ihren Augen verschwammen. Es half nichts, sie musste was essen, auch wenn sie völlig appetitlos war. Sie klappte den Laptop zu und kaufte sich ein Sandwich im Speisewagen. Zurück an ihrem Platz warf sie einen Blick aufs Display ihres Handys.

Sie hatte eine Nachricht auf der Mailbox und hörte sie ab. Es war ihre beste Freundin Anna. Es klang dringend.

Sie rief zurück und versprach, nach ihrer Ankunft sofort zu ihr zu kommen.

Gegen Mittag war sie in Berlin-Charlottenburg. Sie zog ihren kleinen Rollkoffer hinter sich her, passierte den Stuttgarter Platz und erreichte die Rönnestraße, wo Anna mit ihrem fünfzehnjährigen Sohn Leon in einer schönen Dreizimmerwohnung lebte.

Anna umarmte sie zur Begrüßung und bat sie herein. Sie setzte einen Kaffee für sie auf und nahm mit ihr am Küchentisch Platz. Leon war offenbar noch in der Schule.

»Danke, dass du gleich gekommen bist.«

»Was ist denn passiert?«

»Es geht um Leon.«

»Um Himmels willen, was ist los?«

»Es ist nicht *so* schlimm, aber … ich hab das Gefühl, als Mutter mal wieder völlig zu versagen.«

Anna war sieben Jahre älter als Luna. Die Beziehung zu Leons Vater war sehr schwierig gewesen. Sie war mit Anfang zwanzig ungeplant von ihm schwanger geworden. Kurz danach hatten sich die beiden getrennt, doch Anna hatte das Kind auf jeden Fall behalten wollen. Und Leons Vater wohnte mittlerweile in der Nähe von Wiesbaden.

Luna drückte ihre Hand.

»Geht es um deine USA-Reise?«

Anna nickte stumm. Sie arbeitete als freischaffende Filmdramaturgin. Luna hatte sie vor drei Jahren bei einer Veranstaltung auf der Berlinale kennengelernt. Damals waren die Verfilmungsrechte für den *Verführer* verkauft worden. Der Film war noch immer nicht realisiert, ein Projekt, das sich endlos dahinzog und an dem Anna eigentlich gar nicht direkt beteiligt war. Aber sie hatten sich auf Anhieb so gut verstanden, dass sich während ihrer zahlreichen Treffen in der Folge eine innige Freundschaft entwickelt hatte. Und das war für Luna außerordentlich wertvoll, denn sie war, was Beziehungen zu anderen Menschen anbelangte, eher scheu. Nur bei Anna hatte sie das Gefühl, sich allmählich öffnen und ihr, wenn auch nicht alles, so doch einiges aus ihrem Leben anvertrauen zu können.

Für sie war Anna die beste Freundin, aber sie traute sich nicht zu fragen, ob es auch umgekehrt der Fall war.

»Zwei Wochen L.A., morgen geht mein Flug.« Anna strich sich eine Strähne ihres brünetten Haars aus dem Gesicht. »Bob wartet schon auf mich. Du weißt, es handelt sich um dieses Drehbuchprojekt, bei dem er mich unterstützt. Das ist eine Riesenchance für mich.«

Luna lächelte schwach. »Es ist nicht dein Skript. Bob ist der wahre Grund für deine Reise.«

Bob war einer dieser jungen, angeblich aufstrebenden Produzenten aus Kalifornien, jemand, der irgendwie im Filmgeschäft war, ohne dass man über seine wahre Tätigkeit viel herausbekam. Luna kannte ihn nur von einem Foto, allerdings ahnte sie, dass es sich um einen Blender handelte, in den sich Anna bei einem Drehbuch-Workshop in den Staaten hoffnungslos verknallt hatte.

»Wie läuft es denn mit ihm?«

»Ich vermisse ihn. Und er vermisst mich.«

»Und Leon ist eifersüchtig auf ihn, hab ich recht?«

»Verdammt, ja. Aber ich versuche mein Bestes. Ich hab mir schrecklich viel Mühe gegeben, eine Lösung zu finden. Und so sollte er eigentlich bei einem Schulfreund bleiben, während ich in den USA bin, aber nun haben die Eltern dieses Freunds mich einfach hängen lassen.«

»Wieso das denn?«

»Sie stecken gerade in einer Ehekrise, sind nur am Streiten. Und gestern rief mich die Mutter von Leons Freund an und sagte, dass es wohl doch nicht so gut wäre, wenn er für zwei Wochen bei ihnen ist.«

Luna runzelte die Stirn. Sie ahnte, was nun kam.

»Ich hab Leon gefragt, was ich jetzt machen soll. Die Reise absagen oder … Na ja, und er hatte dann zum Glück dieselbe Idee wie ich …«

»Und was ist das für eine Idee?«

»Er fragte mich, ob er nicht bei dir unterkommen könnte.«

Luna stieß die Luft aus. Die Müdigkeit hämmerte gegen ihre Schläfen, mit einiger Verzögerung wurde ihr bewusst, dass sie in der Nacht kein Auge zugetan hatte.

»Anna, es tut mir leid, aber ich stecke mitten in meinem neuen Buch. Ich muss es fertigkriegen.«

»Und? Wie kommst du voran?«

Sie nahm noch einen Schluck Kaffee. Anna blickte sie prüfend an. Wenn sie jemand durchschaute, dann sie.

»Geht es dir nicht gut, Luna?«

Sie setzte die Tasse ab. Sie hatte etwas verschüttet, rieb in der Pfütze herum. Noch immer hallte die unheimliche Begegnung im Hotelflur in ihr nach.

»Du weißt doch, wie ich bin, wenn ich schreibe. Immer ein bisschen drüber. Ich hab dir ja schon am Telefon erzählt, dass ich gerade aus Köln von einer Lesung komme, und davor war ich auch ständig unterwegs. Dazu dieses Buch …«

Es wird mich töten.

»… an dem ich arbeite … und heute Nacht …« Sie wollte ihr von Tobias Schmidt erzählen, aber sie fürchtete, dass sie dann vollends die Nerven verlieren würde.

»Was ist heute Nacht passiert?«

»Ach, nichts.«

»Komm schon, Luna, du siehst ziemlich fertig aus.«

»Ich … ich hab nur einfach zu wenig geschlafen in letzter Zeit.«

Es entstand eine Pause.

Schließlich fragte Anna: »Meinst du nicht, dass du mir helfen kannst? Der Flug ist gebucht und mit Bob alles abgesprochen. Ich kann doch Leon nicht für zwei Wochen aus der Schule nehmen, nur weil …«

»… weil du einen Lover in den USA hast?«

Sie machte eine flehentliche Geste. »Leon mag dich sehr.«

»Du weißt, dass es mir umgekehrt genauso geht.«

Sie war schon öfter eingesprungen, wenn Anna dienstlich

auf Reisen war. Sie hatte ein paar Wochenenden mit dem Jungen verbracht und die Zeit mit ihm genossen.

Er war wie ein kleiner Bruder für sie. Das Geschwisterkind, das sie nie gehabt hatte.

»Ja, und er würde sich wahnsinnig freuen, wenn er in der Zeit bei dir wohnen könnte. Ich glaube, es wäre ihm sogar lieber, als bei seinem Schulfreund zu sein. Wirklich, ich wäre dir unendlich dankbar, wenn du mir aus der Patsche helfen könntest.«

Wieder entstand eine Pause.

»Ich bin zurzeit gar nicht in meiner Wohnung«, sagte Luna leise.

»Was?«

»Ich hab mir was gemietet. Draußen im Umland. Es hat mit meinem Projekt zu tun. Ich schreibe dort.«

Anna blickte sie erstaunt an. »Warum hast du mir das noch gar nicht erzählt?«

»Tut mir leid, ich …«

Sie hielt es lieber geheim. Wie etwas Schmutziges. Gemeines.

»Wo im Umland?«

»In der Nähe von Bernau.«

»Eine Wohnung?«

»Ein Haus.«

»Wow, Luna, das ist völlig überraschend für mich.«

»Es hilft mir beim Arbeiten. Machen wir es nicht so groß.«

»Und du kannst nicht so lange in Berlin schreiben? Es sind nur zwei Wochen.«

»Ich muss vor Ort sein. Ich brauche den Schauplatz. Die Umgebung.«

Den Horror, dachte sie.

»Bernau ist nicht allzu weit von Berlin entfernt. Leon könnte mit dem Zug zur Schule fahren.«

Luna schloss für einen Moment die Augen.

Nein, sie durfte ihn nicht mitnehmen. Es war zu gefährlich.

»Es geht nicht. Unmöglich.«

Anna schaute sie an.

»Ich kann ihn nicht in dieses Haus mitnehmen.«

»Aber warum?«

Sie dachte an Tobias Schmidt und seine düsteren Andeutungen. *Und nun haben Sie sich ausgerechnet den Wald ausgewählt, den finsteren Wald, in dem Sie ganz allein sind.*

Zugegeben, mit Leon wäre sie nicht allein.

Aber könnte sie das verantworten?

»Nein«, sagte sie mit Bestimmtheit. »Ich kann nicht.«

»Du würdest uns einen großen Gefallen damit tun.«

Sie holte tief Luft. »Wirklich, ich …«

Anna blickte sie flehentlich an.

»Nein«, sagte Luna noch einmal.

Sie durfte einen Fünfzehnjährigen nicht mitnehmen in dieses Haus, in dem sich ein grausamer Mord abgespielt hatte.

ACHT

Am Tag darauf wartete Luna vor dem Schulgebäude auf Leon. Er kam im Pulk einiger Mitschüler aus der Eingangstür. Als er sie erkannte, hellte sich sein Gesicht auf. Sie trat lächelnd auf ihn zu.

Er hatte eine vollgepackte Reisetasche dabei.

»Hey«, sagte sie.

»Hey. Können wir los?«

Anna hatte am Abend zuvor noch einmal angerufen und sie bekniet. Dann war Leon ans Telefon gekommen und hatte beteuert, wie gern er in den zwei Wochen bei ihr sein würde, und schließlich hatte sie eingewilligt.

Der Mord lag ja schon eine Weile zurück. Vielleicht bestand kein Grund zur Besorgnis mehr. Außerdem konnten sie jederzeit wieder nach Berlin zurück.

»Okay«, sagte Luna, »aber wir machen es so, wie wir es gestern besprochen haben. Wenn es dir in dem Haus nicht gefällt, kehren wir sofort um.«

»Klar doch.«

Sie gingen zu ihrem Wagen, einem rostbraunen Honda Civic mit Schrägheck, den sie sich vor Kurzem für ihre Fahrten ins Umland gebraucht gekauft hatte. Luna verstaute seine Tasche im Kofferraum und stieg mit ihm ein.

»Wohin genau geht es eigentlich?«, fragte er.

Luna scherte aus der Parklücke aus und fuhr los.

»Es ist ein Grundstück im Landkreis Barnim. Kennst du den Liepnitzsee?«

»Ja. War schon mal zum Baden da.«

»In der Gegend befindet sich das Haus.«

»Ist doch ganz nett da draußen.«

Sie waren in Westend. Sie erreichte die Knobelsdorffstraße und fädelte sich kurze Zeit später auf dem Stadtring ein. Es herrschte dichter Nachmittagsverkehr.

»Das Haus ist … Ach, schau es dir einfach mal an.«

Leon musterte sie mit seinen wachen braunen Augen. Er war ein hübscher Junge, groß gewachsen, schlank, rotbraunes, halblanges Haar. Luna dachte, dass er in seiner Klasse eigentlich recht beliebt sein müsste, aber oftmals hatte er etwas Verdrucksteș, Grüblerisches an sich. Eigenarten, die sie von sich selbst kannte.

»Ist irgendwas nicht in Ordnung damit?«

Sie schwieg.

»Warum hast du es gemietet?«

»Zum Arbeiten.«

»Wie lange fahren wir?«

»Je nach Verkehr. Etwas über eine Stunde, schätze ich.«

»Und du schreibst dort also an deinem neuen Buch?«

Sie nickte.

»Wieder ein Thriller?«

»Ja.«

Sie erreichten den Bezirk Wedding, danach Tegel. Hinterm Flughafen und der Stadtgrenze ging es auf der A111 etwas schneller voran, doch Luna, die normalerweise eher selten mit dem Auto unterwegs war, ließ sich noch immer von dem hohen Verkehrsaufkommen nervös machen und hielt beharrlich die rechte Spur. Der Dieselgestank der Lkws drang durch die Lüftung herein und verursachte Kopfschmerzen bei ihr.

Leon warf ihr Seitenblicke zu. Er schien ihre Anspannung längst bemerkt zu haben. »Warum ausgerechnet dort draußen? Was ist so besonders an dem Haus?«

»Wie gesagt, wenn es dir nicht gefällt, kehren wir wieder um. Vielleicht ist es dir ja in meiner Wohnung lieber.«

»Und deine Arbeit?«

»Zur Not kann ich das Buch auch in Berlin zu Ende schreiben.«

Leon schwieg. Sie nahm den nächsten Abzweig und wechselte auf die A10 in Richtung Frankfurt/Oder. Es dämmerte bereits, und sie schaltete die Scheinwerfer ein.

Um das Thema zu wechseln, fragte sie: »Wie war es eigentlich in der Schule?«

Er stieß die Luft aus, verzog den Mund.

Luna versuchte es mit einem Lächeln: »So schlimm?«

»Schreibst du mir eine Entschuldigung für zwei Wochen?«

»Dafür brauchst du ein ärztliches Attest.«

»Fälschst du mir eins?«

Abermals lächelte sie schwach.

Nach einer Pause sagte sie: »Ich hab ja schon mit Anna besprochen, dass du jetzt einen etwas weiteren Weg zur Schule hast. Wäre das okay für dich?«

»Wie weit? Eine Stunde?«

»Ich denke, ja. Du müsstest die Regionalbahn nehmen und dann in die S-Bahn umsteigen. Ich bringe dich jeden Morgen mit dem Auto zum Bahnhof und hol dich dort auch wieder ab.«

»Okay.«

Plötzlich fragte er ernst: »Stört es dich eigentlich, dass ich bei dir bin?«

»Nein, überhaupt nicht.«

»Ich hab's mir nämlich nicht ausgesucht.«

»Ich weiß. Das ist alles ziemlich verwirrend für dich, oder? Deine Mutter. Der Typ in Amerika.«

»Ich kann ihn nicht ausstehen.«

»Kennst du ihn denn überhaupt richtig?«

»Wir haben mal telefoniert. Auf Englisch. Er wollte sich bei mir einschleimen. Nur weil er meine Mutter vögelt.«

Sie warf ihm einen Blick zu. Er grinste sie gequält an.

»Hast du eigentlich noch Kontakt zu deinem Vater?«

»Selten. Wenn er mal in Berlin ist. Er hat ja noch eine Zweitwohnung in Mitte. Das ist so ein blödes Apartment, in dem ich ihn dann besuchen soll. Am Donnerstagnachmittag kommt er übrigens, er lädt mich zum Essen ein, und danach soll ich bei ihm übernachten.«

»Davon hat mir Anna gar nichts erzählt.«

»Ich soll es dir ausrichten.«

»Okay.«

»Freitag ist er schon wieder weg. Geschäftstermine.«

Luna wusste, dass Leons Vater als Bauunternehmer häufig unterwegs war.

»Wir haben etwas gemeinsam«, sagte sie. »Ich sehe meinen Vater auch äußerst selten.«

»Warum?«

»Er hat meine Mutter verlassen, als ich noch ein Kind war.«

»Das ist scheiße.«

»Ja, Leon. Ich verstehe dich also.«

Sie schwiegen. Luna nahm die Ausfahrt Richtung Mühlenbeck und bog links in eine Landstraße ein, die sie zur Bundesstraße 273 führte. Sprühregen, tiefer Novemberhimmel. Sie drehte am Regler für die Scheibenwischer.

»Ich kenne deine Bücher«, sagte Leon unvermittelt.

»Wirklich?«

»Hab sie alle drei gelesen.«

»Hast du mir vorher nie gesagt.«

»Bin gerade fertig damit. Gestern Nacht hab ich *Furien* ausgelesen. Harter Stoff. Gefällt mir. Vorher *Masken*, einfach der Wahnsinn. Und *Der Verführer* ist … wow, so was von abgefahren.«

»Danke.«

»Stimmt es, dass du bei so einem Serienkiller im Knast warst? Um ihn zu interviewen?«

»Ja.«

»Verrückt.«

Sie nickte bloß.

»Ich meine das als Kompliment.«

»Das ist lieb von dir.«

»Meine Mutter ist nicht so verrückt. Ich find sie eher … langweilig.«

»Ich mag Anna.«

»Ich weiß. Ihr versteht euch richtig gut, oder?«

»Hmm.«

»Geht dir das mit vielen Leuten so?«

»Eher nicht.«

»Wie viele Freunde muss man haben, was glaubst du?«

»Gibt es dafür Regeln?«

Leon schwieg für eine Weile. Er schien nachzudenken.

»Mein Kumpel Tom …«, sagte er schließlich zögernd.

»Ja?«

»Der hat jetzt eine feste Freundin. Deswegen hängt er weniger mit mir zusammen ab. Und da hab ich mir gedacht, es wäre besser …«

»… mehr als *einen* Kumpel zu haben?«

»Ja. Aber nicht jeder Freund versteht einen richtig, weißt du? Ich meine so, dass man ihm alles erzählen kann.«

»Geht mir ähnlich. Als ich in der Schule war, hatte ich auch nur eine einzige gute Freundin. Aber sie ist dann … als ich meine Probleme hatte … na ja, sie wollte plötzlich nichts mehr mit mir zu tun haben … Ich war wohl ein ziemlicher Nerd. Bin ich noch immer.«

Leon schien das zu erleichtern. »Hab mir gedacht, dass du so bist. Deine Bücher sind schon sehr schräg. Im positiven Sinne, meine ich.«

Sie lächelte ihm zu.

Der Regen wurde stärker. Die Wischblätter schrammten über die Windschutzscheibe. Sie musste abbiegen. B109, kurz darauf erreichten sie Wandlitz.

»Deshalb kann ich mir auch vorstellen, dass dieses Haus, in dem du schreibst, absolut gruselig ist.«

»Das ist es auch. Und sag bitte nichts deiner Mutter davon.«

»Warum? Weil sie sich sonst Sorgen macht?«

»Ja. Schließlich trage ich die Verantwortung für dich in den zwei Wochen.«

»Ich sag nichts. Kein Sterbenswort. Versprochen.« Er musterte sie. »Also, was ist nun mit dem Haus?«

Sie atmete tief durch. »Darin sind einige schreckliche Dinge passiert.«

Er hob die Augenbrauen. »Was denn?«

Sie bog in den asphaltierten Waldweg ein. Rechts ging es

zum Liepnitzsee, sie fuhr geradeaus weiter. Irgendwann war es bloß noch ein Schotterweg.

Rasch war es dunkel geworden. Die feuchte Luft dampfte vor den Scheinwerfern. Nasses Herbstlaub klatschte auf die Windschutzscheibe.

»Dinge, über die ich schreibe. Ich bin mittendrin. Es gibt kein Zurück mehr.« Sie sah kurz zu ihm hin, dann konzentrierte sie sich wieder auf den Weg.

Sie musste mehrere Schlaglöcher umkurven. Der Weg wurde immer schmaler. Herabhängende Zweige streiften den Wagen. »Manchmal habe ich Angst, es könnte mein letztes Buch sein.«

Er runzelte die Stirn. »Warum?«

»Es verschlingt mich. Es ist so viel stärker als ich.«

Seine Augen ruhten auf ihr.

»Was ist passiert?«

Ein Mord. Ein grausamer Mord. Ich darf es ihm nicht sagen. Ich muss schweigen wie ein Grab. Nur schreiben kann ich. Alles aufschreiben.

»Es ist ein Ort zum Schreiben. Okay?«

»Okay.«

Der Regen pladderte aufs Dach.

Sie schaltete die Scheibenwischer auf ein höheres Intervall. Sie wich dem letzten Schlagloch aus. Der Honda schaukelte, die defekten Stoßdämpfer gaben ein klapperndes Geräusch von sich.

Plötzlich tauchten rechts von ihnen zwei gemauerte Torpfosten auf.

Dahinter war das Haus. Dunkel. Abweisend.

Luna scherte ein und hielt auf dem gepflasterten Hof.

»Hier ist es«, sagte sie leise.

Es war ein altes Bauernhaus, einstöckig, aus rotem Backstein, L-förmig zum Hof hin angelegt. Es hatte zwei Eingänge. Der eine, direkt gegenüber von den Torpfosten, war etwas breiter, mit zwei Treppenstufen davor. Der zweite zur Linken führte zu dem Teil des Gebäudes, dessen Stirnseite am Weg und dem Zaun endete. Es war die ehemalige Scheune, die allerdings nicht sehr geräumig war. Sie war zu einer Art Einliegerwohnung umgebaut worden. Das Haus hatte winzige Fenster, die weiße Farbe auf den Holzrahmen war abgeblättert. Auf den Ziegeln des Schrägdachs wucherte Moos. Das gesamte Gebäude wirkte gedrungen und wenig einladend.

Am Haupteingang war die Außenbeleuchtung eingeschaltet, eine Laterne am Haken, die quietschend im Wind schaukelte. Sie warf einen schwachen Lichtschein auf den Hof und den schmalen Pfad, der hinters Haus führte. Rechts davon befand sich ein Schuppen mit windschiefem Dach.

Sie stiegen beide aus, geduckt im Regen. Luna sah Leon fragend an. »Was meinst du?«

»Ist doch ganz okay. Gehen wir rein?«

»Gut.«

Er holte seine Reisetasche aus dem Kofferraum und ging auf den Haupteingang zu.

»Nicht da hinein«, sagte Luna eine Spur zu hastig. »Wir wohnen im Nebengebäude.« Sie deutete auf den Eingang zur ehemaligen Scheune.

Leon wiegte zweifelnd den Kopf. »Sieht ziemlich klein aus.«

»Zugegeben, das Haupthaus ist größer. Aber ich bin nun mal hier eingezogen.«

Sie schloss auf, ging mit ihm hinein und knipste das Licht an. Sie zogen ihre Jacken aus und hängten sie an der Garderobe auf. Luna führte ihn herum. Ein enger Flur, an dessen Ende sich ein winziges Badezimmer mit Duschkabine befand, rechts vom Flur ein kleines Schlafzimmer.

»Das ist jetzt deins.«

Er stellte seine Tasche ab. »Und wo schläfst du?«

»Drüben.«

Sie zeigte ihm die Wohnküche auf der anderen Seite des Flurs. Ein Esstisch, zwei Stühle, ein Klappsofa. Ein Fenster ging zum Hof hinaus, das andere nach vorn zum Waldweg. Davor hatte Luna einen zweiten Tisch aufgestellt, der ihr als Arbeitsplatz diente.

»Hier hast du kein Bett«, sagte er.

»Das Klappsofa reicht aus.«

»Ist das in Ordnung für dich?«

»Für zwei Wochen ist es okay.«

»Wir können auch tauschen.« Er ging wieder hinüber ins Schlafzimmer, sie folgte ihm. Er deutete auf das schmale Bett vorm Hoffenster. »Das war doch eigentlich deins, oder?«

»Schon, aber …« Sie hatte vergessen, ihr Nachthemd wegzuräumen und frisches Bettzeug bereitzulegen. »Ich möchte, dass du dich bei mir wohlfühlst. Ich weiß, es ist ein bisschen beengt, doch ich denke, wir kommen schon klar.«

Rasch sammelte sie ein paar Sachen von sich auf und brachte sie hinüber in die Wohnküche.

Leon ließ sich bei ihr auf dem Klappsofa nieder und blickte sich um. Der Schreibtisch war mit Notizen überhäuft. Ihr Laptop war aufgeklappt, aber ausgeschaltet. Sie war gestern nach dem Treffen mit Anna gleich wieder hierhergefahren und hatte an ihrem Text weitergearbeitet.

Ihre Blicke trafen sich. Für sie war die beklemmende Atmosphäre des Hauses nichts Neues mehr, schließlich arbeitete sie schon seit ein paar Wochen hier. Was aber sollte Leon davon halten?

Als wollte er sie beruhigen, sagte er: »So gruselig ist es doch gar nicht.«

Nachts ist es schlimmer, dachte sie. Für gewöhnlich fand sie wenig Schlaf in diesem Haus. Doch wenn sie die Erschöpfung übermannte, schienen merkwürdige Veränderungen mit ihr vorzugehen. Etwas trug sie im Schlaf hinaus. Da waren Kräfte am Werk, die sie herumgeistern ließen. Einmal war sie im Schuppen aufgewacht, mit dem Kopf auf dem Hackklotz. Sie hatte sich selbst Verletzungen zugefügt, ihre nackten Arme waren völlig zerkratzt gewesen. Aber sie konnte sich nicht erinnern, wie es dazu gekommen war.

Schließlich sagte sie: »Komm, ich zeig dir den Garten.«

Sie zogen sich wieder ihre Jacken über und traten hinaus. Der Regen hatte sich zu einem leichten Tröpfeln gelegt. Der Himmel war jetzt tiefdunkel. Die Laterne am Haupthaus quietschte im Wind. Das Geländer vorm Eingang warf lange Schatten auf den Hof. Irgendwo schrie ein Käuzchen, tiefer im Wald.

Sie gingen den Pfad neben dem Haupthaus entlang. Leon warf verstohlene Blicke zu den Fenstern hin.

»Und wer wohnt dort?«

»Niemand. Das Haupthaus steht leer.«

Sie gingen an dem Gebäude vorbei und gelangten in den Garten. Er war mit Gestrüpp überwuchert. Ein alter Nussbaum stand auf einer von Brennnesseln übersäten Wiese. Knorrige Äste, kahl, sie knarzten, stöhnten auf, wenn die Windböen hineinfuhren.

Leon schaute zur verschlossenen Hintertür des Hauptgebäudes hin.

»Hör zu«, sagte sie, »ich hab zwar das ganze Haus gemietet, aber … wir bleiben immer drüben in der ausgebauten Scheune, klar?«

»Was ist hier passiert?«

»Leon … Bitte stell mir nicht so viele Fragen.«

»Ich will es aber wissen.«

»Das Gebäude steht eigentlich zum Verkauf, doch der Makler wird es nicht mehr los.«

»Warum nicht?«

»Das ist eine lange Geschichte. Jedenfalls hab ich es zur Zwischenmiete genommen, bis sich vielleicht doch noch ein Käufer findet.«

Er musterte sie.

»Das Haupthaus ist für dich tabu. Hast du mich verstanden?«

Er ließ nicht locker. »Worum geht es in deinem Buch?«

Sie fröstelte. Erneut schrie das Käuzchen in der Ferne.

»Darüber kann ich nicht sprechen. Weißt du, eine Autorin muss ihr Werk schützen, solange es noch nicht fertig ist. Also hält sie es möglichst geheim. Verstehst du das?«

»Ja.«

Sie schwiegen eine Zeit lang.

»Wir können auch wieder zurückfahren, wenn du möchtest. Meinst du, es wäre besser für dich?«

»Nein, ich will hierbleiben. Hier bei dir.«

Er blickte sich um. Sein Haar wurde vom Wind zerzaust. Es war so finster in dem Garten, dass sie ihn nur schemenhaft erkannte.

Er deutete tiefer in das Dickicht hinein. »Ist da ein Weg?«

»Ja, ein Trampelpfad.«

»Wohin führt er?«

Luna schauderte.

»Das ist sumpfiges Gebiet. Es ist gefährlich, du könntest einsinken. Dort hinten ist ein Pfuhl. Einer von dreien. Man nennt sie die Drei Heiligen Pfühle. Nach einer Sage aus der Gegend stand dort einmal eine Kirche. Sie soll versunken sein. Angeblich kann man um Mitternacht manchmal noch die Glocken läuten hören. Ihr Klang kommt aus der Tiefe, aus dem Morast.«

Plötzlich griff Leon nach ihrer Hand. »Darf ich in deinem Manuskript lesen? Bitte.«

Sie schüttelte den Kopf. »Ich sagte doch …«

»Mach eine Ausnahme für mich!«

»Das geht nicht«, sagte sie leise.

Er drückte ihre Hand fester. Und auch er senkte jetzt die Stimme. »Erst wenn es fertig ist?«

Sie antwortete nicht.

Er ließ ihre Hand nicht los. »Ich will der Erste sein, der es liest.«

»Es ist nicht jugendfrei.«

»Bitte, Luna.«

»Absolut nicht jugendfrei.«

»Aber deine anderen Bücher hab ich doch auch gelesen.«

Sie schwieg. Sie sah ihm an, dass ihn dieses Argument nur noch mehr angestachelt hatte.

»Also schön«, sagte sie schließlich. »Wenn es fertig ist, gebe ich es dir.«

Er lächelte im Halbdunkel. »Ich bin schon so gespannt darauf. Toll, dass ich hier sein darf. Es ist der Ort der Handlung, nicht wahr?«

Sie nickte schwach. »Zum Teil, ja. Ein wesentlicher Teil spielt hier.«

»Ich bin mittendrin. Ich bin in deinem Buch, Luna. Das ist aufregend. Danke, dass du mich mitgenommen hast.«

Der Wind heulte. Und mit einem Mal war ihr, als würde sie wirklich die versunkenen Glocken läuten hören. Wehmütig, klagend. Aus einer längst vergangenen Zeit.

Sie dachte daran, was für ein schönes Alter Leon doch hatte. Fünfzehn Jahre jung. Und auch wenn er zuweilen recht nachdenklich wirkte, war er letztlich noch beneidenswert unbeschwert und unverzagt. Nun hatte sie also einen kleinen Beschützer bei sich. Und das könnte ihr helfen.

»Wie weit bist du mit deinem Manuskript?«

»Ich arbeite an den letzten Kapiteln, aber es könnte noch eine Weile dauern.«

Sie löste sich aus seinem Händedruck, doch plötzlich strich er über ihren Arm, dass sie erneut schauderte, diesmal hingegen wohlig, beinahe schmerzhaft vertraut.

»Deine Hauptfigur ist eine Frau, nicht wahr?«

»Ja.«

»Und sie ist so cool wie du. Hab ich recht?«

Sie schluckte, wich seinem Blick aus.

»Lass uns wieder reingehen«, murmelte sie.

NEUN

Es war fast Mitternacht, doch Leon fand keine Ruhe. Das Bett war unbequem. Wenn er sich bewegte, quietschten die Sprungfedern. Und manchmal schien irgendwer von draußen mit langen Fingernägeln an der Fensterscheibe zu kratzen. Doch wenn er sich aufrichtete, den Vorhang beiseiteschob, um nachzusehen, war da niemand. Vielleicht waren es ja Wind und Regen, die diese merkwürdigen Geräusche verursachten.

Es war zwecklos, er konnte nicht schlafen. Er knipste die Lampe auf dem Nachttisch an.

Lange Zeit betrachtete er die altmodische, von Feuchtigkeit gewellte Tapete in dem Zimmer, sie hatte ein Muster aus dunkelbraunen Tropfen. Je länger er hinsah, desto mehr erschienen sie ihm wie Blutschlieren, die an der Wand herabrannen.

Er stand auf und lauschte an der Tür. Stille. Er öffnete sie leise.

Ein Lichtstreifen unter der Tür zur Wohnküche. Gedämpft vernahm er das Klappern der Computertastatur. Luna war also noch wach und schrieb.

Er zog die Tür lautlos zu und legte sich wieder hin. Das Zimmer war winzig, spärlich eingerichtet mit dem Bett, dem Nachttisch, einem Schrank und einem Stuhl, mehr nicht. Und es roch muffig.

Nur sein Kissen duftete angenehm. Nach dem Waschmittel, das Luna benutzte. Er schnupperte daran.

Beim Abendessen waren sie noch einmal auf seine Mutter und Bob zu sprechen gekommen. Luna hatte versucht, ihn zu beruhigen, doch er hatte behauptet, von ihm aus könne sie ruhig in L.A. bleiben, wenn ihr dieser Typ so wichtig war.

»Deine Mutter würde dich niemals im Stich lassen«, hatte Luna zu ihm gesagt.

»Und wenn schon!«

Das war der Moment gewesen, da sie seine Hand gedrückt hatte.

Er mochte Luna. Vielleicht könnte er für immer bei ihr bleiben. Ja, für den Fall, dass seine Mutter mit diesem Amerikaner durchbrannte, wäre er gewappnet.

Leon schaltete das Licht wieder aus. Er stellte sich all die Killer und Psychopathen aus Lunas Büchern vor. Und er versuchte sich auszumalen, was das für ein Manuskript war, an dem sie gerade arbeitete. Jetzt, in diesem Augenblick, jenseits des Flurs, nur wenige Meter von ihm entfernt. Die Geschichte schien irgendwie mit dem Haupthaus zusammenzuhängen, das sie vor ihm verbergen wollte. Aber warum nur? Warum hatte sie die Räume nebenan für tabu erklärt?

Er schreckte hoch und knipste das Licht an. Sein Herz raste. Er hatte etwas Furchtbares geträumt. Er war durch Blutlachen gewatet. Es war drüben im Haupthaus gewesen. Und er hatte Lunas Stimme gehört. Warnend in seinem Rücken, schrill: *Geh nicht. Geh nicht da rein.*

Doch er ging immer weiter. Das Blut schwappte unter ihm, klebrig, glitschig. Eine Tür. Er öffnete sie. Finsternis. Ein kalter Luftzug. Plötzlich griff eine knochige Hand nach ihm.

Davon war er aufgewacht.

Leon rang nach Atem, bis er sich halbwegs beruhigt hatte.

Es half nichts. Er musste nachsehen, was da drüben los war. Plötzlich fiel ihm der Schlüsselbund ein. Gestern Abend, Luna hatte die Eingangstür versperrt, den Schlüssel stecken lassen. Und da waren noch andere Schlüssel am Ring gewesen. Einer davon könnte zum Haupthaus gehören.

Er stand auf, zog sich seinen Pullover über den Pyjama und schlüpfte in seine Schuhe.

Er schlich sich hinaus in den Flur. Kein Lichtstreifen mehr, kein Klappern der Tastatur. Luna schien zu schlafen. Er ging noch einmal zurück in sein Zimmer und schnappte sich sein Smartphone. Er betätigte die App für die Taschenlampe und knipste das Licht im Zimmer aus.

Er zog leise die Tür hinter sich zu, damit Luna keinen Verdacht schöpfte, wenn sie wach wurde.

Er schlich sich zum Eingang.

Und dann erschrak er.

Der Schlüssel steckte nicht mehr.

Er drückte die Klinke. Die Tür war offen.

Was sollte das? Wo war Luna? Und wo hatte sie den Schlüsselbund?

Fröstelnd trat er in den Hof hinaus.

Das Außenlicht am Haupthaus brannte noch immer. Er näherte sich den beiden Stufen und stieg zur Eingangstür hinauf.

Da sah er, dass die Tür nur angelehnt war.

War Luna etwa im Haupthaus? Mitten in der Nacht? Kurzzeitig überlegte er, ob er umkehren sollte. Nachschauen, ob sie auf dem Klappsofa lag und schlief.

Er warf einen Blick zurück. Im Nebengebäude rührte sich

nichts. Leon fasste sich ein Herz und trat ein. Er zog hinter sich die Tür zu und leuchtete den Flur mit seinem Smartphone ab.

Fliesen. Holzpaneele an der Wand. Drei Garderobenhaken. Eine Treppe, die offenbar hinauf zum Dachboden führte.

Etwas irritierte ihn. Es war der Geruch. Er war noch schaler, noch abgestandener als nebenan.

Es roch nach Unheil, nach Tod.

Er begann zu zittern.

»Luna?«, fragte er leise.

Keine Antwort.

Er leuchtete in den Raum links von ihm. Altmodische Möbel, eine Standuhr, ein ausladendes Sofa, allem Anschein nach das Wohnzimmer.

Er ging weiter. Am Ende des Flurs waren drei Türen, eine frontal, geschlossen, wahrscheinlich der Hintereingang, die andere rechts, die dritte links, beide einen Spalt geöffnet.

Geh nicht. Geh nicht da rein.

Die Neugier trieb ihn voran. Er ging an der Treppe zum Dachboden vorbei. Er ließ den Lichtkegel durch den rechten Türspalt wandern. Dahinter befand sich das Badezimmer. Er schob die Tür weiter auf. Ein Flakon mit Kölnisch Wasser auf dem Bord vor einem Spiegel. Eine Bürste, ein Kamm. Eine Zahnbürste in einem Glas. Der Duschvorhang war zugezogen.

Er machte kehrt, wandte sich der anderen Tür zu. Er stieß sie auf und leuchtete den Raum ab. Es war die Küche. Durch das Fenster erkannte er schemenhaft den Garten. Da war der Nussbaum mit den knorrigen Ästen.

Er setzte einige Schritte vor. An die Küche grenzte ein weiterer Raum. Auch hier war die Tür nur angelehnt. Je näher er trat, desto heftiger schlug sein Herz. Er atmete gepresst.

Mist, vielleicht sollte er doch lieber umkehren.

»Luna? Bist du hier?«

Wieder keine Antwort.

Aber die Stimme aus seinem Albtraum hallte durch seinen Kopf: *Geh nicht da rein.*

Er trat näher und ließ den Lichtstrahl ins Zimmer fluten.

Das Erste, was er bemerkte, waren die Tücher. Helle Tücher, überall verteilt. Eines über einem Sessel, eines an die Wand genagelt. Und dort in der Ecke, über dem Bett. Ein ganzer Haufen von Tüchern, sodass kaum noch etwas darunter sichtbar war.

Alles war abgedeckt. Und dazu dieser Geruch.

Leichentücher, dachte er jäh.

Mit stockendem Atem näherte er sich dem Bett.

Nicht!

Da war seine Hand schon an einem der Tücher. Er zog es weg. Die Matratze fehlte. Er zog noch ein Tuch weg. Der Holzrahmen des Bettes sah eigenartig aus. Er war völlig zersplittert. Mit einem Ruck nahm er das dritte Tuch weg.

Eingetrocknetes Blut, überall auf dem zerschlagenen Holz.

Er hob das festgenagelte Tuch hinterm Bett an. Dahinter befanden sich Paneele an der Wand, sie waren ebenfalls zerbrochen und mit Blutspritzern übersät.

Hier hatte jemand gewütet. Mit einem scharfkantigen Gegenstand um sich geschlagen.

Und alles war hinterher mit diesen Tüchern abgedeckt worden.

Er drehte sich langsam um. Das Tuch auf dem Sessel,

durchzuckte es ihn plötzlich. Bauschte sich etwas darunter? Da war doch was. Es hatte eine merkwürdige Form, sah aus wie ein …

Der Lichtkegel seines Smartphones glitt in unruhigen Bewegungen über das Möbelstück hinweg.

Er ging auf den Sessel zu, streckte die Hand nach dem Tuch aus.

Nicht! Nicht!

Noch zögerte er.

Dann zog er es weg.

Leon stieß einen erstickten Schrei aus.

Auf dem Sessel lag ein Bein. Ein einzelnes nacktes Bein.

Er wich zurück. Rang nach Luft. Fassungslos starrte er auf das Bein. Dann stürmte er aus dem Zimmer. Von der Küche aus eilte er in den Flur.

Raus, dachte er, nur raus!

Er leuchtete zur Eingangstür hin, als er plötzlich eine gedämpfte Stimme vernahm.

Leon blieb wie angewurzelt stehen. Instinktiv knipste er das Licht aus und hielt den Atem an.

Sein Herz hämmerte.

Er lauschte. Die Stimme kam von oben. Vom Dachboden. War das Luna?

Stille.

Vor Angst konnte er sich nicht rühren. Abermals rang er nach Luft. Aber es war nichts mehr zu hören. Nur das Blut rauschte in seinen Ohren. Hatte er sich etwa getäuscht?

Schließlich ging er weiter, um nur kurz darauf erneut stehen zu bleiben. Da war die Stimme wieder. An der Treppe zum Dachboden vernahm er sie deutlicher.

Sie klang so unheimlich, krächzend. Wie von einem Greis, der zeit seines Lebens zu viel geraucht und gesoffen hatte.

Böse?, keifte die Stimme. *Natürlich ist es böse!*

Weg, durchfuhr es Leon, nichts wie weg von hier. Er wollte gerade zur Haustür stürmen, als er ein gedämpftes Murmeln vernahm.

»Ich kann nicht!«

Das klang eher nach Luna. Also war sie doch hier.

Oben auf dem Dachboden.

Sie sprach mit jemandem.

Ihm stand der Schweiß auf der Stirn. Zittrig leuchtete er die Treppenstufen hinauf. Was sollte er nur tun? Wenn Luna dort oben in Gefahr war, konnte er doch nicht einfach weglaufen. Er musste ihr helfen.

Langsam ging er im Dunkeln die Stufen bis zum Absatz hinauf, wo der Treppenlauf seine Richtung wechselte. Von hier aus spähte er ängstlich zur Tür zum Dachboden hin. Sie war nur angelehnt. Er lauschte angespannt.

Wieder diese unheimliche Stimme, so krächzend.

Wirst du es tun?

»Es ist böse«, murmelte Luna.

Aber du wirst es tun?

»So böse.«

Nimm es in die Hand.

»Es ist schwer«, jammerte sie.

Du musst Schwung holen.

»Ich kann nicht.«

Schlag zu. Schlag ordentlich zu. Und dann ein Geräusch, als ahmte jemand das Knacken von Knochen nach: *Krrk. Krrk.*

Danach war alles still. Leon schlich die letzten Stufen hinauf. Er glitt durch den Türspalt. Er konnte nichts erkennen, es war zu dunkel. Aber die Stimmen drangen aus einem entfernten Winkel des Dachbodens zu ihm.

»Böse, so böse.« Das war Luna.

Und wieder diese krächzende Stimme: *Du musst es tun.* Gefolgt von dem drohenden Geräusch tief aus der Kehle: *Krrk. Krrk.*

Leon fasste sich ein Herz und fragte leise in die Dunkelheit hinein. »Luna?«

Nun war alles still.

Kurzerhand knipste er das Licht seines Smartphones wieder an und ließ den Strahl über den Dachboden wandern. Kisten, Gerümpel, aufgestapelte Holzscheite. Leon ging langsam voran. Der Speicher führte einmal um die Ecke, in der L-Form des Hauses. Nach seiner Orientierung kamen die Stimmen von der Stirnseite des Gebäudes.

»Luna?«, fragte er erneut in die Stille hinein. »Wo bist du?«

Nichts rührte sich.

An dem Eckpunkt hielt er inne. Seine Knie waren weich. Er lehnte sich gegen einen Holzpfeiler, um sich zu sammeln.

Danach gab er sich einen Ruck und leuchtete in die Tiefe des Speichers hinein.

Da war etwas.

Erschrocken wich er zurück.

Das war nicht Luna. Das war etwas Starres. Totes.

Um Himmels willen, er musste hier raus.

Schließlich wagte er sich noch einmal vor und richtete mutig den Lichtstrahl auf das reglose Wesen.

Bis er schließlich erleichtert aufatmete. Es war eine alte Vogelscheuche, aus Lumpen und Stroh gefertigt. Sie stand da, die Arme ausgebreitet, gegen einen Holzpfosten gelehnt.

Zwei hohle Augen, ein aufgerissener Mund, die Fratze aus Sackleinen grinste ihn an.

Für ein paar Sekunden verschnaufte er. Danach ging er vorsichtig weiter.

Am Ende des Dachbodens machte er einen Schatten aus. Dahinten bewegte sich jemand.

»Hallo?«

Der Schatten huschte weg.

Und plötzlich waren erneut die kehligen Laute zu vernehmen: *Krrk. Krrk.* Versteckt hinter dem Gerümpel, einige Meter entfernt von ihm.

Leon hielt sein Smartphone wie eine Waffe vor sich ausgestreckt. Der Lichtkegel tanzte im Zickzack umher.

Zuschlagen, krächzte die Stimme, *ordentlich zuschlagen.* Und abermals dieses Geräusch, als würden Knochen splittern. *Krrk. Krrk.*

Und dann leuchtete plötzlich etwas auf, das vor ihm auf dem Boden hockte, etwas Kleines, Menschenähnliches. Hell weiß im Lichtstrahl seines Handys.

Leon erstarrte.

Für einen Menschen war es zu kleinwüchsig.

Ein Kind?

Hier oben? Nein, es …

Er stieß die Luft aus.

Es war eine Puppe! Eine Porzellanpuppe in einem weißen Kleid.

Dahinter erkannte er einen Schemen, einen nackten Arm, er glitt hinter einem Balken hervor.

Er hielt das Licht in die Richtung. Da erblickte er eine weibliche Gestalt im weißen Nachthemd. Es war Luna.

Er rief ihren Namen.

Sie trat auf ihn zu. Ihr Gesicht ausdruckslos, starr die Augen, leer, geradeaus gerichtet.

Und dann sah er das Beil. Sie hielt es in beiden Händen. Schwankend näherte sie sich ihm.

»Böse«, murmelte sie, »böse.«

Leon ließ sein Smartphone fallen und riss schützend die Arme vor den Kopf.

»Luna, nicht!«

Sie stemmte das Beil in die Höhe.

ZEHN

Er wankte zurück, stolperte und fiel. Er sah Luna mit dem erhobenen Beil auf sich zukommen und schrie wieder. Er rappelte sich auf und nahm hinter einem Holzpfeiler Deckung.

»Luna«, rief er entsetzt. »Erkennst du mich denn nicht? Ich bin es, Leon!«

Stille. Dann polterte etwas zu Boden. Er lugte hinter dem Pfeiler hervor. Sie hatte das Beil fallen gelassen.

Langsam wagte er sich aus seiner Ecke heraus. Sein Smartphone lag auf dem Boden, das Licht war bei dem Sturz nicht ausgegangen. Die Puppe wurde nun von unten angeleuchtet. Ihr Schatten wurde dadurch monströs in die Länge gezogen. Übergroß an die Dachschräge projiziert, schienen ihre Arme nach Luna greifen zu wollen.

Und was war nur mit Lunas Augen? Völlig ausdruckslos starrten sie ihn an.

Er trat vorsichtig auf Luna zu und schob das Beil mit dem Fuß weg. Reglos stierte sie zu ihm hin, wie innerlich ausgehöhlt.

Und allmählich begriff er. Sie schlafwandelte. Sie war gar nicht wach.

»Luna!« Er ging noch ein Stück auf sie zu. Vorsichtig griff er nach ihrer Hand.

»Erkennst du mich, Luna?«

Sie schien durch ihn hindurchzublicken. Und sie murmelte: »An dem Beil ist Blut. Die Puppe verlangt Böses von mir. Sie ist böse.«

Leon musterte die scharfe Kante des Beils. Da war kein Blut. Aber er musste an die furchtbaren Spuren unten im Schlafzimmer denken.

Und an das abgetrennte Bein.

Großer Gott, was war hier passiert? War sie es etwa gewesen, die unten im Schlafzimmer mit dem Beil gewütet hatte? Nein, so etwas würde sie niemals tun. Oder etwa doch? Die Blutspuren sind eingetrocknet, versuchte er sich zu beruhigen, das alles muss schon länger zurückliegen.

Aber das Bein? Was war mit diesem Bein? Träumte er etwa selbst? War er derjenige, der schlafwandelte? Er kniff sich in den Arm. Er spürte den Schmerz. Er war also wach.

Kurz entschlossen packte er Luna an den Schultern und schüttelte sie. »Aufwachen, Luna, komm schon!«

Sie reagierte nicht.

Er blickte sich hektisch um. Mit wem hatte sie gesprochen? Zu wem gehörte diese krächzende Stimme? Um Himmels willen, wenn noch jemand hier oben war, dann …

»Böse«, murmelte sie erneut.

Ohne länger darüber nachzudenken, holte Leon aus und verpasste ihr eine Ohrfeige. Ihr Kopf wirbelte herum.

Der Schlag war heftiger geraten, als er es beabsichtigt hatte. Aber er wirkte. Ihre Gesichtszüge veränderten sich.

Sie war benommen, aber wach.

Sie rieb ihre Wange und blickte ihn stirnrunzelnd an. »Leon, was zum Teufel …«

»Ganz ruhig«, sagte er, »ich bringe dich jetzt ins Bett, okay?«

»Wie bin ich …?«

»Wir brauchen den Schlüssel. Wo hast du ihn?«

»Was für einen Schlüssel?«

»Den Haustürschlüssel!«

Ihr Blick wanderte zu der Puppe hin, die so geisterhaft von seinem Handy angeschienen wurde.

»Was hat das alles zu bedeuten?« Und dann schaute sie auf das Beil am Boden. »Leon, ich verstehe das nicht.«

Rasch nahm er sein Smartphone auf. »Komm«, sagte er. »Wir müssen hier weg.«

Ein letztes Mal suchte er mit dem Lichtstrahl die Winkel des Speichers ab. Mit wem nur hatte sie gesprochen? Wer um alles in der Welt verbarg sich hier oben?

Das Licht fiel auf das Gesicht der Puppe. Sie hatte tiefdunkles Haar wie Luna. Lange künstliche Wimpern. Tote blaue Augen. Sie waren ihm unheimlich.

»Komm«, sagte er erneut.

Er nahm Luna an die Hand und führte sie zur Tür. Ihre Schritte waren noch ein wenig unsicher. Als sie die Treppe erreicht hatten, stolperte sie. Er fing sie auf, hielt sie am Arm.

»Langsam, ganz ruhig.«

»Wie sind wir hier raufgekommen?«

»Ich glaube, du schlafwandelst. Ich hab nach dir gesucht. Und dieses Beil, ich … Luna, wenn ich dich nicht gefunden hätte, dann …«

Sie gelangten in den Flur. An der Küchentür hielt er inne.

»Bitte, erklär mir nur eins: dort im Schlafzimmer. Da liegt was. Es ist furchtbar. Was ist passiert?«

Ihre Stimme klang belegt. »Ich hab dir doch gesagt, du sollst nicht ins Haupthaus gehen.«

»Aber ich … Du warst doch … Luna! Was dort auf dem Sessel liegt … und diese Blutspuren …«

Sie blickte ihn an. »Du hast es gesehen?«

»Ja, ich …«

»Ich hab dir gesagt, du sollst nicht hier rein.«

Er schwieg.

Abrupt wandte sie sich von ihm ab. Sie ging durch die Küche hindurch zum angrenzenden Schlafzimmer. Er folgte ihr langsam.

Sie knipste das Deckenlicht an.

»Meinst du etwa das hier?«, fragte sie.

Schritt für Schritt kam er näher. Eigentlich wollte er sich das nicht noch einmal ansehen. Alles, nur das nicht.

Doch schließlich starrte er auf den Sessel.

Seine Augen weiteten sich. Allmählich begriff er. Seine Einbildung hatte ihm offenbar einen Streich gespielt. Leon stieß die Luft aus. Es war ein künstliches Bein. Auf dem Sessel lag nichts weiter als eine Prothese.

Wieder stieß er die Luft aus. »Verdammt, ich hab gedacht, es …«

»Zugegeben, es sieht ziemlich echt aus.«

»Wem gehört es?«

»Das geht dich nichts an, Leon. Ich hab dir doch gesagt: Das Haupthaus ist für dich tabu.«

Sie schien nun vollends erwacht zu sein. Ihre Bewegungen waren auf einmal sehr viel sicherer. Sie ging zu einem kleinen Tisch, der vorm Fenster stand.

»Da ist ja der Schlüsselbund«, sagte sie. »Ich muss ihn wohl vorhin hier abgelegt haben.«

»Luna, was hat das alles zu bedeuten? Diese Blutspuren dort, die Tücher. Was war hier los?«

Sie verschränkte die Arme vor der Brust. »Also gut. Ich will dir die Wahrheit sagen. Aber kein Wort davon zu deiner Mutter, okay?«

»Ja.«

»Sie reißt mir sonst den Kopf ab.«

»Schon gut.«

Sie machte eine Pause. Dann sagte sie leise: »In diesem Zimmer wurde jemand auf ziemlich brutale Weise ermordet.«

Leon war um Fassung bemüht. »Wer?«

»Die Hausbesitzerin. Sie war schon ziemlich alt. Ihr Name ist Ursula Münzer.«

»Wann war das?«

»Vor etwa drei Monaten. Sie hat in dem Haus allein gelebt. Der Täter oder die Täterin hat sie mit einem Beil erschlagen. Er oder sie wurde nie geschnappt. Die Polizei geht von einem Raubmord aus, weil Bargeld und Schmuck entwendet wurden. Ich glaube aber nicht daran. Ich habe eine andere Theorie zu dem Mordfall. Und darüber schreibe ich.«

Er sah sie wortlos an.

»Und dieses Beil da oben?«, fragte er schließlich.

»Ist aus dem Baumarkt. Ich hab es mir gekauft. Normalerweise liegt es im Schuppen.«

»Was wolltest du damit?«

»Holz hacken.«

»Ist das dein Ernst?«

»Ja. Im Schuppen liegt eine Menge Holz. In der Küche haben wir einen Allesbrenner. Nur ein Beil fehlte im Schuppen. Ich nehme an, der Mörder hat es sich genommen, um es als Tatwaffe zu verwenden. Also hab ich ein neues gekauft.«

»Und heute Nacht?«

»Keine Ahnung. Ich hab wohl was Furchtbares geträumt, aber ich kann mich nicht mehr daran erinnern.«

»Luna, warum nimmst du dir mitten in der Nacht das Beil und gehst damit auf den Dachboden?«

»Weiß nicht, ich …« Sie schlug kurz die Augen nieder. »Ich fürchte, du hast recht. Manchmal schlafwandle ich wohl. Scheint so eine Veranlagung von mir zu sein. In diesem Haus ist es besonders schlimm. Es muss mit dem Buch zu tun haben. Ich bekomme Albträume davon.«

»Du hast mir einen Mordsschrecken eingejagt.«

»Tut mir leid.«

»Und diese weißen Tücher hier?«

»Die hab ich da hingelegt. Ich konnte den Anblick der Blutspuren nicht mehr ertragen. Und diese Prothese. Sie macht mir genauso Angst wie dir.«

»Hatte die Frau nur ein Bein?«

»Ja, seit einem Autounfall. Weißt du, außer einer Schwester, die in Berlin lebt, hat sie keine weiteren Angehörigen hinterlassen. Und ihre Schwester ist an dem Haus nicht sonderlich interessiert, nur an dem Geld, das es vielleicht mal einbringt. Nachdem die Spurensicherung der Polizei abgezogen ist, hat sie alles so gelassen, wie es war. Sie hielt es nicht einmal für nötig, einen professionellen Tatortreiniger zu beauftragen. Bloß ein billiges Reinigungsunternehmen war hier. Darum die eingetrockneten Blutspuren überall. Sie hat einem Makler den Auftrag für den Verkauf erteilt, und damit fertig. Keine besonders große Geschwisterliebe, würde ich sagen.«

»Hat der Mörder die Frau im Bett erschlagen?«

»Ja. Er hat mit dem Beil mehrmals auf sie eingeschlagen. Hat ein großes Blutbad angerichtet. Die Polizei vermutet, dass sie ihm sagen sollte, wo sie das Geld versteckt hat. Sie hat sich offenbar geweigert. Aber ich denke, es muss ganz anders gewesen sein.«

»Wie kommst du darauf?«

»Stell mir bitte nicht so viele Fragen.«

»Luna«, murmelte er. »Ich bin noch immer ganz zittrig.«

»Du solltest doch auch nicht hier reingehen.«

»Aber du warst weg, und die Tür stand offen.«

Sie schauten sich schweigend an.

»Komm«, sagte sie schließlich leise. »Es ist spät, und du musst morgen zur Schule.«

»Eine Frage noch. Eine letzte.«

Sie seufzte. »Ja?«

»Du hast da oben mit jemandem gesprochen. Da war jemand, ich bin mir sicher. Mit so einer krächzenden Stimme. Sie klang total unheimlich.«

Luna blickte ihn prüfend an. »Was genau hast du gehört?«

»Es war komisch, die Stimme sagte immer wieder: ›Tu es. Schlag zu. Schlag ordentlich zu.‹ Und sie klang so krächzend. Wie von einem alten Mann.«

Sie atmete tief durch. Dann trat sie auf ihn zu. Sie nahm ihn für eine Weile in die Arme und drückte ihn fest an sich. »Tut mir wirklich leid, wenn ich dich erschreckt hab.«

Ihre Umarmung tat ihm gut. Auf diese Weise konnte sie ihn ein klein wenig beruhigen.

Er löste sich von ihr und fragte leise: »Und diese Stimme? Wer war das?«

»Keine Ahnung.«

»Das macht mir Angst.«

»Vielleicht hast du dich ja getäuscht.«

»Nein. Luna …«

»Ich weiß es doch selbst nicht. Schlafwandler können sich an nichts mehr erinnern, wenn sie aufwachen.«

»Und was ist das für eine Puppe?«

Eine kurze Irritation huschte über ihr Gesicht. »Weiß nicht«, erwiderte sie knapp. »Altes Zeug auf dem Dachboden. Mach dir deswegen keine Sorgen.«

Er schluckte.

»Wollen wir lieber heimfahren?«, fragte sie.

»Nein. Ich will hierbleiben. Bei dir.«

»Ich würde ja mitkommen nach Berlin. Wir wären zusammen in meiner Wohnung.«

»Aber du musst doch hier schreiben. Du musst vor Ort sein für dein Buch.«

Ihr Blick glitt durch das Zimmer, und ihr Gesicht verfinsterte sich. »Die Polizei hat ja keine Ahnung, was für furchtbare Dinge sich in diesem Haus abgespielt haben.«

Leon musterte sie. Woher wusste sie das nur?

Es half alles nichts, er musste unbedingt in ihrem Manuskript lesen.

Notfalls heimlich.

ELF

Erst gegen Morgen konnte er wieder einschlafen. Er träumte wirr von dem Dachboden, dem Beil und der Puppe. Plötzlich sah er Luna vor sich. Sie beugte sich über ihn. Ihr Gesicht war ihm ganz nahe. Er blinzelte. Da erst wurde ihm klar, dass er nicht mehr träumte. Sie war an seinem Bett, strich ihm das Haar aus der Stirn.

»Hey«, sagte sie.

»Hey.«

»Lust auf ein Frühstück?«

»Wie spät ist es denn?«

»Zehn vor halb sieben, du musst dich beeilen.«

»Bin gleich so weit«, murmelte er.

Er verschwand kurz im Bad, zog sich an und suchte seine Schulsachen zusammen.

Luna hatte in der Küche den Tisch gedeckt. Sogar Brötchen hatte sie für ihn aufgebacken.

»Ist dafür überhaupt noch Zeit?«, fragte er.

»Ohne Frühstück lasse ich dich nicht aus dem Haus.« Sie lächelte ihn freundlich an. »Ich bin doch jetzt so etwas wie deine Patentante. Da will ich dich auch ein bisschen verwöhnen.«

Er grinste. »Patentante? Darunter stelle ich mir eher so eine Alte mit hochtoupierten Haaren vor.«

Sie lachte. »Was trinkst du zum Frühstück? Kaffee? Kakao?«

Er setzte sich. »Kakao wäre toll.« Während sie die Milch für ihn aufwärmte, fragte er: »Wie alt bist du eigentlich, Luna?«

»Neunundzwanzig.«

»Wow, so jung.« Er beobachtete sie. Sie trug eine weiße Bluse und ausgewaschene Jeans. »Du bist keine Tante für mich.«

»Sondern?« Abermals lächelte sie ihn an. Sie wollte wohl unbeschwert auf ihn wirken. Der Vorfall auf dem Dachboden war ihr sicher unangenehm. Ihr Schlafwandeln und das alles.

»Du bist zu cool für eine Tante.«

»Ehrlich? Wie lieb von dir.«

Er trank den Kakao, aß ein Brötchen. Dann zogen sie sich ihre Jacken über, er nahm seinen Rucksack, und sie gingen hinaus zu ihrem Wagen.

Während sie vom Hof fuhren, blickte Leon zu dem Haus zurück. Im Morgenlicht wirkte es nicht ganz so düster und abweisend wie am Abend zuvor.

Fünf Minuten später hatten sie den Bahnhof Wandlitzsee erreicht. Luna wollte zusammen mit ihm auf den Zug warten, er aber sagte, das sei nicht nötig. Also stieg er allein aus, sie fuhr zurück, und er betrat den Bahnsteig.

Kurz darauf stand er eingezwängt zwischen den anderen Fahrgästen in der Regionalbahn Richtung Berlin. Er verspürte plötzlich eine große Unruhe. Es war merkwürdig, aber er hatte das Gefühl, er dürfe Luna unter keinen Umständen allein in dem Haus zurücklassen.

Der Zug hielt an der nächsten Station. Sein Herz klopfte wie wild. Kurz entschlossen stieg Leon wieder aus. Er schaltete den Navigator auf seinem Smartphone ein und machte sich auf den Rückweg.

Nach einer halben Stunde Fußweg erkannte er die kleine Siedlung mit den Einfamilienhäusern wieder, die sie im Auto passiert hatten. Da er nicht die genaue Adresse wusste, ließ ihn hier sein Navigator im Stich. Doch schon bald erkannte er den Waldweg wieder, in den sie eingebogen waren.

Er ging immer weiter. Nach einiger Zeit erreichte er den Liepnitzsee, an dem er im letzten Sommer schon einmal zum Baden gewesen war. Er schaute eine Weile auf das kristallklare Wasser im Morgenlicht, dann kehrte er um. Mit Luna war er bisher noch nicht an dem See vorbeigekommen, also hatte er sich wohl verlaufen.

Kurz bevor er zurück zu der Siedlung kam, entdeckte er die Stelle im Wald, von der der Schotterweg abführte. Hier musste es sein. Er bog ab. Er erkannte eine verkrüppelte Fichte wieder, ein Stück weiter einige aufgeschichtete Baumstämme, die mit einer Plastikplane abgedeckt waren. Nun konnte es nicht mehr weit sein.

Schon aus der Ferne erblickte er das Haus. Und als er näher trat, sah er, dass Lunas Wagen wieder auf dem Hof geparkt war.

Am Zaun hielt er inne und nahm Deckung. Erneut musste er an die krächzende Stimme oben auf dem Dachboden denken. War Luna etwa gar nicht allein? Mit wem hatte sie in der Nacht gesprochen?

Ein Schauer lief ihm über den Rücken, als er an die Spuren des Mordes im Haupthaus dachte.

Und an das Beil in Lunas Händen.

Er duckte sich an den Torpfosten vorbei und ging den

Waldweg weiter bis zur Stirnseite des Hauses. Hinter einem Gebüsch versteckt konnte er das Küchenfenster im Nebengebäude beobachten.

Und da war Luna. Sie saß am Tisch vor ihrem Laptop und schrieb. Sie schien völlig in ihrer Arbeit versunken zu sein. Nur manchmal hob sie den Kopf und sah gedankenverloren zum Fenster heraus, ohne zu bemerken, dass sie beobachtet wurde.

Plötzlich stand sie auf und verließ ihren Arbeitsplatz.

Leon hörte, wie sie die Haustür öffnete. Dann sah er sie auf dem Hof.

Sie ging zum Schuppen, schloss die Tür auf und verschwand darin.

Danach war es eine Weile still.

Schließlich vernahm er ein gleichmäßiges Klacken aus dem Schuppen.

Was machte sie da drin? Und dann verstand er. Sie hackte Holz. Sie hantierte mit dem Beil.

Also musste sie noch einmal auf dem Dachboden gewesen sein, um es wieder in den Schuppen zu bringen.

Leon nahm sich ein Herz und eilte über den Hof. Die Tür zum Nebengebäude war nur angelehnt. Er schlich sich hinein.

In der Küche blickte er sich um. Der Laptop war aufgeklappt. Die Datei war geöffnet. Solange er das Klacken von draußen vernahm, war Luna noch mit dem Holzhacken beschäftigt. In der Zeit könnte er in ihrem Manuskript lesen.

Er stellte seinen Rucksack ab und nahm vor ihrem Rechner Platz.

Der Cursor zitterte über dem Text. Leon überflog die Zeilen. Was er las, nahm ihm den Atem.

Plötzlich verstummten die Geräusche von draußen. Durch das andere Küchenfenster sah er, wie Luna mit einem Korb voller Brennholz zurückkam.

Er musste hier weg. Schnell. Und das Manuskript? Er musste es unbedingt weiterlesen.

Da kam ihm eine Idee. Er griff in seinen Rucksack und wühlte darin nach einem kleinen Gegenstand. Endlich hatte er ihn. Er nahm ihn heraus und zog die Kappe ab.

Es war ein USB-Stick, den er rasch in den dafür vorgesehenen Port an Lunas Rechner steckte.

Sie kam immer näher. Noch hatte sie ihn nicht entdeckt.

Leon fuhr hastig mit dem Finger über das Mousepad. Er klickte auf »Speichern«, zog den Stick wieder heraus und ließ ihn in seiner Hand verschwinden.

Rasch stand er auf.

Luna war bereits in der Küchentür. Sie starrte ihn an.

»Leon! Was machst du denn hier?«

»Sorry, ich …«

»Warum bist du nicht in der Schule?«

»Tut mir leid. Mir ist unterwegs schlecht geworden. Muss mir irgendwie den Magen verdorben haben. Bin an der nächsten Station wieder ausgestiegen.«

Sie runzelte die Stirn. Sie stellte den Korb mit dem Holz vorm Ofen ab und musterte ihn.

»Du hast in meinem Manuskript gelesen.«

»Nein.«

»Lüg mich nicht an!«

»Hab nur mal einen Blick drauf geworfen. Mehr nicht. Ehrlich.«

Sie trat näher. Mit einer Hand klappte sie den Laptop zu, mit der anderen befühlte sie seine Stirn.

»Hast du Fieber?«

»Kann sein.«

»Fühlt sich aber nicht so an.«

Er wusste selbst nicht, warum, aber plötzlich schlang er die Arme um sie.

»Was ist denn los, Leon?«

Er schluckte.

»Ist es wegen gestern Nacht? Mein Schlafwandeln?«

»Ja.«

Sie drückte ihn an sich und strich ihm über die Schulter. Danach löste sie sich von ihm und sah ihm in die Augen. »Tut mir leid, wenn ich dich verstört hab.«

»Ist schon gut.«

»Also dann ruh dich aus. Soll ich dir einen Pfefferminztee kochen?«

»Ich hasse Pfefferminz.«

Sie lächelte. »Lieber Schwarztee?«

»Hmm.«

Von ihr unbemerkt ließ er den Stick in seiner Hosentasche verschwinden.

Um glaubhaft zu wirken, schützte er Bauchschmerzen vor und legte sich ins Bett. Luna brachte ihm eine Wärmflasche und stellte ihm eine Tasse Tee auf den Nachttisch. Danach rief sie im Schulsekretariat an und entschuldigte ihn.

Den ganzen Tag über wagte er es nicht, den Stick hervorzuholen.

Mittags kochte sie ihm etwas Reis, den er bei ihr in der Küche aß. Ansonsten lag er in seinem Zimmer und döste vor sich hin. Sie schrieb. Er vernahm das Klappern der Tastatur von nebenan.

Am Nachmittag begleitete er sie auf einem Spaziergang. Sie gingen hinunter zum See. Er ließ flache Steine über das Wasser springen, sie sah ihm schweigend dabei zu.

Auf dem Rückweg sagte er: »Darf ich dich was ganz Allgemeines zu deiner Arbeit fragen?«

Sie seufzte. »Was denn?«

»Wenn du eine weibliche Hauptperson entwirfst, wie viel steckt dann eigentlich von dir selbst in ihr?«

Sie warf ihm einen Seitenblick zu. »Wie kommst du ausgerechnet jetzt darauf?«

»Du hast doch gesagt, in deinem neuen Buch geht es um eine Frau.«

»Das war deine Vermutung, ja.«

»Und du hast gesagt, es stimmt.«

Sie schwieg.

Nach einer Weile fragte er: »Bist du das selbst, über die du schreibst?«

Sie holte tief Luft. »Nein, Leon. Ganz so einfach ist das nicht.«

»Aber manchmal gibt es Ähnlichkeiten zwischen dir und deinen Figuren, oder nicht?«

Sie blieb stehen. »Lass uns nicht mehr über meine Arbeit reden, okay? Und noch einmal: Es ist nicht in Ordnung, dass du an meinen Rechner gehst.«

»'tschuldige. Soll nicht wieder vorkommen.«

Kurz vor zehn am Abend holte er seinen eigenen Laptop aus der Reisetasche hervor. Der Rechner war noch ziemlich neu, er hatte ihn zu seinem fünfzehnten Geburtstag bekommen. Er fuhr ihn hoch und öffnete Skype. Nur wenig später erklang die Melodie, mit der sich ein Anruf ankündigte.

Es war seine Mutter. Sie waren zu einem Gespräch verabredet. Er nahm den Anruf entgegen, und ihr Gesicht erschien auf dem Bildschirm.

»Hi, Mom.«

»Hallo, mein Junge. Wie geht es dir?«

»Danke, gut. Wie spät ist es gerade bei dir?«

»Mittags um eins.«

»Und, bist du gut angekommen?«

»Ja. Der Flug war okay.«

»Noch im Jetlag?«

»Ziemlich müde, ja. Ich soll dich von Bob grüßen.«

Er lächelte gequält. »Danke. Grüße zurück.«

»Wie ist es bei Luna in diesem Haus?«

»Toll.«

»Zeig mir mal dein Zimmer.«

Als er den Rechner mit der Webcam einmal durch den Raum kreisen ließ, war sie ein wenig schockiert über die vor Feuchtigkeit gewellte Tapete, das hässliche Muster und sein schmales Bett.

Aber er konnte sie einigermaßen beruhigen und versicherte ihr mehrmals, er fühle sich bei Luna wohl und auch sein Schulweg sei nicht allzu weit.

Dass er an diesem Tag geschwänzt hatte, verriet er ihr natürlich nicht.

Sie plauderten noch eine Weile, dann versprach er, Luna Grüße von ihr auszurichten, und legte auf.

Luna schrieb bis spät in die Nacht.

Schließlich hörte er, wie das Wasser im Bad rauschte. Dann wurde nebenan die Tür geschlossen.

Stille.

Nun schien sie endlich schlafen gegangen zu sein.

Leon wartete noch eine Weile, dann schob er den USB-Stick in den Port seines Laptops und öffnete die Datei.

Mit klopfendem Herzen begann er, Lunas Text zu lesen.

ZWÖLF

Die Puppe

Von Luna Moor

Kapitel 1

Maria Wohlleben liebte das Rattern ihrer Nähmaschine, es beruhigte sie. Dabei konnte sie die Zeit völlig vergessen. Nur selten sah sie von ihrer Arbeit auf. Dann warf sie den Passanten vor der Schaufensterscheibe ihrer kleinen Ladenwohnung einen gedankenverlorenen Blick zu, um sich sogleich wieder dem Zickzackstich der Naht zu widmen, dem Tackern der Nadel und dem fliegenden Faden. Allmählich wuchs unter ihren Händen ein Kunstwerk aus grüner Seide.

Manchmal stand sie auf und verschwand hinter einem Paravent aus Reispapier, wo sie das Kleid vor einem ausladenden Spiegel mit einem Rahmen aus Blattgoldimitat anprobierte. Eine Schneiderpuppe besaß sie nicht. Und auch keine Puppe für das Schaufenster. Puppen waren für sie leblose Gestalten mit starren Augen. Sie flößten ihr Angst ein.

Ihre Kollektion war nicht besonders umfangreich. Wenn ein Stück fertig war und es ihr gefiel, trug sie es am liebsten selbst. Was für den Verkauf bestimmt war, hing auf Bügeln an einer Aluminiumstange gleich vorm Fenster.

Und doch hatte Maria mittlerweile eine recht beachtliche Stammkundschaft. Ihre Preise waren erschwinglich und der Stil ihrer Entwürfe eigenwillig genug, um sich von anderen Selfmademodemacherinnen absetzen zu können, ein Mix aus Trash, schlichter Eleganz und urbaner Lässigkeit, die sehr gut zu den Bewohnern dieses lebhaften Viertels rund um die Grünberger Straße in Berlin-Friedrichshain passte.

Bei ihrer sparsamen Lebensführung kam Maria eigentlich ganz gut zurecht. Das einzige Problem war die fortschreitende Gentrifizierung in der Gegend. Jahr für Jahr fürchtete Maria, dass das Haus, in dem sich ihr Laden befand, von einem profitgierigen Investor saniert und ihr alter Mietvertrag gekündigt werden könnte.

Hinter dem Verkaufsraum, der ihr gleichzeitig als Atelier diente, befanden sich die Küche, ein winziges Badezimmer und ein kleiner Raum, in den gerade mal ihr Bett passte. Auf dem Küchentisch stand eine mechanische Schreibmaschine, die sie auf dem Flohmarkt am Boxhagener Platz gekauft hatte. Sie hatte vor, ein paar einschneidende Erlebnisse aus ihrer Jugend aufzuschreiben, und auch wenn sie natürlich einen Computer besaß, erschien ihr die altmodische Olivetti dafür geeigneter zu sein.

Das hatte mit diesem wunderbaren Sound zu tun, wenn die Buchstabentypen auf das Papier schlugen. Es klang wie eine Maschinengewehrsalve: *Tack-ta-tacka-ta-ta.* So mächtig, standhaft und stark.

Maria achtete darauf, dass immer ein leeres weißes Blatt in die Maschine gespannt war. Gelegentlich verließ sie ihren Arbeitsplatz im Atelier, ging nach hinten und klapperte ein wenig auf der Tastatur. Sie schrieb einzelne Wörter, manchmal nur dem Klang nach. Dunkle Wörter wie:

Puppe.

Angst.

Atemnot.

Einmal hämmerte sie einen ganzen Satz auf das Papier, in Großbuchstaben:

DU MUSST DICH WEHREN!

Danach riss sie das Blatt von der Walze, zerknüllte es und warf es in den Abfalleimer.

Sie konnte warten mit der Niederschrift ihrer Geschichte. Denn sämtliche Einzelheiten waren in ihrem Kopf präsent. Zu jeder Minute, jeder Sekunde. Sie musste sie nur herauslassen.

Maria setzte sich wieder an die Nähmaschine, um dem beruhigenden Rattern der Nadel zu lauschen.

Der Abend brach herein. Maria war aufgeregt, denn sie hatte eine Verabredung. Sein Name war Markus. Eines Tages war er zu ihr in den Laden gekommen und hatte ihr gesagt, wie hübsch er ihre Kleider finde. Sie mochte das Attribut »hübsch« nicht besonders. Puppen waren hübsch. Ihre Kleider waren nicht für Puppen gedacht. Maria hatte dennoch gelächelt und sich für das Kompliment bedankt.

An den folgenden Nachmittagen war er wiedergekommen, immer zwischen 14 und 15 Uhr. Er erzählte ihr, dass er Zahnarzt sei und in der Nähe eine Praxis habe.

»Du hast schöne Zähne«, sagte er zu ihr.

Und abermals lächelte Maria. »Danke, das ist nett.«

Kurz vor drei ging er wieder. Dann begann seine Nachmittagssprechstunde.

»Darf ich dich mal zum Abendessen einladen?«, fragte er bei seinem nächsten Besuch.

Maria unterbrach ihre Arbeit an der Nähmaschine, stand auf und blickte ihn stirnrunzelnd an. »Ich gehe selten aus.«

»Magst du keine Restaurants?«

Sie zuckte mit den Schultern.

»Ich könnte was für uns kochen. Bei mir zu Hause. Was ist dein Lieblingsgericht?«

»Ich bin am liebsten hier. Hier in meinem Atelier. Weißt du, es gibt Tage, an denen gehe ich nicht ein einziges Mal vor die Tür.«

»Warum nicht?«

Es ging ihr um Sicherheit. Um Kontrolle. Sie musste ihre Ängste beherrschen. Manchmal genügte ein Geruch, und sie wurde in die Vergangenheit zurückkatapultiert. Das Aroma von Gummi zum Beispiel. Oder auch der Duft von Tannennadeln und Erde. Zuweilen brauchte es nur eine einzige hektische Bewegung am Rande ihres Gesichtsfelds, und schon war ihr, als würde jemand – genauer gesagt: etwas – auf sie zuspringen, sie angreifen und betäuben wollen. Es waren dunkle Vorahnungen, die ihren Alltag beherrschten, warnende Vorzeichen, die sie schnell wieder nach Hause eilen ließen. Objektiv betrachtet war da niemand, der sie verfolgte, aber es half nichts, sie musste hinter sich die Tür verrammeln und die Jalousien herablassen, um wieder atmen zu können.

An diesen Tagen blieb ihr Laden geschlossen, und nicht einmal das Rattern der Nähmaschine konnte sie beruhigen. Die Albträume kehrten zurück, am helllichten Tag.

Ärzte hatten ihr Medikamente gegen diese Art von Zuständen verschrieben. Sie sagten ihr, dass sie unter einer posttraumatischen Belastungsstörung leide. Eine Zeit lang hatte sie die Tabletten ausprobiert. Sie betäubten sie, ihr war, als würden die chemischen Substanzen jegliche Lebenskraft aus ihrem Körper saugen.

Daraufhin hatte Maria die Tabletten allesamt im Klo heruntergespült.

Puppe.

Angst.

Atemnot,

klapperte sie auf der Schreibmaschine, wenn die schrecklichen Details ihrer Geschichte an ihren Nerven zerrten.

DU MUSST DICH WEHREN!

Ob Markus das verstehen würde? Wohl eher nicht, dachte sie.

Anstatt ihm zu antworten, sah sie zur Uhr. »Es ist bald drei. Musst du nicht zurück in die Praxis?«

Tags darauf, es war im Spätsommer, milde Temperaturen, in den Bäumen der Grünberger Straße flirrte das Abendlicht, kam er mit einem Picknickkorb vorbei. Sie setzten sich auf das Treppchen vor ihrem Laden, wo sie sich sicher fühlte. Er zauberte aus seinem Korb eine Flasche Wein, einen Öffner, zwei Gläser, etwas Obst, Käse, ein Messer, zwei Teller, ein Baguette und zwei Servietten hervor. Sie stießen zusammen an, tranken von dem Wein und aßen zu Abend. Seine Fürsorglichkeit gefiel ihr, und zum ersten Mal sah sie ihm etwas länger in die Augen. Sie waren dunkelbraun wie sein Haar. Er hatte einen fein geschwungenen Mund und markante Gesichtszüge. Gedanken an seinen Beruf, die Tatsache, dass er mit Bohrern und Betäubungsspritzen hantierte und dabei vermutlich Gummihandschuhe trug, die Vorstellung, dass es in seiner Praxis nach Äther roch und ihm Frauen auf dem Behandlungsstuhl wehrlos ausgeliefert waren, versuchte Maria aus ihrem Kopf zu verbannen.

Die Weinflasche war noch nicht ganz geleert, da legte er den Arm um ihre Schultern und küsste sie. Es war ein fordernder Kuss. Seine Zunge schien in ihrem Mund förmlich anzuschwellen. Maria verstand, was er von ihr wollte.

Sie löste sich von ihm und sagte: »Ich muss dich warnen.«

»Wovor?«

»Ich bin anders. Mein Leben ist kompliziert.«

Sein Lächeln wirkte gequält.

»Du musst mir Zeit lassen«, sagte sie.

»In Ordnung.«

Seine Besuche blieben nicht aus. Maria dachte darüber nach. War es sein Jagdinstinkt, oder mochte er sie wirklich?

»Morgen Abend könnte ich was für uns kochen«, hatte sie ihm schließlich vorgeschlagen. »Wenn du magst?«

Er hatte genickt. Er schien sich aufrichtig zu freuen.

Und Maria war bereit.

Sie betrachtete sich in dem Spiegel mit dem Goldimitatrahmen. Ihre zierliche Figur, das beinahe schwarze Haar, ihre helle Haut. Sie war Ende zwanzig, aber sie sah jünger aus.

Püppchen, dachte sie verächtlich, ich bin bloß ein Püppchen für ihn.

Die Nervosität schlug ihr auf den Magen.

Sie ging in die Küche, setzte sich an die Schreibmaschine. Es gab so viele Albträume, über die sie schreiben wollte, die Art von Träumen, aus denen man niemals erwachte. Es gab so viel Schmerz, den sie notieren musste. Sie spannte ein neues Blatt Papier ein und hämmerte auf die Tastatur ein. *Tack-ta-tackata-ta, tack-taa. Tack-ta-ta.* Der Rhythmus war ein anderer als an ihrer Nähmaschine. Stockender. Wilder. Wütender.

Sie riss das Blatt heraus und zerknüllte es.

Der Tag würde kommen.

Noch war sie nicht bereit für ihre Geschichte. Noch hatte sie Angst davor.

Sie räumte die Schreibmaschine weg und begann mit den Vorbereitungen für das Abendessen.

Markus kam pünktlich um acht. Er trug einen grauen Anzug, Hemd und Krawatte, sie hielt das für übertrieben. Er brachte eine Flasche Châteauneuf-du-Pape mit, sagte etwas zu dem hervorragenden Jahrgang. Dann machte er eine Bemerkung zu ihrem ärmellosen schwarzen Kleid.

»Passt gut zu deinem Teint.«

Sie bedankte sich artig für das Kompliment. Püppchen, dachte sie wieder.

Sie hatte eine einfache Speise zubereitet. Pasta mit Garnelen, dazu Radicchio-Salat mit Artischocken. Zum Nachtisch gab es Vanilleeis mit Schokosplittern, das hatte sie schon als Kind sehr gern gegessen. Sie wollte sich damit verwöhnen. Aber ihr Magen rumorte, und sie bekam nur wenig herunter.

Markus dozierte über Rotwein zu Fisch, ob das passend war oder nicht, Maria jedoch hörte kaum zu.

Plötzlich griff er nach ihrer Hand. Sie sah ihm an, dass er sie küssen wollte. An seinem Blick konnte sie sogar die Absicht ablesen, sich diesmal mit dem Kuss mehr Mühe zu geben.

Sie trank hastig ihr Glas leer, dann sagte sie: »Warte hier auf mich.«

Er lächelte.

Sie ging ins Badezimmer. Erneut betrachtete sie sich im Spiegel. Sie vergrub die Finger in ihrem ungeschminkten

Gesicht. Maria hasste Schminke. Sie bohrte die Fingerspitzen in ihre Haut, bis sie den Schmerz nicht mehr aushielt. Männer liebten geschminkte Frauen, das wusste sie. Nun waren ihre Wangen wenigstens ein bisschen gerötet. Vielleicht würde Markus das gefallen.

Sie atmete einmal tief durch. Dann griff sie nach hinten, um den Reißverschluss ihres Kleids zu öffnen. Sie zog sich das Kleid über den Kopf und ließ es fallen. Fröstelnd hakte sie ihren BH auf und ließ ihn zu Boden gleiten. Sie schlüpfte aus ihren hochhackigen Schuhen. Danach streifte sie ihren Slip ab. Ihr war nun so kalt, dass ihr für einen Moment die Zähne aufeinanderschlugen.

Sie wünschte sich die Einsamkeit zurück. Nähen und über das Buch nachdenken, das sie zu schreiben beabsichtigte. Allein sein und ab und zu ein dunkel klingendes Wort aufschreiben.

Tatack-tack.

Stattdessen öffnete sie die Badezimmertür und ging wieder zu ihm. Er saß noch immer am Küchentisch. Seine Augen weiteten sich. Nackt trat sie vor ihn hin. Bis auf drei Schritte wagte sie sich zu ihm.

»Willst du es jetzt mit mir tun?«

Sie sagte es so streng, beinahe feindselig, dass ihm die Kinnlade herunterklappte. Er stand auf und räusperte sich.

»Maria, ich …«

»Lass uns nicht viel reden. Ich will, dass du es gleich machst.«

»Okay, ich …«

Das Blut staute sich in ihrem Kopf. Sie wischte mit einer einzigen Handbewegung das Geschirr herunter. Scheppernd zerbrach es am Boden. Sie setzte sich auf den Küchentisch.

»Mach deine Hose auf.«

Er atmete gepresst. »Maria, wir müssen das nicht tun.«

»Nicht reden!«

Er nickte, zog seine Schuhe aus, nestelte an seinem Gürtel, zippte den Reißverschluss auf und streifte die Hose ab. Er trug Boxershorts mit kariertem Muster. Darunter zeichnete sich seine gewaltige Erektion ab.

Sie sah schweigend zu, wie er sich auch der Shorts entledigte. Er trat auf sie zu, und sie griff mit der Hand nach seinem Schwanz. Hart wie ein Prügel, eine Ader pulsierte darauf. Sie packte ihn ziemlich fest und begann ihn zu reiben. Markus stöhnte auf. Sie rieb heftiger.

»Nicht so schnell, sonst...«

Maria ließ sich auf den Tisch gleiten und öffnete ihre Beine.

»Mach schon.«

Er war sofort in ihr. Es tat ihr nicht weh, höchstens am Rücken, wo sie sich am Holztisch stieß. Sie ließ ihn gewähren. Er schwitzte, keuchte. Seine Finger spielten mit ihr, schließlich beugte er sich vor und verbarg den Kopf zwischen ihren Brüsten. Als sie von seiner Zungenspitze liebkost wurde, glaubte sie, für einen Moment weggetragen zu werden. Plötzlich züngelte er an ihrem Ohrläppchen, und sie schien für eine Weile auf einer Welle zu reiten. Sie wagte es sogar, die Hände auf seinen Hintern zu legen und ihn zu dirigieren.

Als er sich aber wieder aufrichtete und mit den Händen am Tisch abstützte, als die Bewegungen seines Beckens heftiger, grimmiger wurden und sie das wild entschlossene Flackern in seinen Augen bemerkte, vernahm sie einen hellen Ton in ihren Ohren, ein Pfeifen, wie ein Warnsignal. Sie beobachtete, wie sich sein Gesicht zu einer Fratze verzog. Sie registrierte den harten Zug um seinen Mund.

Seine Zähne blitzten auf. Eine perlweiße Reihe, makellose Werbung für seinen Beruf.

Er kam. Zuckte. Seine Augen schienen zu brechen.

Er sackte über sie.

Sie lag da, es tat noch immer nicht weh.

»Bist du nun zufrieden?«, fragte sie leise.

Kapitel 2

An den folgenden Abenden trafen sie sich wieder. Sie kochte für ihn und fand Gefallen daran, neue Rezepte auszuprobieren. Früher war Essen für sie bloß eine notwendige Nahrungsaufnahme gewesen, und an regelmäßigen Mahlzeiten hatte sie wenig Interesse gehabt. Das Einzige, was sie schon immer mit Genuss verbunden hatte, war Vanilleeis mit Schokosplittern. An manchen Tagen hatte sie sich von nichts anderem ernährt. Und zu Zeiten, da sie sich nicht aus dem Haus traute, war ihr Magen ein einziger verkrampfter Kloß, und sie brachte nichts Festes herunter.

In Markus' Gesellschaft aber aß sie plötzlich mit großem Appetit. Er brachte stets einen guten Wein mit, und allmählich konnte sie die Rebsorten unterscheiden. Ihr Favorit war ein Barolo Villero Ris, Jahrgang 2007. Er schmeckte nach Johannisbeeren, Himbeeren und dunklen Kirschen, aber auch erdig, er erinnerte sie an Moos und Eichenholz. Es war ein sinnlicher Geschmack, beinahe aphrodisierend. Sie bat Markus, künftig allein diese Sorte mitzubringen, und er versprach, eine ganze Kiste davon zu bestellen.

Nach dem Essen verschwand sie wie üblich im Bad, kleidete sich aus und trat nackt zu ihm. Sie wollte dieses Ritual unbedingt beibehalten, es verlieh ihr Sicherheit. Da es beim ersten Mal so gut funktioniert hatte, wollte sie davon nicht abweichen. Der einzige Unterschied war, dass sie nun das Bett in ihrem Schlafzimmer bevorzugten. Ansonsten bestand sie weiterhin darauf, dass er keine Worte verlor und sich auch nicht mit einem längeren Vorspiel aufhielt. Er sollte sie einfach nehmen.

Es war immens wichtig für sie, die Kontrolle zu haben nach all dem, was sie in ihrer Jugend erfahren hatte. Sie machte die Vorgaben, und er sollte sich fügen. Es durfte niemals umgekehrt sein.

Wenn sie knapp und kühl zu ihm sagte: »Ich will dich, und zwar sofort«, so verlieh ihr das eine unglaubliche Macht, an der sie sich berauschte.

Schon am Nachmittag, wenn sie an der Nähmaschine saß, erregte sie der Gedanke, am Abend splitternackt vor ihn hinzutreten und es von ihm einzufordern.

Sie hatte die Oberhand. Sie verlangte keine Zärtlichkeit, aber er dufte nicht brutal zu ihr sein. Er sollte zielstrebig und geschickt vorgehen.

Maria war für ihre neunundzwanzig Jahre in Liebesangelegenheiten ziemlich unerfahren, das hatte mit den Umständen ihrer Vergangenheit zu tun, den schrecklichen Dingen, die sie als Jugendliche erlebt hatte. Aber nach allem, was sie davon verstand, war Markus ein guter Liebhaber, weil er sich auf sie einrichtete, seinen Egoismus im Bett ein wenig zügeln konnte und offensichtlich trotzdem auf seine Kosten kam.

An diesem Abend liebte er sie besonders kunstvoll, und Maria gelang es, erstaunlich lange auf ihrer Welle zu reiten, und dabei geriet sie in einen anderen, für sie völlig überraschenden Bewusstseinszustand. Sie war nun in einem fernen Land ohne Scheu. Einer Gegend ohne Angst. Einem Gebiet, in dem sie fliegen konnte.

Nach etwa zwei Wochen wagte sie es, die Abläufe ihrer abendlichen Treffen ein wenig zu variieren. Das lag vor allem daran, dass sie meinte, Markus würde sie niemals drängen. Zumindest hoffte sie das.

Er schien geduldig mit ihr zu sein, lud sie nur dann und wann zu kleinen Experimenten ein, wortlos, allein durch sein Verhalten. Und allmählich verstand sie, warum eine gewisse Tändelei vor dem eigentlichen Liebesakt von Vorteil sein konnte. So ließ sie es sich gefallen, was Markus mit seiner Zunge bei ihr anstellte. Es brauchte etwas Zeit, bis sie sich an die eigenartige Empfindung gewöhnt hatte, wenn sein Kopf zwischen ihren Schenkeln ruhte und er sie leckte wie ein eifriges, verspieltes Kätzchen. Anfangs war sie dabei zu verspannt, dann aber gelang es ihr loszulassen, und schließlich entdeckte sie, dass sie auf diese Weise recht schnell auf ihre Welle gelangte.

Und noch etwas fand sie heraus: das herrliche Gefühl, oben zu sein. Auf ihm zu thronen. Sich mit beiden Händen auf seinen Schultern abzustützen und mit ihren Beckenstößen den Rhythmus vorzugeben. Auf diese Weise drang sie noch weiter in die entlegenen Gebiete eines Sinnenrausches vor, der für sie süß, verlockend und beinahe frei von Angst war.

Am nächsten Abend wollte sie ausprobieren, ob ihre Zunge ähnlich geschickt war wie seine. Außerdem glaubte sie, sich revanchieren zu müssen. Es war wohl an der Zeit, ihm ein Geschenk zu machen. Und so wie er auf ihre Zungenspitze reagierte, schien ihm die Überraschung gut zu gefallen.

Maria erschrak ein wenig vor seinem salzigen Geschmack, und sie staunte darüber, dass sie es zulassen konnte, von ihm auf diese Art berührt zu werden.

Ihre Zunge wanderte tiefer, kostete von seiner Haut, spielte mit seinen Schenkeln, seinen festen Waden und seinen Füßen. Jeden einzelnen Zeh nahm sie sich vor, und an seinem Stöhnen hörte sie, wie erregend es für ihn war, von ihrer Zunge überall umschmeichelt zu werden.

Sie war so unbeschwert in dieser Zeit, dass sie ihre Schreibmaschine gar nicht mehr hervorholte. Sie hatte sie in ihrem Vorratsschrank hinter einigen Konservendosen verstaut und verspürte nicht mehr das geringste Bedürfnis, dunkle Begriffe aufzuschreiben. Im Gegenteil, es war sogar so, dass ihr manchmal, wenn sie an ihrer Nähmaschine saß, Wörter mit leichtem Klang in den Sinn kamen, fröhliche Worte wie:

Abendhell.

Wohlgemut.

Roter Wein mit Himbeerschimmer.

Oder auch nur heitere Buchstaben, zum Beispiel das *M* aus *Markus und Maria.*

Münderreigen.

Lippentanz.

Zungenschmecken.

Sie malte sich aus, dass sie eines Tages auf ihrer Schreibmaschine freudentrunkene Sätze bilden könnte wie:

Maria liebt den Himbeermund.

Markus ist ein Zungenkünstler.

Sie hatte Lust auf Worte, und manche Worte machten ihr Lust.

An einem Abend war sie mit Markus so vergnügt, dass sie im Bett ihre letzte Scheu überwand. Er lächelte sie hinterher so selig an, dass es auch sie beglückte. Sie wischte sich über die Lippen, schmiegte sich an seine Brust und schloss die Augen. Sie hörte sein Herz schlagen, erst hart und schnell, dann immer sanfter. Sie war kurz davor einzuschlafen, was ihr bisher nie gelungen war. Für gewöhnlich war es ihr lieber, allein zu schlafen. Manchmal hatte sie ihn aufgefordert zu gehen, manchmal hatte sie neben ihm gewacht.

Zum ersten Mal seit den schrecklichen Ereignissen in ihrer Jugend hatte Maria Wohlleben das Gefühl, sie dürfte die Kontrolle wieder abgeben. Nicht mehr wachsam sein und auf dunkle Vorahnungen harren, sondern einfach loslassen.

Doch kurz bevor sie wegdämmerte, sagte Markus plötzlich: »Morgen kommst du mal zu mir, okay?«

Sie zuckte zusammen und war sofort hellwach.

»Ist das wirklich nötig?«

»Maria«, entgegnete er für ihren Geschmack eine Spur zu scharf, »du warst noch nicht ein einziges Mal bei mir zu Hause. Ich denke, es ist an der Zeit.«

»Ja«, murmelte sie.

Aber da war es schon zu spät. Der Gedanke war da. Er lauerte in ihrem Kopf. Düster, drohend: *Er hat sich nur verstellt. Sobald ich meine schützenden vier Wände verlassen habe und bei ihm bin, wird er mir sein wahres Gesicht zeigen.*

Und mit einem Mal verspürte Maria das dringende Bedürfnis, sich auf der Stelle den Mund auszuspülen.

Sie erhob sich, ging ins Bad und füllte ein Glas mit Listerine. Sie gurgelte, bis sich ihre Mundhöhle wund anfühlte. Sie spuckte aus und atmete schwer.

»Tanz, Helligkeit, Leichtigkeit«, sprach sie leise vor sich hin, um sich zu beruhigen.

Nun aber klangen die Worte so dunkel wie ihre Angst.

Kapitel 3

Er wohnte in einem Loft mit Dachterrasse in der ehemaligen Wollgarnfabrik in der Kadiner Straße. Stolz führte er sie herum. Die Einrichtung erinnerte sie an Fotostrecken in überteuerten Wohnmagazinen. Alles wirkte klinisch und aseptisch. Wie in einer Zahnarztpraxis, dachte sie. Ein Raum wie eine Halle, eine Galerie, auf der sich das ausladende Bett befand. Eine amerikanische Küche. Ein überdimensionaler Kühlschrank, chromblitzend. Auf dem riesigen Cerankochfeld stand eine einzelne abgedeckte Pfanne. Etwas brodelte darin, es roch nach Fleisch. Sie stellte sich etwas Rotes, Ausgebeintes vor, und ihr wurde leicht übel. Ihr Blick fiel auf den Messerblock. Sie zählte zwanzig Messer. Die blank geputzte Arbeitsfläche war geschätzte fünf Meter lang.

Maria versuchte es mit einem Scherz. »Hier kannst du ja Rinderhälften zerlegen. Oder auch Frauenleichen. Besitzt du eine Knochensäge?«

Er verzog den Mund. »Das ist nicht komisch.«

»Was gibt es denn heute?«

»Feine Kalbsmedaillons.«

»Ich mag am liebsten Fisch.«

»Nach meinen Medaillons wirst du dir die Finger schlecken.«

Sie schwieg.

Er musterte sie. »Warum so sarkastisch? Was ist los mit dir?«

»Verzeih.« Sie drückte ihm einen Kuss auf die Wange. »Ich bin etwas nervös.«

»Warum nur, Maria?«

»Ich sagte dir doch, ich gehe selten aus.«

»Aber das ist mein Zuhause.«

»Deswegen bin ich ja hier.«

»Gefällt es dir?«

»Es ist...« Was wollte er wohl hören? »... beeindruckend. Zeigst du mir auch mal deine Praxis?«

»Wenn du magst.«

Sie nickte.

Sie stellte sich eilfertige Zahnarzthelferinnen vor, blutjung, in knappen weißen Kitteln. Plötzlich hatte sie die Vision, dass sie alle exakt wie sie selbst aussahen. Dunkles Haar, blasse Haut. Schlank, fast mager. Elfenhaft. Sie umringten ihn. Waren ihm stets zu Diensten. Und Markus genoss es. Markus war der Held in seinem klinischen Reich.

Dr. Markus Breitstätter, der gut gebaute, hochgewachsene Dentist.

Er führte sie hinaus auf die Dachterrasse. Offenbar sollte sie den Ausblick bewundern, rechts das Frankfurter Tor, links der Fernsehturm, geradezu der Volkspark Friedrichshain. Funkelnde Stadtlichter, der Himmel weit. Und so sagte sie höflich: »Atemberaubend.«

Dabei sehnte sie sich nach dem beruhigenden Rattern ihrer Nähmaschine zurück.

Sie fröstelte, und so gingen sie wieder hinein. Er hatte den Tisch bereits gedeckt. Kerzen flackerten, die Weinflasche war entkorkt. Sie nahm Platz, während er letzte Hand an das Essen legte.

Sie hatte keinen Hunger. Wieder einmal hatte sich ihr Magen zu einem Kloß zusammengekrampft. Markus servierte die Kalbsmedaillons und schenkte den Wein ein. Er nahm am anderen Ende des Tisches Platz. Er war so weit von ihr entfernt. Und auf einmal betrachtete sie ihn wie einen Fremden.

Reiß dich zusammen, Maria, sprach sie in Gedanken zu sich selbst. Er gibt sich doch so viel Mühe für dich.

Also lobte sie die Medaillons, nannte sie zart und buttrig und aß ihren Teller leer, obwohl ihr das Fleisch zuwider war. Sie trank hastig von dem Wein. Es war nicht der Barolo, Markus bestand auf Chardonnay zu Kalb und hielt ihr darüber einen Vortrag.

Immerhin wagte sie es, den Nachtisch abzulehnen, da sie sich sonst wohl hätte übergeben müssen.

»Macht nichts«, sagte er lächelnd. »Dann kommen wir eben schneller zu meiner Überraschung.«

Er verschwand kurz auf der Galerie und kam mit einem goldfarbenen Karton zurück, den er vor ihr auf den Tisch legte.

»Ein Geschenk für dich, Maria.«

Sie runzelte die Stirn.

»Willst du es nicht auspacken?«

Nach einigem Zögern öffnete sie die Schachtel. Sie betastete den Stoff, der darin lag, und nahm ihn heraus. Sie wollte zunächst glauben, dass es ein Kleid war, ein schönes helles Sommerkleid. Aber nein, es war ein Babydoll. Weiß, mit Spitze und komplett durchsichtig.

»Zieh es an.«

Sie schluckte.

»Es ist ein Designerstück. Feine Lingerie. Es kommt aus Paris. Von Alice Cadolle. Sagt dir der Name was?«

Sie schüttelte den Kopf.

»Nicht? Ich dachte, du als Modemacherin … Aber egal.« Er lehnte sich vor und senkte die Stimme: »Geh ins Bad und zieh es für mich an. Bitte. Ich warte hier auf dich.«

Sie wollte es ihm vor die Füße schleudern. Sie wollte aufschreien und wegrennen.

»Maria? Es gefällt dir doch, oder etwa nicht?«

»Es ist …«

»Ich denke, du wirst bezaubernd darin aussehen.«

»Danke«, murmelte sie.

»Und? Was ist?«

»Ich weiß nicht.«

»Zieh es an!«

»Jetzt gleich?«

»Wann denn sonst?«

Sie faltete das Wäschestück zusammen und erhob sich. Er blinzelte ihr zu.

»Wo ist das Bad?«

Er wies ihr den Weg. »Geradeaus und dann die erste Tür links.«

Und Maria gehorchte.

Das Badezimmer war ähnlich wie die Küche, klinisch sauber. Nichts deutete darauf hin, dass es jemals zuvor von einem Menschen benutzt worden war.

Maria legte das Babydoll auf dem Waschbeckenrand ab. Sie betrachtete sich im Spiegel. Ihre Wangen waren fahl. Unter ihren Augen hatten sich dunkle Ringe gebildet. Sie fand sich hässlich. Schließlich zog sie sich vorm Spiegel aus und streifte den transparenten Fetzen über ihren nackten Körper. Sie war nicht mehr sie selbst, als sie zu ihm zurückkam. Ihre Füße waren eiskalt. Ihr Mund trocken. Das Herz schlug ihr bis zum Hals.

Markus saß am Tisch und klopfte auf seine Schenkel.

»Komm her.«

Sie reagierte wie ferngesteuert. In ihrem Kopf war eine beängstigende Leere. Sie setzte sich auf seinen Schoß.

Das war nicht mehr Markus, der Zungenkünstler, das war nicht mehr ihr gemeinsames Spiel, der Lippenreigen, der Freudentanz. Er war ein Fremder und sie ein Spielzeug auf seinem Schoß.

»Ich hab noch etwas für dich«, sagte er leise.

Maria erschrak, als er einen kleinen silbrigen Gegenstand aus seiner Hosentasche hervorholte.

Es war ein Lippenstift.

»Warum bist du eigentlich nie geschminkt, Maria?«

Sie schnappte nach Luft.

»Du willst mir doch gefallen, oder?«

Sie konnte nichts erwidern.

»Etwas Farbe im Gesicht würde dir gut stehen.«

Sie schüttelte den Kopf.

»Nimm ihn. Ich schenke ihn dir. Er ist von Dior.« Er drückte ihr den Stift in die Hand. »Mach dich hübsch für mich, mein Püppchen.«

Abermals rang sie nach Luft. »Markus, ich muss dir was erzählen.«

»Nein, jetzt nicht. Ich will, dass du dir die Lippen anmalst.«

»Es ist etwas passiert. Als ich noch ein Kind war.«

»Na los!«

»Ich bin kein Püppchen.«

»Steh auf.«

Sie wollte es noch einmal sagen. Sie wollte es schreien: *Ich bin kein Püppchen!* Aber ihr fehlte die Kraft.

Er schob sie von seinem Schoß herunter. Sie schwankte. Ihre Knie waren weich.

»Mach schon!«

Sie stand vor ihm, wehrlos, ausgeliefert.

Er deutete energisch auf den Stift. »Schraub ihn auf.«

Sie nahm die Kappe ab und ließ die abgerundete Farbmasse hervorgleiten.

Er zeigte auf ihre Lippen. »Anmalen. Knallrot.«

Sie tat es. Malte ihren fest verschlossenen Mund an. Tränen traten in ihre Augen.

»Sehr schön. Und das tust du jetzt immer für mich. Hast du mich verstanden, Maria?«

Sie nickte.

»Gut. Und nun heb dein Babydoll an.«

»Nein.«

»Heb es an, na los.«

Maria schloss die Augen. Sie hörte das Ratschen seines Reißverschlusses.

»Ich liebe dich, mein Püppchen«, flüsterte er.

Und dann war er über ihr.

Kapitel 4

Drei Tage lang verließ Maria nicht ihre Ladenwohnung. Sie lag auf ihrem Bett und starrte zur Decke hinauf. Drehte sie sich zur Seite, roch sie Spuren von Markus' Rasierwasser auf ihrem Kissen. Darum zerrte sie das Bettzeug herunter und zog neues auf. Nun roch es bloß noch nach dem Waschmittel und ihrer Einsamkeit.

Immer wieder kamen ihr Szenen ihres Tanzes, der Unbeschwertheit, möglicherweise ihrer Verliebtheit in den Sinn, und das schmerzte sie. Wie hatte sie sich nur in Markus so täuschen können? Und warum hatte sie alles getan, was er von ihr verlangt hatte? Sie hätte doch wegrennen können.

Maria verachtete sich selbst dafür, was in seinem Loft passiert war. Als sei es ihre eigene Schuld gewesen.

Püppchen, beschimpfte sie sich selbst. Dummes Püppchen.

Sie ging nach vorn in ihr Atelier und blickte sich um. Künstliches Licht, die Jalousien waren geschlossen. Sie hatte das Telefon ausgestöpselt und ihr Handy ausgeschaltet.

Lustlos nähte sie an einem Kleid mit höhnend fröhlichem Blumenmuster weiter, aber sie fügte die Teile versehentlich falsch zusammen. Darüber wurde sie so zornig, dass sie die gesamte Arbeit mit ihrer Schere zerschnitt. Sie ging dazu über, weitere Kleider zu zerstören und in Fetzen zu reißen, doch plötzlich wurde ihr schwindlig, und sie musste sich wieder hinlegen.

Sie hatte zu wenig gegessen, eigentlich gar nichts, und darum war sie völlig entkräftet.

Nach einer Weile ging sie in die Küche und holte die Schreibmaschine hervor. Nun war es also wieder an der Zeit für die dunklen Worte, doch sie schrieb nichts auf, starrte bloß das leere Blatt Papier an.

Schließlich nahm sie die Konservendosen aus dem Vorratsschrank und las sich genau die Etiketten durch. Es waren überwiegend Champignons, Steinpilze und Artischocken, aber auch weiße Bohnen darunter. Sie hatte keinen Appetit, aber irgendwann musste sie schließlich was essen. Beim Öffnen einer Dose schnitt sie sich an der scharfen Blechkante. Das Blut tropfte von ihrem Finger auf die Pilze, und plötzlich musste sie an die Medaillons bei Markus denken und begann zu würgen.

Und wieder bekam sie keine feste Nahrung herunter.

Den Rest des Tages rollte sie sich auf ihrem Bett zusammen und döste vor sich hin.

Am dritten Abend nach dem Vorfall im Loft wagte sie sich endlich wieder auf die Straße hinaus. Sie hatte beschlossen, etwas Obst und Gemüse im Bioladen einzukaufen. Trotz der Dämmerung trug sie eine Sonnenbrille. Ihr langes Haar hatte sie sich hochgesteckt und unter einem Kopftuch verborgen.

Nur um Markus nicht zu begegnen, machte sie einige Umwege. Der Laden, in dem sie normalerweise einkaufte, war in der Nähe seiner Praxis, also steuerte sie einen anderen außerhalb ihres Viertels an. Durch das tagelange Hungern jedoch war ihr Kreislauf beeinträchtigt, und sie musste mehrmals stehen bleiben, um leichte Schwindelanfälle abzuwarten. Und schließlich stellte sie fest, dass sie sich verlaufen hatte. Also kehrte sie um und bog in eine andere Straße ein. Dort wechselte sie rasch die Seite, weil ihr jemand entgegenkam, den sie irrtümlicherweise für Markus hielt. Daraufhin bog sie gleich noch einmal ab, und abermals wurde ihr schwindlig.

Sie hielt eine Weile inne, danach ging sie unruhig weiter. Fortwährend hatte sie das Gefühl, dass ihr jemand folgte, also nahm sie einen weiteren Umweg in Kauf. Bloß nicht mit Markus zusammentreffen, bloß nicht mit ihm, hämmerten unablässig die Gedanken in ihrem Kopf.

Maria irrte durch kleine Nebenstraßen, wechselte die Seiten und wurde dabei immer panischer. Sie gestattete es sich nicht, wieder umzukehren, also hastete sie weiter. Allmählich verlor sie die Orientierung. Mittlerweile schien sie sich in einer Gegend irgendwo hinterm Ostkreuz zu befinden. Sie nahm die Sonnenbrille ab, weil es längst dunkel geworden war. Sie lehnte sich kurz gegen eine Häuserwand, um wieder zu Atem zu kommen. Kalter Angstschweiß lief ihr den Rücken hinunter. Sie eilte weiter. Befand sie sich etwa schon in Lichtenberg? Die Straßennamen sagten ihr nichts, in diesem Viertel kannte sie sich überhaupt nicht aus.

Sie wollte gerade eine Passantin nach dem Weg fragen, als etwas ihre Aufmerksamkeit fesselte.

Drüben auf der anderen Straßenseite, in einem Schaufenster. Es war ein Trödelladen. Das Fenster war mit Gerümpel vollgestellt. Und auf einer Wäschetruhe hockte eine Porzellanpuppe und grinste sie an.

Maria ging zu dem Laden hinüber und drückte die Türklinke. Es war noch geöffnet. Der Klang einer Glocke erschall, als sie eintrat.

»Hallo?«, fragte sie in das Dämmerlicht hinein.

Niemand antwortete.

Vorsichtig nahm sie die Puppe aus dem Schaufenster heraus und betrachtete sie genauer.

Sie war unbekleidet. Geschlechtslos. Der zu einem Grinsen verzerrte Mund, die künstlichen Wimpern und die starren Augen machten ihr Angst. Sie legte sie schnell wieder weg.

»Hallo?«, fragte sie noch einmal.

Keine Antwort.

Ihr Blick wanderte durch das Innere des Ladens. Da waren Kinderwagen, Gemälde, Anziehsachen, Schaukelpferde, Geschirr, Möbel, Nippesfiguren, Lampen, offene Holzkisten mit vergilbten Postkarten. Langsam ging sie an den vollgestopften Regalen vorbei.

Allmählich vernahm sie aus dem hinteren Bereich ein gedämpftes Gemurmel.

Sie ging weiter. Vorbei an Uhren, Plastikblumen, Stofftieren, Porzellandosen, Vasen, Scheren, Messern, altem Spielzeug.

Je weiter sie vordrang, desto stärker wurde das Murmeln. Es waren mehrere Stimmen, sie sprachen alle durcheinander. Unverständlich. Zischelnd und brummelnd.

Maria passierte meterhohe Regale voller altmodischer Fotoapparate, Glastiere, Schuhe, Brettspiele, Gummifiguren, Edelsteine, Perlen, Zahnprothesen, medizinischer Werkzeuge und Blechfiguren.

»Ist da jemand?«

Das Stimmengewirr schwoll an. Sie kam an einem Regal mit Perücken vorbei. Dann an einem mit Taschen und Schmuck. In einer Ecke waren alte Computermonitore übereinandergestapelt. Da war ein Haufen ineinander verknäulter Strumpfhosen. Und dort standen weitere Möbel, Schränke, Sofas, Kommoden und Anrichten.

Sie umkurvte einen wackligen Turm aus verschiedenen Tischen, Hockern und Stühlen, auf dem ein riesiger Stoffaffe thronte.

Danach gelangte sie in einen weiteren Raum, der bis zur Decke zugestopft war mit Kleidern, Röcken, Hosen und alten Lederkoffern. Sie schrak vor einem Regal mit ausgestopften Vögeln zurück, Eulen, Adlern, Raben und Papageien.

Nun verdichtete sich das Gewisper der Stimmen zu einem einzigen hellen Summen.

Sie bog noch einmal um die Ecke, und dann stockte ihr der Atem.

Es waren Puppen, Hunderte von Porzellanpuppen, die

alle wild durcheinandersprachen. Dabei klapperten sie mit ihren falschen Wimpern und zischelten ihr zu: *Maria, da bist du ja endlich. Wir haben auf dich gewartet. So lange auf dich gewartet. Maria, komm zu uns. Tritt näher, Maria. Maria! Komm, spiel mit uns!*

Das Gewirr der Stimmen wurde immer lauter, und Maria hielt sich die Ohren zu.

Spielen, Maria. Komm her! Wir warten auf dich! Maria, komm!

Es wurde so laut um sie herum, dass ihr der Kopf zu platzen drohte.

»Ruhe!«, schrie sie.

Doch die Puppen lärmten immer weiter. Maria drehte sich um, da waren noch mehr, unzählige Augenpaare schauten auf sie herab.

Und dann schien ihr Herzschlag für einen Moment auszusetzen. Denn unter den Puppen war eine, die hatte zwei verschiedene Augen, und ihre Stimme war anders, hässlicher, krächzender als die der anderen.

Maria, rief sie, hier bin ich, hier. Ich hab auf dich gewartet. Wo warst du nur so lange? Komm, Maria, komm. Spiel mit mir!

Maria hielt sich noch fester die Ohren zu und stieß einen gellenden Schrei aus.

»Kann ich Ihnen helfen?«

Sie ließ die Hände sinken und fuhr herum.

Vor ihr stand ein glatzköpfiger Mann in einem graublauen Kittel. Er war offenbar der Ladenbesitzer.

»Ich …«

»Ist Ihnen nicht gut?«

Sie atmete schwer. »Verzeihung, ich …«

»Sie sind ja ganz blass.«

»Diese Puppen …«, stammelte sie.

Aber urplötzlich waren sie ganz still. Und sie rührten sich auch nicht mehr. Maria starrte sie an. Ihre pausbäckigen Gesichter. Die roten Münder. Und die toten Augen. So viele Porzellanpuppen auf einmal, zum Teil nackt, zum Teil in adretten Kleidern.

»Möchten Sie eine?«, fragte der Mann im Kittel.

»Ja.«

»Eine bestimmte?«

Sie nickte. »Die mit den zwei verschiedenen Augen.« Sie deutete zu dem Regalbrett hinauf.

Der Mann musterte sie.

»Ausgerechnet diese?«

»Ja.«

»Warum?«

»Ich weiß nicht. Sie kommt mir bekannt vor.«

»Ach ja? Woher denn?«

»Ich war noch ein Kind. Jemand hat sie mir geschenkt.«

»Genau die dort oben?«

»Ich denke, ja.«

»Dann haben Sie wohl auf das Geschenk nicht besonders achtgegeben. Ob es wirklich dieselbe Puppe ist?«

»Ich bin mir ziemlich sicher.«

»Was für ein Zufall.«

Sie errötete unter seinen prüfenden Blicken. Mit einem Ruck zog er sich eine Trittleiter heran und stieg zu dem Regalbrett hinauf.

Und auf einmal begann erneut die Stimme zu krächzen: *Hier bin ich. Maria. Hier. Lass uns spielen.*

»Meinen Sie diese?« Er hielt ihr die Puppe hin. Ihre Augen hatten tatsächlich zwei verschiedene Blautöne.

Ich bin es, Maria. Ich bin es wirklich, krächzte es aus ihrem Mund. Der Ladenbesitzer aber schien nichts davon zu hören.

»Ja«, sagte Maria, »kein Zweifel, das ist sie.«

Er stieg die Leiter herab und gab sie ihr.

»Mögen Sie Puppen?«, fragte er.

»Eigentlich nicht.«

»Aber diese wollen Sie unbedingt mitnehmen?«

»Ja. Woher haben Sie sie?«

»Keine Ahnung.«

»Wer hat sie Ihnen verkauft?«

»Das weiß ich nicht mehr. Vermutlich stammt sie von einer Wohnungsauflösung.«

»Können Sie mir nicht sagen, von welcher?«

»Unmöglich. Das sind zu viele. Ich führe nicht Buch über jedes einzelne Stück, das ich hier verkaufe.«

»Was kostet die Puppe?«

Er sah sie durchdringend an. »Ich mache Ihnen einen fairen Preis.«

Kapitel 5

Obwohl sie nur noch wenig Geld hatte, nahm sie sich auf dem Rückweg ein Taxi. Sie fühlte sich einfach zu schwach, um zu laufen. Sie ließ den Fahrer an einem Spätverkauf halten, verschwand kurz in dem Laden und kam mit einer prall gefüllten Plastiktüte zurück. Danach ließ sie sich bis nach Hause fahren.

Sie schloss auf, ging hinein und ließ die Außenjalousien herunter. Sie öffnete die Schachtel, die ihr der Trödler mitgegeben hatte, nahm die Puppe heraus und setzte sie auf den Küchentisch. Der Plastiktüte entnahm sie zwei große Speiseeispackungen. Sie nahm sich einen Löffel und begann mit ihrer Lieblingsmahlzeit, Vanilleeis mit Schokosplittern.

Die Puppe beobachtete sie dabei. *Schmeckt's?*

Sie nickte.

Du hast lange nichts mehr gegessen, nicht wahr? Ihre Stimme war so krächzend wie damals. *Etwas hat dir den Appetit verschlagen.*

Sie dachte an die Zeit zurück, da sie als Sechzehnjährige auf einem Dachboden gefangen gehalten worden war. Zusammen mit dieser Puppe.

Es erschien ihr wie ein Wunder, dass sie sie wiedergefunden hatte.

Ein Wunder und ein Vorzeichen. Nur wusste sie noch nicht genau, ob das Zeichen gut oder böse war.

Was ist passiert, Maria?

Sie antwortete nicht.

Willst du nicht darüber sprechen? Du siehst ja ganz blass und abgemagert aus.

Maria ließ das Eis im Mund zerschmelzen.

Schließlich sagte sie: »Ich hab gehungert.«

Warum? Hattest du Kummer?

Sie aß weiter.

Lass mich raten, krächzte die Puppe, *du hast jemanden kennengelernt, der dir sehr wehgetan hat.*

»Ja.«

Wer ist es?

Sie sah die Puppe bloß an.

Sag schon. Ist er hübsch? Gut gebaut? Hattest du anfangs deinen Spaß mit ihm?

Sie aß schweigend weiter. Schon damals auf dem Dachboden des Hauses, in dem sie gefangen gehalten worden war, hatte sie das Gefühl gehabt, allmählich den Verstand zu verlieren, weil die Puppe zu ihr sprach.

Hastig schlang sie das Eis hinunter. Sie war so ausgehungert, dass sie auch noch den zweiten Becher anbrach.

Schließlich gab sie sich einen Ruck und erzählte der Puppe alles, was sie mit Markus erlebt hatte. Auch von dem Abend in seinem Loft berichtete sie ihr in allen Einzelheiten.

Als sie fertig war, fühlte sie sich erleichtert.

»Du verstehst mich, nicht wahr? Du bist meine Verbündete.«

Ja. Ich bin auf deiner Seite. Und ich werde dir helfen, Maria.

»Danke. Das ist sehr lieb von dir.«

Es ist ein Glück, dass wir uns wiedergefunden haben, nicht wahr?

Sie nickte.

Eigentlich magst du uns Puppen nicht. Hab ich recht?

»Um ehrlich zu sein…«

Wir sind dir unheimlich.

»Nicht ganz geheuer, ja.«

Warum?

»Es sind eure Augen, die sind so…«

…tot?

Sie nickte.

Die Puppe lachte. Es war ein heiseres Lachen. Es klang wie das eines alten kranken Mannes. *Aber bei mir machst du eine Ausnahme. Das hat mit den Umständen zu tun, wie wir uns kennengelernt haben, stimmt's?*

»Ja.«

Der Dachboden. Dieses Haus.

»Ich werde es nie vergessen.«

Du warst noch ein Kind. Du hattest große Angst.

»Ja.«

Die Puppe legt den Kopf schief und blinzelte ihr zu.

»Aber nun erzähl du«, sagte Maria. »Wie ist es dir in der Zwischenzeit ergangen? Wie bist du in den Laden gekommen? Und wo ist das Haus, in dem ich damals gefangen gehalten wurde? Könntest du mich vielleicht dorthin führen?«

Die Puppe schwieg.

»Die Ermittler von der Polizei haben es nie gefunden. Ich konnte es nicht richtig beschreiben. Ich hab doch nur den Dachboden gesehen. Und die Stelle im Wald, wo man mich fand, war einige Kilometer von dem See entfernt, an dem ich damals überfallen worden bin.«

Die Puppe blickte sie reglos an.

»Weißt du, es ist so... Ich hab mich von diesem Schock niemals richtig erholt... Die Ärzte haben mir Medikamente gegeben, aber ich wollte das Zeug nicht. Ich war völlig betäubt davon. In der Schule war ich nur noch die Außenseiterin. Am schlimmsten war das Mitleid meiner Klassenkameraden. Alle haben mich mit großen Augen angesehen. Und hinter meinem Rücken haben sie gemurmelt: ›Arme Maria, kein Wunder, dass sie so eigenartig ist, nach all dem, was man ihr angetan hat.‹«

Eine Zeit lang kämpfte sie gegen die Tränen an, dann sprach sie weiter. »Nach der Schule hab ich mir diesen Laden hier eingerichtet. Ich hab mir alles selbst beigebracht. Das Nähen. Das Entwerfen von Kleidern. Das Zeichnen von Schnittmustern. An manchen Tagen geht es mir ganz gut, aber die Angst ist immer da, sie verfolgt mich, Tag und

Nacht. Und derjenige, der mich damals... Dieser Mann mit der Gasmaske, der aussah wie ein großes, ekelhaftes Insekt... Sie haben ihn nicht schnappen können... Er läuft noch immer frei herum.«

Die Puppe schwieg.

Sie war ja nur ein Ding aus Porzellan. Natürlich konnte sie ihr nichts erwidern. Nun hatte sie wohl vollends den Verstand verloren.

In diesem Moment klopfte jemand von außen gegen den Rollladen.

Maria erschrak. Sie sah zur Uhr. Es war schon nach Mitternacht. Sie wollte das Klopfen ignorieren. Aber es wurde immer stärker, und jemand rief auf der Straße nach ihr.

Die Stimme klang nach Markus. Sie überlegte, ob sie mit ihm reden sollte.

Tu es nicht, dachte sie, aber dann war ihr, als würde die Puppe ganz leicht den Kopf neigen, um ihr ein Zeichen ihres Einverständnisses zu geben.

Und auf einmal krächzte sie: *Lass ihn rein. Zeig ihn mir. Diesen Markus. Ich will ihn mir mal ansehen.*

Kurz entschlossen ging sie nach vorn ins Atelier, zog den Rollladen hoch und öffnete die Tür. Markus trat ein. Sie roch seine Alkoholfahne.

»Maria, ich hab mir große Sorgen um dich gemacht. Warum gehst du denn nicht mehr ans Telefon?«

»Ich hatte viel um die Ohren«, murmelte sie.

»Ach ja?«

»Ein paar Kleider, die ich fertigstellen musste.«

»Und du konntest nicht mal zurückrufen? Ich hab dir zig Nachrichten auf deiner Mailbox hinterlassen.«

»Tut mir leid.«

»Was ist nur los mit dir?«

»Ich weiß auch nicht, ich ...«

»Maria, ich hab mir so viel Mühe gegeben. Hab für dich gekocht, dir Geschenke gemacht ...«

»Du hast mir nicht zugehört ... Ich war ... Ich wollte doch nur ...« Sie brach ab. Sie hatte keine Ahnung, wo sie anfangen sollte. Er wusste ja überhaupt nichts über sie.

Er holte tief Luft. »Also schön. Wenn es dir lieber ist, treffen wir uns weiterhin bei dir. In meinem Loft gefällt es dir wohl nicht.«

»Doch, es ist nur so, ich ...«

»Schon in Ordnung, Maria. Ich richte mich ganz nach dir.«

Sie sah ihn bloß an. Schließlich fragte sie: »Möchtest du etwas Eis essen?«

»Jetzt? Um diese Zeit?«

»Warum denn nicht?«

Sie ging mit ihm in die Küche. Sein Blick fiel auf die Puppe.

»Was soll das denn?«

»Hab ich vom Trödel.«

Er nahm die Porzellanpuppe in die Hand. »Wusste gar nicht, dass du altes Spielzeug sammelst.«

»Tu ich auch nicht.«

»Sie hat zwei verschiedene Augen.«

»Ja.«

Sie nahm ihm die Puppe weg und setzte sie wieder auf den Tisch. Plötzlich war er bei ihr und küsste sie. Sie ließ es geschehen. Es war merkwürdig, aber im Beisein der Puppe fühlte sie sich sicherer.

»Hast du noch das Babydoll?«, raunte er ihr zu.

»Natürlich hab ich es. Es war doch ein Geschenk.«

»Würdest du es für mich anziehen?«

»Selbstverständlich, Markus«, sagte sie kühl. »Und ich benutze auch den Lippenstift. Überall, wo es dir gefällt.«

Sie spürte seine Erregung. Wenn sie es sich nicht anmerken ließ, wie sehr sie sein Spiel anwiderte, gewann sie ihre Souveränität zurück, und das verlieh ihr Macht.

»Warte hier auf mich.«

Markus schlief neben ihr, tief und fest. Sie kam einfach nicht zur Ruhe und starrte in die Dunkelheit hinein. Schließlich stand sie auf, schlich sich in die Küche und schloss hinter sich die Tür. Sie knipste das Licht an und trank ein Glas Wasser an der Spüle. Danach drehte sie sich zu der Puppe um, die noch immer auf dem Tisch saß.

Maria trug das Babydoll.

Mein Gott, wie siehst du nur aus, krächzte die Puppe.

»Sei leise, sonst wacht er noch auf.«

Sie setzte sich an den Tisch und sah sie an.

»Was sagst du zu Markus?«

Schwieriger Fall.

»Was soll ich nur tun?«

Ich wüsste da was.

»Was denn?«

Die Puppe grinste sie an. Und plötzlich krächzte sie: *Bring ihn um.*

»Wie?«

Du musst ihn umbringen.

»Nein, das kann ich nicht.«

Schon damals auf dem Dachboden hab ich dir geraten, dass du dich wehren sollst.

Sie begann zu zittern. »Wie soll ich es denn tun?«

Die Puppe schien kurz nachzudenken. Schließlich sagte sie: *Nimm ein Beil.*

»Das ist brutal.«

Natürlich ist es brutal.

»Ich hab kein Beil.«

Dann besorg dir eins.

»Das ist widerlich.«

Lass ihn bluten.

»Nein!«

Bluten wie ein Schwein.

»Hör auf damit!«

Kauf dir eins im Baumarkt. Die Puppe lachte meckernd. *O ja, Maria, das wird schön. Erschlag ihn mit einem Beil. Aber lass ihn lange leiden. Fang unten bei den Beinen an.*

Und dann hörte sie die gedämpfte Stimme von Markus aus dem Schlafzimmer. »Maria?«

Rasch nahm sie die Puppe und versteckte sie im Vorratsschrank.

Kapitel 6

In der Folgezeit aß Maria wieder mit großem Appetit, und nicht nur Vanilleeis mit Schokosplittern, sie nahm nahrhafte Mahlzeiten zu sich, Nudeln, Kartoffeln, Reis, Gemüse und Fisch. Sie brauchte viel Kraft für all das, was noch zu erledigen war. Im Internet hatte sie einen speziellen Versand für handgeschmiedetes Werkzeug entdeckt. Die Auswahl an Äxten im Baumarkt hatte sie nämlich nicht überzeugt. Zudem wurde sie von einem Verkäufer abgeschreckt, der sie feixend fragte, was denn eine hübsche, zierliche Frau wie sie mit so einem großen Teil anstellen wolle.

So studierte sie die Beschreibungen auf der Website und überlegte, ob sie eine amerikanische Fällaxt für Waldarbeiten mit einer extra breiten Schneide bestellen sollte. Durch den schweren Kopf und den langen Stiel entwickelte man angeblich beim Schlagen viel Kraft. Aber auch das etwas kleinere Handbeil gefiel ihr. Es war eher kurz, hatte dafür aber einen langen Kopf. Das Praktische an ihm war, dass man es auf Waldspaziergängen im Rucksack bei sich tragen konnte. Interessant war zudem die etwas längere Outdoor-Axt, sie wirkte auf der Abbildung um einiges wuchtiger als das Handbeil, und doch ließ sie sich ebenfalls in einem Rucksack verstauen. Maria erschien es sinnvoll, ihre Ausrüstung stets bei sich zu haben, wenn sie nach draußen ging.

Sie stellte sich vor, wie ihre Geschichte wohl ausgegangen wäre, wenn sie damals als Sechzehnjährige ein Werkzeug dieser Art mit sich geführt hätte.

Ein Mädchen mit einem Beil ist kein Püppchen, dachte sie. Und eine Frau mit einer Axt ist eine Kriegerin.

Letztlich entschied sie sich für ein Jägerbeil. Der Nacken war dünner geschmiedet als gewöhnlich, leicht abgerundet und poliert, um Tiere damit abzuhäuten. Mit dem Beil konnte man laut Beschreibung sowohl Holz hauen als auch Wildbret zerlegen und Knochen zerteilen. Das Handstück des Stiels war mit kreisrunden Kerben versehen, wodurch die Hand, auch wenn sie nass oder schmierig war, einen festen Griff behielt.

Maria klickte Expresslieferung an, zahlte mit ihrer Kreditkarte, und schon am nächsten Tag wurde ihr das schwere Paket von einem freundlichen Boten ins Haus gebracht.

Gleich darauf rief sie Markus an und lud ihn zum Abendessen in ihrer Küche ein. Sie überraschte ihn mit einem Fleischgericht, Steaks à la Bordelaise mit viel Rotwein und schwarzem Pfeffer, dazu reichte sie Feldsalat mit Cherrytomaten. Sie ließ sich von Markus' Begeisterung über ihre Kochkünste mitreißen und musste schmunzeln, wenn sie an die scharfe Waffe dachte, die unter ihrem Bett für ihn bereitlag. Er war ja so ahnungslos. Sie lachte mit ihm beim Essen, und er schien über ihre Ausgelassenheit erfreut zu sein. Er neckte sie und machte ihr unablässig Komplimente.

»Du bist ja auf einmal wie verwandelt, Maria.«

Sie lächelte. »Lust auf ein Dessert?«

»Lass mich raten. Vanilleeis? Schokosplitter?«

Sie schüttelte den Kopf. »Ich hätte eine selbst gemachte Mousse au Chocolat für dich.«

Er strahlte sie an. »Klingt verlockend.«

Und sie servierte ihm die süße Köstlichkeit, gewährte ihm sogar einen Nachschlag und lachte weiterhin bereitwillig über seine Scherze.

Er hatte eine Flasche von ihrem geliebten Barolo mitgebracht, und nachdem sie das dritte Glas davon geleert hatte, wurde ihr ein bisschen schwindlig. Urplötzlich musste sie an die Ströme von Blut denken, die er für sie in dieser Nacht vergießen sollte, an das Bersten seiner Knochen. Ein Schauer lief über ihren Rücken. Es war wohl an der Zeit.

Und so stand sie kurz entschlossen auf, ging ins Badezimmer, um sich vor dem Spiegel auszuziehen und das Babydoll überzustreifen.

Bald würden seine Augen platzen. Wie Weintrauben, dachte sie und musste lächeln.

Sie trat vor ihn hin und sagte: »Lass mich dein Püppchen sein, Markus.«

»Siehst du, Maria, nun gefällt es dir also doch.«

»Komm mit. Ich hab noch eine Überraschung für dich.«

Sie nahm ihn an der Hand und verschwand mit ihm im Schlafzimmer.

An den Tagen und Nächten darauf war sie sehr beschäftigt. Morgens nahm sie das Frühstück in der Küche ein, während die Porzellanpuppe vor ihr auf dem Tisch saß. Sie trank Kaffee, verdrückte mehrere Marmeladenbrote und zwei gekochte Eier. Die Puppe blinzelte ihr zu. Sie plauderten ein wenig, bis Maria das Geschirr abräumte und sich an die Arbeit machte.

Sie hatte blaue Müllsäcke besorgt, und die wurden gut gefüllt. Mit Scheuerpulver und einer harten Bürste bearbeitete sie Boden und Wände im Schlafzimmer. Um das Bett wollte sie sich später kümmern.

Nachts transportierte sie die Säcke hinaus. Sie beschwerte sie mit Steinen und kippte sie in die Spree. Insgesamt brauchte sie drei Nächte, bis alles entsorgt war.

Nach langer Überlegung entschied sie sich dafür, die blutbefleckte Matratze zu behalten. Sie aus dem Haus zu schleppen, erschien ihr zu riskant, und sie war sich zudem nicht sicher, ob sie sich so ohne Weiteres im Fluss versenken ließ.

Also zog sie einfach ein dunkelblaues Laken darüber. Auch Decke und Kissen warf sie nicht weg. Frisch bezogen und ausgelüftet machte alles wieder einen ordentlichen Eindruck.

Zum Schluss weißelte Maria die Wände. Sie musste es mehrmals tun, bis sämtliche Blutspritzer abgetönt waren.

Es war ein strahlend schöner Sonntagmorgen, als sie mit allem fertig war. Von draußen war das Läuten der Kirchturmglocken zu hören, und Maria fühlte sich befreit und beschwingt wie schon seit Langem nicht mehr.

Gut siehst du aus, sagte die Puppe zu ihr.

»Danke.«

Ist dir nun wohler?

»Ja.«

War mein Rat also richtig?

»Ich denke schon.«

Zur Feier des Tages gönnte sie sich drei Rühreier. Dazu verspeiste sie mehrere Marmeladenbrote. Sie trank ihren Kaffee und blickte die Puppe vergnügt an.

Was hast du mit dem Beil gemacht?

»Ich hab es wieder unters Bett gelegt.«

Meinst du, du brauchst es noch einmal?

»Ich weiß nicht. Auf jeden Fall fühle ich mich sicherer damit.«

Die Puppe lächelte.

Wieder einmal ertappte sie sich bei dem Gedanken, wie sonderbar es doch war, sich mit ihr zu unterhalten. Und nicht nur das. Sie hörte ja auch ihre Stimme. Und sie sah, wie sie ihren Kopf bewegte. Zuweilen wirkte ihre Mimik so echt wie bei einem Menschen. Manchmal hatte sie überhaupt nichts Puppenhaftes an sich.

Dann wieder war sie starr. Wie tot.

Unvermittelt nahm sie die Puppe auf und schüttelte sie. Nichts geschah. Nur ihre langen falschen Wimpern klapperten. Nun war sie also ein völlig lebloses Ding.

»Vermutlich bin ich verrückt«, murmelte Maria. »Ich hab wohl den Verstand verloren.«

Draußen verstummte das Glockengeläut. Die Stille bedrückte sie.

Sie trank noch einen Schluck Kaffee. Dann stand sie auf und nahm den verschlossenen Plastikbehälter aus dem Kühlschrank.

Sie stellte ihn auf den Tisch.

Sie sah zur Puppe hin. Nein, sie war nicht leblos. Sie grinste ja, und sie zwinkerte ihr zu. Das erleichterte Maria. So war sie nicht allein mit dem, was sie getan hatte.

Willst du es mir zeigen?, krächzte die Puppe.

»Ja.«

Sie öffnete den Deckel. Für einen Moment wurde ihr von dem jäh aufsteigenden Geruch übel, doch dann hatte sie sich wieder gefangen.

Bravo, du hast ganze Arbeit geleistet.

Maria griff in den Behälter hinein. Sie berührte mit den Fingern das fleischige Etwas. Sie nahm es heraus.

Sie erkannte die beiden Kammern, eine für das helle und eine für das dunkle Blut.

Kurzzeitig war ihr, als würde Markus' Herz noch schlagen.

Aber es war bloß ein triefender Klumpen in ihrer Hand.

DRITTER TEIL

DREIZEHN

Leon saß kerzengerade auf dem Bett, den aufgeklappten Laptop mit der Textdatei vor sich. Sein Herz schlug hart und schnell. Er ahnte, dass er wohl in dieser Nacht keinen Schlaf mehr finden würde. Sein Blick wanderte vom Bildschirm zu dem tropfenförmigen Muster der Tapete hin. Wieder einmal war ihm, als rinne Blut von der Wand.

Vor seinem inneren Auge sah er den triefenden Klumpen vor sich. Das herausgerissene Herz.

So deutlich, dass ihm leicht übel wurde.

Gleichzeitig war er noch immer völlig aufgewühlt von den Sexszenen, die Luna so detailliert beschrieben hatte. Er musste sich eingestehen, dass sie ihn aufs Äußerste erregt hatten.

Und er erinnerte sich daran, was Luna über ihr Manuskript gesagt hatte: *Es ist nicht jugendfrei. Absolut nicht jugendfrei.*

Die Gedanken jagten durch seinen Kopf. Es beunruhigte ihn, dass Maria Wohlleben so viel Ähnlichkeit mit Luna hatte. Die äußere Erscheinung, aber auch der Charakter, leicht verschroben, in sich gekehrt, dazu das Vorhaben, ihre Geschichte aufzuschreiben. Die Schreibmaschine. Das Ausprobieren von Wörtern. Als würde Luna hier auf ihre Anfänge als Autorin verweisen. Und sogar der Schauplatz stimmte überein. Leon kannte Lunas Wohnung in der Nähe vom Boxhagener Platz in Friedrichshain. Es war ihr Viertel, das sie beschrieben hatte. Und noch eine Übereinstimmung fiel ihm auf. Aus ihrem Wikipedia-Eintrag wusste er, dass Luna mit zweitem Vornamen Maria hieß.

Luna Maria Moor.

Leon dachte angestrengt nach.

Es gab in dem Text ein paar Hinweise auf den Dachboden und die Puppe. Ob sie das noch weiter ausführen würde?

Unwillkürlich glitt sein Blick zur Zimmerdecke hin. Vermutlich wurde die Handlung noch hierherverlegt. Luna hatte ja eine entsprechende Andeutung gemacht.

Er war mitten in ihrem Buch. Er spürte es. Er war ihr so nah.

Einerseits war das extrem aufregend für ihn, anderseits flößte es ihm große Angst ein.

War Luna etwa eine Mörderin? Beschrieb sie in dem Manuskript, was sie zu einer grausamen Rache angetrieben hatte? Zeichnete sie eine blutige Spur nach, die bis zu diesem Haus führte?

Eigentlich mochte er doch Luna. Er mochte sie wirklich sehr. Es war sogar richtig schön, mit ihr hier zu wohnen. Aber wenn sie nun total durchgeknallt war?

Das Beil ist aus dem Baumarkt, hatte sie zu ihm gesagt. Und an noch eine ihrer Äußerungen erinnerte er sich genau: *Die Polizei hat ja keine Ahnung, was für furchtbare Dinge sich in diesem Haus abgespielt haben.*

Was, wenn er im Laufe des Textes herausfinden müsste, dass Maria Wohlleben niemand anders als Luna selbst war?

Nein, sie war nicht Maria. Hoffentlich nicht. Ein Jägerbeil? Das herausgerissene Herz? Eine zerstückelte Leiche? So etwas würde sie doch niemals tun.

War sie vielleicht komplett wahnsinnig?

Nein, nicht Luna.

Und dennoch hatte er Angst vor dem Manuskript. Vor dem, was ihn auf den folgenden Seiten erwartete.

Atemlos las Leon weiter.

Das nächste Kapitel begann mit einer Rückblende. Maria Wohlleben war sechzehn Jahre alt. Einem spontanen Entschluss folgend fuhr sie nach der Schule allein an einen Waldsee in der Nähe von Berlin.

Es war der Liepnitzsee. Anhand der Beschreibung erkannte Leon die Stelle am Ufer wieder, wo er noch am Nachmittag zuvor mit Luna gewesen war.

Plötzlich tauchte das Insekt vor Maria auf.

2 Uhr 25 zeigte die Uhr auf seinem Rechner an. Seine Augen brannten vor Müdigkeit, aber es trieb ihn, immer weiterzulesen.

Er war nun bis zu der Stelle gekommen, da das Insekt Maria töten wollte. Es hatte die Grube ausgehoben und den Gürtel bereits um ihren Hals geschlungen. Das Insekt würgte sie, und Maria schwanden allmählich die Sinne, als sich auf einmal ein Auto auf dem Waldweg näherte. Urplötzlich ließ das Insekt von ihr ab, sprang auf und ergriff die Flucht.

Leon überflog die folgende Textpassage. Maria konnte zwar gerettet werden, das Insekt aber, dieser Mann mit der Gasmaske, wurde von der Polizei nicht geschnappt. Auch das Haus, wo sie auf dem Dachboden gefangen gehalten worden war, konnten die Beamten nicht finden. Maria war nicht in der Lage gewesen, eine hilfreiche Beschreibung abzugeben.

Fortan fehlte sie oft in der Schule. Vor lauter Angst traute sie sich kaum noch aus dem Haus. Sie wurde von Psychiatern behandelt, mit Medikamenten vollgepumpt. Albträume suchten sie heim. Nacht für Nacht sah sie das Insekt vor sich, seinen langen schwarzen Rüssel. Und auch die Porzellanpuppe, die sie von ihm in der Dachkammer bekommen hatte, tauchte regelmäßig in ihren fiebrigen Träumen auf.

Sie erzählte niemandem, dass diese Puppe mit unheimlich krächzender Stimme zu ihr gesprochen hatte. Nicht einmal ihrer Mutter vertraute sie sich an. Denn Maria hatte Angst davor, dass man eine Geisteskrankheit bei ihr diagnostizieren könnte. Aus einem Artikel im Internet wusste sie, dass akustische Halluzinationen als Anzeichen einer schweren Psychose oder gar einer Schizophrenie galten.

Maria kapselte sich immer mehr von der Außenwelt ab. Während sich ihre Klassenkameradinnen längst schminkten, empfand sie einen wahren Horror vor Lippenstift und der Farbe Rot.

Leon blickte von dem Text auf. Er war sich nun ziemlich sicher, dass sich das Martyrium der Maria Wohlleben genau hier abgespielt hatte. In diesem Haus. Wie aber hatte Maria, wie hatte Luna hierher zurückgefunden?

Mit einem Schaudern erinnerte er sich an ihre Worte: *Hier sind einige schreckliche Dinge passiert. Dinge, über die ich schreibe. Ich bin mittendrin. Es gibt kein Zurück mehr.*

Manchmal habe ich Angst, es könnte mein letztes Buch sein. Es verschlingt mich. Es ist so viel stärker als ich.

Wer hatte die alte Hausbesitzerin ermordet? War das etwa auch Maria Wohlleben gewesen?

Beziehungsweise Luna selbst?

Plötzlich vernahm er ein leises Geräusch und fuhr zusammen.

Rasch klappte er den Laptop zu und lauschte.

Er hörte, wie die Küchentür geöffnet wurde. Kurz darauf schloss jemand die Haustür auf.

Leon legte den Laptop weg, kniete sich aufs Bett und zog den Vorhang einen Spalt auf.

Luna tappte draußen über den Hof, barfuß, nur mit ihrem Nachthemd bekleidet.

Sie ging auf den Schuppen zu. Auch dort schloss sie auf.

Leon stockte der Atem, als sie wieder herauskam.

Sie trug das Beil in den Händen.

Sie verschwand im Haupthaus, und kurz darauf hörte er ihre Schritte auf dem Dachboden, der auch über der Einliegerwohnung verlief. Leon lauschte gebannt. Plötzlich vernahm er gedämpft die krächzende Stimme.

War das etwa die Puppe? Nein, dachte er, bitte nicht. In Lunas Manuskript war es vielleicht möglich, dass eine Porzellanpuppe sprechen konnte und, schlimmer noch, jemanden zu einem Mord anstachelte. Aber in Wirklichkeit?

Niemals!

Er horchte. Luna schien zu antworten. Auf ihr leises Gemurmel folgte wieder dieses unheimliche Krächzen. Leon hatte Angst. Sollte sich herausstellen, dass die furchtbare Stimme tatsächlich zu der Puppe gehörte, müsste er dann nicht an seinem Verstand zweifeln?

Andererseits, wenn es nicht die Puppe war, mit der sich Luna unterhielt, mit wem sprach sie denn sonst mitten in der Nacht auf dem Dachboden?

Es half alles nichts, er musste nachsehen. Leon schlüpfte

in seine Schuhe, zog sich einen Pullover über den Pyjama, schaltete das Licht seines Smartphones ein und ging hinaus auf den Hof. Er fröstelte, die Novembernacht war rau und windig. Ein bleicher Mond stand am Himmel.

Wie schon in der Nacht zuvor hatte Luna die Tür zum Haupthaus nur angelehnt. Diesmal steckte der Schlüssel im Schloss. Leon nahm ihn an sich und trat ein. Der Lichtstrahl seines Handys wies ihm den Weg bis zur Treppe unters Dach. Wieder vernahm er das leise Krächzen von oben, gefolgt von Lunas Stimme.

Leon fasste sich ein Herz und ging langsam hinauf. Oben angelangt schaltete er das Display des Smartphones aus. Diesmal wollte er nicht bemerkt werden. Ein Schauer lief ihm über den Rücken.

Allmählich gewöhnten sich seine Augen an das Halbdunkel. Durch eine Dachluke fiel ein fahler Streifen Mondlicht herein. Leon wagte sich bis zu dem Balken vor, hinter dem sich die Strohgestalt mit den ausgestreckten Armen verbarg. Er war vor dem Anblick gewappnet, und doch erschrak er erneut, als er an der Vogelscheuche vorbeikam. Die Augenlöcher in dem Sackleinen starrten ihn an, und der Mund ihrer Fratze war geöffnet wie zu einem Schrei.

Er schnappte nach Luft.

Plötzlich war das Krächzen deutlich zu vernehmen.

Tu es!

»Nein!« Das war Luna.

Sie war irgendwo weiter hinten. Versteckt hinter all dem Gerümpel.

Du musst.

»Es ist böse.«

Nicht so böse wie das, was dir angetan wurde.

Dieses Knarzen. Die kehligen Laute. Wie von einem alten Säufer. Sollte das etwa die Stimme der Puppe sein? Noch konnte er nichts erkennen.

Wenn er jetzt die Treppe hochkommt, schlägst du einfach zu.

»Ich kann nicht.«

Hol ordentlich Schwung. Und dann mach ihn nieder. Krrk, krrk.

Leon schlich sich näher heran.

Und dann sah er die Puppe. Sie hockte am Boden. Über ihr befand sich eine weitere Dachluke. Das Mondlicht strahlte sie an. Ihr weißes Kleid. Das schwarze Haar, zu Zöpfen geflochten. Und ihre Augen, verschieden blau.

Er achtete auf ihren Mund. Hatten sich gerade die Lippen bewegt? War es die Puppe, die soeben gesprochen hatte?

Und nun erkannte er auch Luna. Sie stand ein Stück von ihr entfernt, die Hände auf den Stiel des Beils gestützt, das Eisen ruhte am Boden. Der Mond brachte ihr Nachthemd zum Leuchten. Ihr Blick war starr und leer. Ihr Gesicht so reglos und bleich.

Doch nun blieb es still. Kein Wort war zu hören. Die Lippen der Porzellanpuppe waren verschlossen. Und Luna schien wie erstarrt zu sein, den Griff des Beils umklammernd, zum Zuschlagen bereit.

Leon war halb hinter einem Pfeiler versteckt und beobachtete die beiden lange Zeit.

Nichts geschah. Stille. Nur das Blut rauschte in seinen Ohren.

Plötzlich aber hörte er Schritte in seinem Rücken.

Jemand kam die Treppe hoch.

Entsetzt fuhr er herum, dann blickte er wieder zu Luna hin, doch sie rührte sich nicht.

Die Schritte kamen näher.

»Luna«, wisperte er.

Keine Reaktion.

Rasch schaltete er das Licht seines Smartphones ein.

»Luna!«, sagte er mit erstickter Stimme. »Da ist jemand!«

Schwere Schritte auf der Treppe. Luna aber schien nichts davon zu bemerken. Unbewegt stand sie da, vom Mondlicht angeschienen, die Augen geöffnet, aber leer.

Ängstlich schaute Leon zu der Puppe hin. Voller Hohn schien sie ihn anzugrinsen. Aber sie sprach kein Wort.

Leon trat auf Luna zu. »Bitte, wach doch auf.«

Schon näherten sich die Schritte auf dem Dachboden. Was sollte er nur tun? Kurzerhand entriss er Luna das Beil. Sie zuckte nur leicht zusammen, aber sie erwachte nicht. Das Smartphone zwischen Daumen und Zeigefinger geklemmt, gleichzeitig das Beil mit beiden Händen hoch erhoben, wandte er sich um.

In diesem Moment trat jemand hinter einem Holzpfeiler hervor.

»Wer sind Sie?!«, schrie Leon.

Geblendet und offenbar erschrocken vor der Gestalt mit dem Beil, riss der Mann seine Hände vors Gesicht.

Leon stürmte auf ihn zu. »Was haben Sie hier zu suchen?«

Der andere wandte sich ab und ergriff die Flucht. Leon rannte ihm nach. Schon waren sie an der Treppe. Er sah nur den Hinterkopf des Mannes. Sein Herz raste. Das Beil erhoben rannte er ihm auf der Treppe nach.

Doch der andere war schneller.

Leon hörte, wie er unten den Flur erreichte, und dann vernahm er das Klacken der Haustür.

Als er im Hof war, erkannte er nur noch einen Schemen, der auf dem Waldweg verschwand.

Leon atmete schwer.
Der Mann war fort.
Zitternd vor Angst ließ er das Beil sinken.

VIERZEHN

Luna stand reglos am Treppenabsatz. Leon ging zu ihr. Ihr Gesichtsausdruck war noch immer starr, und ihr Blick schien durch ihn hindurchzugehen. Es war ihm unheimlich.

»Luna!« Sie reagierte nicht.

»Wach doch auf!« Wieder keine Reaktion.

Er schüttelte sie. Endlich war sie erwacht. Noch ganz benommen starrte sie ihn an.

»Leon? Was …? Wie …? Was machen wir hier?«

Er schluckte. Er war völlig durcheinander.

Statt einer Antwort drückte er sie an sich.

»Sag schon, Leon. Bin ich wieder im Schlaf aufgestanden und hab ich …?«

»Ja.«

»Hab ich was Schlimmes getan?«

Ich hoffe nicht, dachte er. Das Beil jedenfalls lag draußen im Hof.

»Tut mir leid, Leon, ich muss dich wohl ziemlich erschreckt haben.«

Er löste sich von ihr. »Das wäre alles nicht so schlimm, wenn nicht …«

»Wenn was?«

»Du lässt ja immer die Türen offen. Und das mitten in der Nacht.«

»Was ist denn passiert?«

»Erinnerst du dich an gar nichts?«

»Nein.«

Er holte tief Luft. »Da war ein Mann.«

»Wie?«

»Ja. Er war hier bei uns.«

»Wo denn?«

»Er kam zu uns auf den Dachboden. Ich wollte gerade nach dir schauen. Da hörte ich die Schritte auf der Treppe. Und dann war er da.«

Ihre Augen weiteten sich vor Entsetzen. »Und wo ist er jetzt?«

»Er ist weg. Du hast im Schlaf wieder das Beil aus dem Schuppen geholt. Ich hab es dir weggenommen. Wollte uns zur Not damit verteidigen. Das hat ihn wohl in die Flucht geschlagen. Er ist die Treppe hinuntergerannt, raus aus dem Haus, über den Hof, und dann ist er im Wald verschwunden.«

»Großer Gott, Leon!« Sie griff nach seiner Hand. »Wie sah er aus?«

»Ich hab ihn nicht genau erkennen können.«

»Wie alt war er ungefähr? Wie groß? Welche Haarfarbe?«

»Ich weiß nicht, es ging alles so schnell.«

Sie schien angestrengt nachzudenken.

»Komm«, sagte er zu ihr. »Lass uns erst einmal schlafen, ja?«

Sie nickte.

Sie gingen hinaus. Leon schloss das Haupthaus ab, hob das Beil auf, das er im Hof abgelegt hatte, brachte es in den Schuppen und schloss auch dort ab. Dann folgte er Luna ins Nebengebäude. Er verriegelte die Tür hinter sich. In seinem

Zimmer trennte er rasch den USB-Stick von seinem Rechner und schaltete das Gerät aus. Er ließ Laptop und Stick in seinem Schulrucksack verschwinden. Danach ging er zu Luna in die Wohnküche.

Völlig durchgefroren hockte sie auf dem Klappsofa, in ihre Bettdecke gehüllt.

»Brauchst du noch etwas?«, fragte er.

»Ist schon in Ordnung«, murmelte sie. »Wie sieht es bei dir aus?«

»So weit ganz gut. Aber ich weiß nicht, ob ich jetzt noch schlafen kann.«

»Setz dich doch eine Weile zu mir.«

Er nahm neben ihr Platz. Das Laken auf dem Sofa war zerwühlt, sie schien unruhig geschlafen zu haben. Wahrscheinlich wurde sie von Albträumen geplagt.

Er schaute zu ihrem Laptop hin. Er war zugeklappt und ausgeschaltet. Stapel von Notizen lagen überall auf dem Tisch zerstreut.

»Und da war wirklich ein Mann?«, fragte sie leise.

Er nickte.

»Versuch ihn zu beschreiben, bitte. Es ist sehr wichtig.«

»Er … er war blond, glaube ich.«

»Wie groß?«

»Etwas größer als ich.«

»Alter?«

»Vielleicht dreißig, vielleicht auch vierzig, keine Ahnung.« Sie seufzte. »Ich kann mich an überhaupt nichts erinnern.«

»Du warst bei dieser Puppe.«

»Die Porzellanpuppe? Oben auf dem Dachboden?«

»Ja. An die erinnerst du dich also noch.«

Sie wandte den Blick ab.

»Ich hab wieder die krächzende Stimme gehört. Wie gestern Nacht. Kann es sein, dass du im Schlaf mit der Puppe sprichst?«

Plötzlich kamen ihr die Tränen. Sie verbarg das Gesicht in den Händen.

»Luna.«

»Verzeih, Leon, ich hätte dich nicht hierher mitnehmen sollen.«

»Willst du mir nicht endlich erzählen, was es mit diesem Haus auf sich hat?«

»Ich sagte doch, die Hausbesitzerin wurde ermordet. Ihr Name ist Ursula Münzer.«

»Und was steckt dahinter? Wer hat sie ermordet? Und warum?«

Sie stieß die Luft aus. »Es ist kein guter Ort für uns, Leon.«

»Warst du vielleicht schon mal früher hier? Hier in diesem Haus? Als du jünger warst, meine ich?«

Sie ließ die Hände sinken und sah ihn prüfend an.

Schließlich sagte sie: »Wir sollten jetzt schlafen.«

»Ja.«

Sie streckte sich auf dem Klappsofa aus.

»Darf ich vielleicht bei dir bleiben? Ausnahmsweise?«

»Okay.« Ihr Lächeln erleichterte ihn. »Es ist mir heute sogar lieber.«

Dankbar zog er sich die Schuhe und seinen Pullover aus und schlüpfte in seinem Pyjama unter ihre Bettdecke.

»Sollen wir lieber von hier wegfahren?«, fragte sie, nachdem sie das Licht ausgeschaltet hatte. »Was meinst du?«

»Das musst du entscheiden, Luna. Ich will immer dort sein, wo du bist.«

Er spürte, wie sie mit ihrer Hand sacht über seinen Kopf strich. Kaum hatte er die Augen geschlossen, war er auch schon eingeschlafen.

»Leon?«

Ihr Gesicht so dicht über ihm. Eine Strähne ihres Haars strich über seine Wange.

Es roch nach frisch gebrühtem Kaffee und aufgebackenen Brötchen. Luna war schon angezogen.

»Du hast im Schlaf geschrien.«

Er lag auf dem Klappsofa. Das Bettzeug duftete noch nach ihr.

»Hattest du einen Albtraum?«

»Die Puppe«, murmelte er. »Sie hat in der Nacht zu mir gesprochen.«

Ihr Blick verfinsterte sich für einen Moment. »Puppen können nicht sprechen. Nicht in Wirklichkeit. Es war bloß ein Traum, Leon.«

»Ja.«

Nun lächelte sie ihn wieder an. »Du musst dich beeilen. Du kommst sonst zu spät zur Schule.«

Er stieß die Luft aus. »Mir tut der Bauch weh.«

Sie strich ihm das Haar aus der Stirn. »Nein, Leon, heute mal keine Ausflüchte.«

»Wie machst du das nur?«

»Was denn?«

»Drei Stunden Schlaf, und du bist hellwach?«

Sie lächelte. »Ich glaube, es waren vier.«

»Und wenn dieser Mann wiederkommt? Ich will lieber hierbleiben, Luna. Du brauchst jemanden, der auf dich aufpasst.«

»Das ist lieb von dir. Aber Anna wäre es nicht recht, wenn ich dich schwänzen lasse. Also los jetzt, aufstehen.«

Er duschte und zog sich an. In seinem Zimmer überprüfte er den Inhalt seines Schulrucksacks. Als er seinen Laptop darin sah, fasste er einen Plan.

Sie frühstückten gemeinsam, danach fuhr Luna ihn zum Bahnhof. Die Regionalbahn kam, er stieg ein und verließ sie an der nächsten Station. Von dort aus ging er zu Fuß zurück.

Doch diesmal bog er absichtlich in den Waldweg ein, der zum See führte. Das Laub der Bäume war gelb verfärbt, zum Teil waren die Äste bereits kahl. Als er das Ufer erreicht hatte, rissen die Wolken auf, und die Sonne spiegelte sich auf der Wasseroberfläche. Es war ein fahles Novemberlicht, der Wind kräuselte die Wellen, und aus der Tiefe des Waldes drang ein Rauschen.

Leon setzte sich auf einen Baumstumpf, holte den Laptop aus dem Rucksack hervor und schaltete ihn ein. Danach schob er den USB-Stick in den Port und öffnete Lunas Word-Datei.

Auch wenn es hier draußen recht frisch war, es gab keinen besseren Ort, um allein zu sein. Keine Schule, keine Ablenkung, nur Lunas Text, in dem er unbedingt weiterlesen musste.

Er fröstelte ein wenig, setzte die Kapuze seiner Jacke auf. In diesem Augenblick verfinsterte sich der Himmel wieder. Leon war es nur recht, so spiegelte sich die Sonne wenigstens nicht auf dem Bildschirm seines Rechners.

Er überflog die letzten Zeilen des Rückblicks, in dem Maria sechzehn Jahre alt war, dann sprang der Text wieder in die Gegenwart.

Maria Wohlleben verließ das Haus nur noch mit einem extragroßen Rucksack. So fühlte sie sich sicherer.

Sie suchte noch einmal den Trödler in Berlin-Lichtenberg auf.

Leon ahnte, was sich in ihrem Rucksack befand.

FÜNFZEHN

Kapitel 22

Die Türglocke schepperte, und Maria betrat den Laden. Sie horchte. Diesmal vernahm sie nichts von dem Gemurmel der Puppen. Zögernd ging sie an den dicht gefüllten Regalen vorbei.

»Hallo?«, fragte sie.

Keine Antwort.

Langsam ging sie weiter, vorbei an den Perücken, den medizinischen Instrumenten, dem Haufen verknäulter Strumpfhosen, den alten Uhren, dem Schmuck, den Vasen, Glaskaraffen, Koffern, an den aufgetürmten Möbeln und dem darauf thronenden Stoffaffen.

»Ist da jemand?«

Keine Antwort.

Sie erreichte das Regal mit den ausgestopften Vögeln und hielt kurz inne.

»Hallo?«, fragte sie noch einmal.

Stille. Sie gab sich einen Ruck und ging in den Raum mit den Porzellanpuppen.

Reglos starrten sie auf sie herab. Kein Stimmengewirr. Aber auch wenn ihre Münder diesmal verschlossen blieben, die Puppen waren ihr unheimlich. Wahrscheinlich verstellten sie sich bloß. Irgendwann würden sie wieder anfangen zu plappern.

Ihr Blick wanderte über die Regale. Unzählige Augenpaare, lange Wimpern, rote Lippen, Pausbäckchen, porzellanhelle Glieder, putzige Kleider, dazu die niedlichen Frisuren, Zöpfe, Löckchen, Stirnfransen. Die ganze Puppenschar grinste sie an, und Maria schlug das Herz bis zum Hals. Nur die schwere Last in ihrem Rucksack gab ihr ein wenig Sicherheit.

Plötzlich tauchte der Ladenbesitzer hinter einem Vorhang auf. Das Neonlicht schimmerte auf seiner Glatze. Seine kleinen Augen funkelten. Er trug den gleichen graublauen Kittel wie bei ihrem letzten Besuch.

»Sie schon wieder. Gibt es etwa eine Reklamation?«

»Nein.«

»Zufrieden mit der Puppe?«

»Ja.«

»Sie ist hübsch, nicht wahr? Genauso hübsch wie Sie.«

Sie schluckte.

Sein Grinsen war ihr so unangenehm, dass sich ihr Nacken verkrampfte.

»Was kann ich für Sie tun?«

»Erzählen Sie mir alles über die Herkunft dieser Puppe.«

»Ich sagte Ihnen doch schon …«

Sie hob die Stimme. »Denken Sie nach!«

Seine Blicke waren durchdringend, und das Blut schoss ihr in den Kopf.

»Die Puppe hat eine besondere Bedeutung für mich«, murmelte sie.

»Sie war ein Geschenk, nicht wahr? Zumindest erwähnten Sie das beim letzten Mal.« Er trat näher. »Hätten Sie doch nur besser auf das Geschenk achtgegeben.«

Sie musterte ihn. »Jürgen Ronowski« stand auf seiner Visitenkarte an der Tür. War er das Insekt? Ronowski, der Puppensammler? Sie stellte ihn sich mit der Gasmaske vor. Vielleicht ein Objekt aus seinem Trödelbestand. Dazu der Kampfanzug aus festem Drillich. Sie erinnerte sich an den Geruch der Gummihandschuhe, und ihr wurde schwindlig.

Ihr Puls beschleunigte sich. Erdklumpen, Tannennadeln. Ihre Grube war schon ausgehoben. Gleich sollte sie sterben. Nur ein Flashback, dachte sie, beruhige dich. Wenn das nur so einfach wäre. Waren die Bilder erst einmal da, reagierte ihr Körper darauf wie damals. Stresshormone, Todesangst, extrem ansteigender Blutdruck, erhöhte Herzfrequenz.

Er kam noch näher an sie heran. »So ein junges Ding wie Sie. Helle Haut und dunkles Haar. Sie wissen schon, dass Sie eine gewisse Ähnlichkeit mit der Puppe haben?«

Kurzzeitig kniff sie die Augen zusammen. Weiteratmen, dachte sie, einfach weiteratmen.

Sie spürte das Gewicht ihres Rucksacks auf den Schultern, und allmählich ging es ihr besser.

»War die Puppe schon lange in Ihrem Besitz?«, fragte sie leise.

»Keine Ahnung.«

»Hören Sie, das ist immens wichtig für mich.«

»Der ganz Krempel hier, das alte Zeug. Das sind überwiegend Hinterlassenschaften einsam Verstorbener. Ich löse ihre Wohnungen auf, eine traurige Angelegenheit, glauben Sie mir. Zwei bis drei Lkw-Ladungen pro Woche, das ist mein Job. Das meiste davon bringe ich zur Müllkippe. Was noch irgendwie von Wert sein könnte, hebe ich auf. Aber es ist unmöglich, jedes einzelne Stück zuzuordnen.«

»Es ist eine besondere Puppe. Sie hat zwei verschiedene Augen. Erinnern Sie sich!«

»Armes Püppchen, irgendwas hat dir dein Herz gebrochen, hab ich recht? Aber nun hast du doch dein Spielzeug wiedergefunden. Was willst du also von mir?«

»Ich verlange eine klare Antwort. Woher stammt die Puppe?«

Er grinste nur.

»Sie haben so erstaunlich viele davon hier. Das sind doch…« Ihr Blick wanderte die Regalreihen entlang. »Hunderte. Woher haben Sie die alle?«

»Warum willst du das so genau wissen, hmm?«

»Weil… ich… es…« Sie brach ab.

»Ich sehe schon. Du musst es wissen, nicht wahr? Es lässt dir einfach keine Ruhe.«

Sie nickte schwach.

Er senkte die Stimme zu einem Raunen. »Hör zu, wir könnten nach hinten in mein Zimmer gehen. Dort tust du mir einen Gefallen, und dann verrate ich dir, woher ich die Puppe hab.«

Sie wich vor ihm zurück, ließ den Rucksack von ihren Schultern gleiten.

Maria holte tief Luft. »Sie wissen es also doch.«

»Vielleicht.«

»Und was für einen Gefallen meinen Sie?«

»Du hast einen hübschen Mund, Püppchen. Ich stelle mir gerade vor, was du damit alles anstellen kannst.«

Der Rucksack landete auf dem Boden. Maria öffnete ihn.

Er stutzte. »Was tust du da?«

Sie nahm die Puppe heraus. »Ich hab sie mitgebracht.«

Er runzelte die Stirn. »Warum?«

»Sie soll mir zusehen.« Maria setzte sie auf einer altmodischen Kommode ab.

»Wobei?«

Abermals glitten ihre Hände in den Rucksack.

»Das Schauspiel wird ihr gefallen.«

Mit einer heftigen Bewegung zog sie das Jägerbeil heraus.

Er wich zurück. »Sind Sie völlig übergeschnappt?«

»Antworten Sie auf meine Frage: Seit wann haben Sie die Puppe?«

»Ich ...«

»Seit dem Sommer 2003? Früher? Später?«

»Ich weiß nicht, was ...«

Sie holte aus und schlug zu. Sie traf sein rechtes Knie. Er brüllte auf, sackte zusammen. Das Blut tränkte seine Hose.

»Antworten Sie!«

»Großer Gott, Sie sind ...«

Sie schlug wieder zu. Das linke Schienbein. Ein Splittern. Er jaulte auf. Er krümmte sich am Boden. Eine Blutlache sickerte unter ihm hervor.

»Sie sind ja wahnsinnig!«

»Muss ich noch mal zuschlagen?«

»Nein... hören Sie auf... ich...« Er winselte vor Schmerzen. »Oh, mein Gott ...«

Sie beugte sich zu ihm herab. »Seit-wann-hast-du-diese-Puppe?«

Er atmete schwer. Das Blut pulste aus seinen Wunden. »Noch nicht lange. Ich hab sie letztes Jahr erstanden. All diese Puppen sind vom letzten Jahr.«

Sie schlug wieder zu. Diesmal erwischte es ihn an der Hüfte. Er schrie wie am Spieß.

»Aufhören! Bitte!«

»Vom wem sind die Puppen?«

Er röchelte, verdrehte die Augen.

»Antworte!«

Er wälzte sich herum, begann über den Boden zu kriechen.

Sie packte ihn am Kragen und drehte ihn auf die Seite. Sie hob das Beil. »Der nächste Schlag könnte dein letzter sein. Also?«

»Es war ein... Ein...« Er verzog das Gesicht vor Schmerzen und heulte auf. »Großer Gott...«

Sie schlug zu, ließ das Beil dicht neben ihn auf den Boden krachen. Holz splitterte.

Er wollte etwas sagen. Seine Augen quollen hervor. »Puu... ok... or...«

»Wie?«

»Sie sind von einem...« Er presste die Hand auf die Stelle, wo das Blut hervorsickerte. Sein Gesicht verzog sich vor Entsetzen, als er sah, wie immer mehr davon aus ihm herausquoll. Er war kurz vorm Wegtreten.

»Konzentrieren Sie sich, Mann.«

Seine Augen verdrehten sich. »Pupp... ok... tor.«

»Ich verstehe nicht.«

»Pupp-en-okt-or.«

»Puppendoktor?«

Er nickte schwach. »Rufen Sie einen Notarzt«, stammelte er. »Bitte. Ich bin am Verbluten.«

»Ich brauche die Adresse.«

»Ich hab... Er musste... Er hat seine Werkstatt aufgegeben... Ich hab... die Bestände aufgekauft und...«

»Die Adresse!«

»Es ist in der...«, er keuchte. »Ich weiß es nicht mehr.«

»Keine Unterlagen?«

»Doch, sie sind ... oh, nein ... Meine Beine ... Das ist ... Ich muss ... Helfen Sie mir ...«

Sie schlug ein paar Zentimeter neben seinem Kopf auf den Holzboden ein.

Er zuckte. Seine Hand hob sich. Er wies zu dem Vorhang. »Mein Büro. Das Hinterzimmer.«

»Du führst also doch Buch, ja?«

Er winselte.

»Dann zeig mir mal deine Unterlagen.«

»Ich kann nicht ... Ich ...«

Sie packte ihn und schleifte ihn ins Hinterzimmer. Dort ließ sie ihn auf den Boden sinken. Sie blickte sich um. Ein Schreibtisch, ein Laptop, ein alter Bürostuhl, ein zerschlissenes Sofa. Die Vorhänge vorm Fenster waren zugezogen.

»Hier sollte ich dir also einen blasen, ja?«

Er bewegte den Kopf hin und her. »War doch nur ein ...« Er schnappte nach Luft. Das Blut quoll aus seiner Hose hervor.

»Ein was ...?«

»Scherz.«

Sie schlug wieder zu. Diesmal traf sie seinen Arm.

Er heulte auf.

»Das war kein Scherz! Gib es zu, du Schwein!«

»Bitte ... verzeihen Sie ... ich ...«

Sie holte aus, stoppte ab. Er hechelte. Sie legte das Beil auf dem Schreibtisch ab. Der Laptop war eingeschaltet.

»Wo soll ich nachsehen?«, fragte sie.

»Rechnungen 2014«, stammelte er.

Sie öffnete die Datei.

»Welches Stichwort?«

Er rang nach Luft. »Pup ... pen ... werk ... statt.«

Sie tippte den Begriff in die Suchmaske ein. Da war ein Datum. Ein Name.

»Gernot Zobel?«

»Ja… Rufen Sie… jetzt… den Notarzt?«

»Westfälische Straße, ist das richtig?«

»In W… Wilmersdorf, j… ja.«

Sie nahm sich einen Stift und notierte sich die Adresse auf einem Stück Papier. »Warum wurden die Bestände aufgelöst? Ist der Kerl etwa tot?«

»Nein. Er musste die Werkstatt aufgeben wegen…«, das Sprechen bereitete ihm Mühe, er krümmte sich, »… wegen einer Krankheit.«

»Ist er unter der Adresse noch anzutreffen?«

»Ich denke, ja. Er… wohnte schon immer… über seiner Werkstatt.«

»Gut«, sagte sie und erhob sich.

Sie nahm das Beil vom Schreibtisch und baute sich vor Jürgen Ronowski auf.

»Nur um ganz sicherzugehen: Wo warst du im Sommer 2003?«

»Hier. In meinem Laden.«

»Bist du im Besitz einer Gasmaske?«

»Nein.«

»Sagst du die Wahrheit?«

»Ja.«

»Keine alten Armeebestände im Laden?«

»Doch, aber…«

»Gasmasken sind nicht dabei?«

»Nein.«

»Okay, und jetzt hör mir genau zu: ICH BIN KEIN PÜPPCHEN. Hast du mich verstanden?«

»J…ja«, röchelte er.

»Gut. Einen Augenblick noch, ich bin gleich wieder bei dir.« Sie packte das Beil mit einer Hand, ging in den Nebenraum und holte die Puppe. Sie setzte sie auf seinen Schreibtisch.

»Was soll das?«

»Sie will zugucken. Es macht ihr großen Spaß, glaub mir.«

Sie trat vor ihn hin und wuchtete das Beil hoch.

Seine Augen weiteten sich vor Entsetzen. »Nicht. Hören Sie auf… Ich flehe Sie an.«

»Weißt du, wofür das hier ist?«

»Bitte… bitte…«

»Das hier bekommst du, weil du einen Blowjob von mir verlangt hast.«

Sie ließ die Schneide herabschnellen.

Es krachte. Sein Brustkorb öffnete sich, und seine Augen platzten.

Kapitel 23

Da der Laden über eine Videoüberwachung verfügte und die Bilder auf Ronowskis Laptop gespeichert waren, zerstörte sie den Rechner mit ein paar gezielten Beilhieben. Die Überreste packte sie vorsichtshalber in ihren Rucksack, um sie draußen zu entsorgen. Mit einem Putzlumpen wischte sie notdürftig über die Stellen, wo sie Fingerabdrücke hinterlassen haben könnte. Sie nahm die Puppe und verstaute sie in ihrem Rucksack. Danach säuberte sie mit dem Lumpen ihr Beil und steckte es ebenfalls ein. Zuletzt durchsuchte sie die Taschen des Toten und fand einen Schlüsselbund.

Sie ließ die Leiche auf dem Boden liegen, blickte sich noch einmal um und verließ das Hinterzimmer. Vorn im Laden drehte sie das Ladenschild um, sodass die Aufschrift »Geschlossen« von außen zu sehen war.

Es war bereits nach neun Uhr am Abend. Niemand war auf der Straße zu sehen. Sie trat hinaus, zog die Tür hinter sich zu und schloss von außen ab. Den Schlüsselbund warf sie ein paar Straßen weiter in einen Abfalleimer. Auch die Überreste des Laptops entsorgte sie dort.

Als sie wieder daheim war, nahm sie die Puppe aus dem Rucksack und setzte sie auf den Küchentisch.

Wie fühlst du dich?, fragte sie krächzend.

»Ich weiß nicht.«

Noch ein wenig zittrig?

»Ja.«

Kommen dir Zweifel? Glaubst du, es war nicht richtig, was du getan hast?

»Keine Ahnung. Aber es war ein grausamer Mord. Und es war schon der zweite. Wie soll das nur weitergehen?«

Er hat dich bedrängt. Und wie sonst hättest du die Wahrheit aus ihm herauskriegen sollen?

»Vielleicht hast du recht.«

Du musst stark bleiben, Maria. Gib jetzt bloß nicht auf. Du willst doch das Insekt finden, oder etwa nicht?

»Ja.«

Na also. Und nun wechsle deine Kleidung. Du hast Blutspritzer an der Hose.

Entsetzt blickte sie an sich herab. Die Puppe hatte recht. Ihre Hosenbeine waren voller Blut. Hoffentlich war es niemandem auf ihrem Weg hierher aufgefallen.

Sie nahm den Zettel mit der Adresse des Puppendoktors

aus der Hosentasche, zog sich aus und stopfte alle Sachen in einen Müllsack. Auch der musste noch entsorgt werden.

Danach duschte sie lange und zog sich andere Klamotten an. Sie kochte sich einen Beruhigungstee mit Baldrian und Melisse und aß etwas Vanilleeis mit Schokosplittern.

Über einen spurlos verschwundenen Zahnarzt aus Berlin-Friedrichshain hatte erst neulich etwas in der Zeitung gestanden. Offenbar hatte Markus in seinem Bekanntenkreis über sein Verhältnis mit ihr kein Wort verloren. Jedenfalls war noch niemand bei ihr aufgetaucht, um ihr unangenehme Fragen zu stellen.

Was aber, wenn sie heute jemand gesehen hatte, als sie aus Jürgen Ronowskis Laden gekommen war? Oder als sie ihn betreten hatte.

Es war nur eine Frage der Zeit, bis seine Leiche entdeckt werden würde.

Maria musste vorsichtig sein.

Am nächsten Tag fuhr sie mit der U1 von der Warschauer Straße bis zur Möckernbrücke, stieg dort in die U7 um und fuhr bis zum Fehrbelliner Platz. Nach einem kurzen Fußweg erreichte sie das Haus in der Westfälischen Straße. Gernot Zobel wohnte im ersten Stockwerk, direkt über einem Architektenbüro. Maria vermutete, dass sich früher dort seine Puppenwerkstatt befunden hatte.

Sie klingelte, und kurz darauf ertönte der Summer. Sie stieg die Treppe hinauf und klopfte bei ihm an.

»Wer ist da?«, fragte eine brüchige Stimme hinter der Wohnungstür.

Vorsichtshalber nannte sie ihm einen falschen Namen. »Ich bräuchte Ihren Rat wegen einer Puppe.«

»Die Werkstatt ist geschlossen.«

»Ich weiß. Dürfte ich vielleicht trotzdem für einen Moment Ihre Zeit beanspruchen?«

Ein Mann um die siebzig öffnete ihr die Tür. Schlohweißes Haar, hagere Figur, er steckte in einem samtenen Hausmantel und trug eine Hornbrille mit dicken Gläsern.

»Mein Augenlicht ist sehr schwach. Kommen Sie bitte etwas näher.«

Maria trat dichter an ihn heran und ließ sich von ihm mustern.

»Was ist in Ihrem Rucksack?«

»Die Porzellanpuppe, um die es sich handelt.«

»Ein ziemlich großer Rucksack.«

»Ja.« Zu ihrer Sicherheit hatte sie auch das Jägerbeil dabei.

Der Alte runzelte die Stirn. »Sie wollen mich doch nicht etwa ausrauben?«

»Nein.«

»Also schön. Kommen Sie herein.«

Er führte sie in ein Wohnzimmer, das mit altem Mobiliar vollgestellt war. Er nahm mit ihr am Esstisch Platz.

»Zeigen Sie mir die Puppe.«

Maria holte sie aus dem Rucksack hervor und gab sie ihm.

»Erkennen Sie sie wieder?«

»Woher haben Sie die?«

»Aus einem Trödelladen in Lichtenberg.«

»Jürgen Ronowski?«

Sie nickte schwach.

»Er hat meinen Bestand aufgekauft.« Zobel hielt die Puppe dicht vor seine Augen und betastete sie kennerhaft. »Eine Armand Marseille 390. Ein sehr beliebter Puppentyp, der zwischen 1900 und 1930 hergestellt wurde. Sehr hübsch, aber auch nicht besonders ausgefallen.«

»Und die Augen?«

»Die sind allerdings recht speziell, ja. Und darum erinnere ich mich auch an dieses Exemplar.«

Er legte die Puppe auf den Tisch und betrachtete Maria durch seine dicken Brillengläser.

»Wissen Sie, ich liebe Porzellanpuppen sehr. Mein ganzes Leben lang habe ich mich mit ihnen beschäftigt. Sie repariert, gesammelt, weiterverkauft. Puppen sind so unschuldig und rein. Sie verkörpern für mich wahre Schönheit.«

Marias Nackenhaare stellten sich auf. Hatte sie es etwa mit dem Insekt zu tun? Aber war er nicht zu alt? Sie versuchte, ihn sich mit einer Gasmaske vorzustellen. Es gelang ihr nicht.

Gernot Zobel wies auf die Puppe. »Ich muss zugeben, diese Puppe hier mag ich überhaupt nicht. Im Gegenteil, sie ist mir unheimlich.«

»Liegt es an den verschiedenfarbigen Augen?«

»Nicht nur das... Sie ist...«, er holte tief Luft, »...Ich denke, es wäre besser, wenn Sie sich von ihr trennen.«

»Warum?«

»Es mag Ihnen vielleicht sonderbar erscheinen, aber ich glaube, dass diese Puppe etwas Böses an sich hat.«

»Wie kommen Sie darauf?«

»Ich kann es nicht genau erklären. Sie hat eine dunkle Aura, spüren Sie das nicht?«

Maria starrte die Puppe an. Sie dachte an das Beil in ihrem Rucksack. Natürlich hatte auch sie diese Aura schon bemerkt. Und wenn es selbst diesem Puppenexperten so erging, war sie vielleicht doch nicht ganz verrückt.

»Ja«, sagte sie, »auf eine gewisse Art hat sie etwas Düsteres an sich.«

»Warum haben Sie sie bei Ronowski gekauft?«

»Wegen der Augen.«

»Das verstehe ich nicht.«

»Als ich sechzehn Jahre alt war, bekam ich diese Puppe von jemandem ... genau diese ... Ich erkenne sie an den verschiedenen Augen ... Es war gewissermaßen ein Geschenk, aber mit einer bösen Absicht dahinter ... In Wahrheit war es ... Es fällt mir schwer, darüber zu reden ... Mir sind schreckliche Dinge widerfahren, als die Puppe in meiner Nähe war ...«

Der Alte hob das Kinn. »Interessant. Das bestätigt meinen Verdacht.«

»Was für einen Verdacht?«

»Ich bin nicht besonders abergläubisch. Eigentlich bin ich sogar ziemlich vernunftgesteuert. Und doch halte ich es für durchaus möglich: In die Puppe ist ein böser Geist gefahren. Sie ist verhext.«

»Wie meinen Sie das?«

»Kaum hatte ich sie in meiner Werkstatt, verschlechterte sich schlagartig mein Augenlicht. Und nun bin ich fast blind. Ich wollte es mir anfangs nicht recht eingestehen, aber offenbar besteht ein Zusammenhang zwischen meiner Augenkrankheit und dieser furchtbaren Puppe.«

»Sind Sie sicher?«

»Ziemlich. Halten Sie mich nun für verrückt?«

»Nein. Ganz und gar nicht.«

»Gut. Ich war nämlich vorher völlig gesund. Zwar schon ziemlich betagt, aber gesund. Und dann landet diese Puppe in meiner Werkstatt, sie starrt mich an und ...« Er lehnte sich vor und senkte die Stimme. »Was genau ist passiert, als Sie sechzehn Jahre alt waren?«

»Darüber will ich nicht sprechen.«

»Verzeihen Sie, ich wollte nicht indiskret sein.«

»Schon gut.«

»Und danach? Haben Sie die Puppe verloren? Ist sie Ihnen gestohlen worden?«

»Nein, sie ist... bei ihrem eigentlichen Besitzer geblieben. Aber ich kenne seine wahre Identität nicht.«

»Warum?«

»Er war maskiert. Er trug...« Sie brach ab.

»Großer Gott. Sie haben wirklich Schlimmes durchgemacht.«

Sie schwieg.

»Und dann finden Sie die Puppe in einem Laden wieder?«

Sie nickte. »Jahre später, ja.«

»Eine Fügung.«

»So kommt es mir vor.«

»Ist es eine gute Fügung?«

»Ich weiß nicht.«

»Nehmen Sie sich in Acht vor dieser Puppe. Bitte hören Sie auf meinen Rat.«

Kurzzeitig kämpfte sie gegen einen Schwindel an. Sie sah wieder all das Blut vor sich, sowohl in ihrem Schlafzimmer als auch in dem Trödelladen. Sie dachte an das herausgerissene Herz in dem Plastikbehälter. Sie bewahrte es noch immer in ihrem Kühlschrank auf.

Schließlich fasste sie sich wieder. »Wer hat sie Ihnen in die Werkstatt gebracht? Erinnern Sie sich daran noch?«

»Ja. Ich erinnere mich sogar ziemlich genau. Es war ein Mann.«

»Wie alt?«

»So um die vierzig.«

Marias Herz schlug höher. »Wissen Sie noch seinen Namen?«

»Ich müsste in den Auftragsbüchern nachschauen. Aber das dürfte kein Problem sein. Jedenfalls war die Puppe in einem äußerst schlechten Zustand.«

»Wieso?«

»Der Mann erzählte mir, er habe sie bei einem Waldspaziergang gefunden.«

Maria starrte ihn an.

»Hat er Ihnen gesagt, wo das war?«

»Nicht genau, aber er kam aus dem Berliner Umland.«

Sie holte tief Luft.

»Und wissen Sie, was ebenfalls äußerst merkwürdig ist?«

»Was?«

»Die Puppe hatte nur ein Auge.«

»Wie bitte?«

»Jemand muss es ihr herausgenommen haben. Schauen Sie.« Er deutete auf das linke Auge der Puppe. »Das Glasauge hier ist äußerst selten. Das unterscheidet diese Armand Marseille 390 von den anderen. Es ist ein wunderschönes Blau. Es gibt nur noch wenige Augen dieser Art. Ich habe extra einem französischen Händler in Nancy geschrieben und angefragt, ob er mir eines dieser Glasaugen zuschicken könnte. Allerdings erhielt ich keine Antwort. Vermutlich ist er längst tot. Es gibt nur noch wenige Puppendoktoren in ganz Europa. Wir gehören zu einer aussterbenden Spezies. Also blieb mir nichts anderes übrig, als der Puppe ein anderes Auge einzusetzen. Dieses Blau jedoch«, er wies auf das rechte Auge, »hat nicht annähernd die Strahlkraft des anderen.«

»Das ist wirklich sonderbar, denn damals, als ich die Puppe hatte, waren die Blautöne auch verschieden.«

Zobel runzelte die Stirn. »Sah das Auge so aus wie jenes, das ich eingesetzt habe?«

»Nein. Es war... Es war irgendwie anders.«

»Rätselhaft.«

Gernot Zobel erhob sich schwerfällig und nahm ein in Leder eingeschlagenes Auftragsbuch aus einem Sekretär hervor. Er schlug es auf, blätterte darin und hielt es dicht vor sein Gesicht.

»Der junge Mann kam im letzten Jahr zu mir. Ja, hier steht es. ›Armand Marseille 390, fehlendes Auge. Spezielles Blau, in Deutschland nicht mehr erhältlich. Darum Anfrage bei Monsieur Coumont in Nancy. Keine Antwort. Restauration im August 2014.‹«

»Warum wurde die Puppe nach der Reparatur bei Ihnen nicht abgeholt?«

Zobel ließ das Buch sinken und sah sie an. »Ich denke, das gehört auch zu der dunklen Aura, von der ich sprach.«

»Was?«

»Ich rief bei dem jungen Mann an, um ihm mitzuteilen, der Auftrag sei ausgeführt. Er aber sagte mir, ich solle die Puppe lieber behalten. Er wolle nichts mehr mit ihr zu tun haben.«

»Warum?«

»Er war felsenfest davon überzeugt, die Puppe habe ihm und seiner Frau Unglück gebracht.‹

Maria stand auf. »Wie heißt der Mann?«

»Konstantin Farmer.«

»Wie ist die Adresse?«

Zobel blickte in sein Auftragsbuch und nannte sie ihr.

Maria war wie vom Donner gerührt. Konstantin Farmer wohnte in Bernau. Das war in der Nähe vom Liepnitzsee.

Dort, wo das Insekt sie überfallen hatte.

Kapitel 24

Es war eine triste Plattenbausiedlung in Bernau-Süd. Konstantin Farmer lebte im fünften Stockwerk. Die Klingel schien nicht zu funktionieren, erst nach mehrmaligem Klopfen reagierte jemand.

»Lassen Sie mich in Ruhe«, rief jemand hinter der Tür.

»Konstantin Farmer?«

»Wer will das wissen?«

Abermals nannte sie zur Vorsicht einen falschen Namen. »Es geht um eine Puppe, die Sie im vergangenen Jahr restaurieren ließen. Ich hab ein paar Fragen dazu.«

»Verschwinden Sie!«

»Bitte. Es ist sehr wichtig.«

»Was sollte an einer Scheißpuppe wichtig sein?«

»Das würde ich Ihnen gerne erklären, wenn Sie mir die Tür aufmachen.«

Keine Reaktion. Er lauerte am Türspion, das spürte sie.

»Haben Sie Kinder, Herr Farmer?«

Keine Antwort.

Maria nahm all ihren Mut zusammen und sagte leise: »Diese Puppe war im Spiel, als ein Kind missbraucht wurde. Ein sechzehnjähriges Mädchen. Es geht darum, den Täter zu finden.«

»Sind Sie von der Polizei?«

»Nein. Glauben Sie mir, ich habe nichts mit der Polizei zu tun. Ich bin rein privat hier.«

»Wer hat Sie geschickt?«

»Gernot Zobel. Er war es, der die Puppe reparieren sollte. Erinnern Sie sich an ihn?«

Farmer öffnete. Er war klein und untersetzt, hatte schütteres Haar. Maria schätzte ihn auf Ende dreißig, Anfang vierzig. Er trug ein ausgewaschenes langärmliges T-Shirt und eine graue Jeans. Sie roch seine Alkoholfahne.

Sie musterte ihn. War er das Insekt?

»Kommen Sie rein.«

Das Wohnzimmer war klein, niedrige Decken. Es roch nach kaltem Zigarettenrauch. Farmer nahm auf dem Sofa Platz. Maria stellte ihren Rucksack ab und zog sich einen Stuhl heran. Auf dem Couchtisch standen mehrere Bierflaschen, die meisten davon geleert. Der Aschenbecher war voll mit ausgedrückten Kippen.

»Was wollen Sie wissen?«

»Wo genau haben Sie die Puppe gefunden?«

»In der Nähe von Wandlitz. Dort, wo ich immer meinen Hund ausgeführt hab. Gustav. Aber der ist jetzt tot. Und wissen Sie was?« Er blickte sie aus blutunterlaufenen Augen an. »Die Scheißpuppe ist daran schuld.«

»Wieso? Was ist passiert?«

Statt einer Antwort fragte er: »Wie sind Sie an Zobel geraten?«

»Ich habe die Puppe in einem Laden entdeckt. Dort sagte man mir, dass sie aus seiner Werkstatt stammt.«

»Und diese Puppe hat also eine so große Bedeutung für Sie, dass Sie mich hier draußen aufsuchen?«

»Ja.«

»Sie wissen doch hoffentlich, dass die Puppe Unglück bringt?«

»Das ist merkwürdig, denn Gernot Zobel sagte das auch.«

»Sie ist sehr unheimlich. Irgendetwas stimmt mit ihr nicht. Ich dachte, ich wäre sie endlich los. Und nun kreuzen Sie hier auf. Also was wollen Sie von mir?«

»Ich bin auf der Suche nach jemandem, der die Puppe vor zwölf Jahren einem Mädchen gegeben hat. Es war hier in der Gegend. Am Liepnitzsee, um genauer zu sein.«

Sie blickte ihn scharf an. »Haben Sie zu der Zeit schon hier gewohnt?«, fragte sie leise.

»Ja.«

»Was haben Sie im Sommer 2003 gemacht?«

»Ich denke, ich war arbeitslos, so wie jetzt auch. Soll das ein Verhör werden?«

Sie zuckte mit den Schultern.

»Ich bin kein Kinderschänder, falls Sie das meinen.«

Sie musterte ihn. »Ich würde Ihnen gerne glauben.« Sie zog den Rucksack näher zu sich heran. »Aber wenn Sie mir nicht helfen wollen, würde mich das sehr misstrauisch stimmen, verstehen Sie?«

»Was haben Sie in Ihrem Rucksack?«

»Das geht Sie nichts an.«

»Sie waren das Mädchen. Sie sind diejenige, der etwas angetan wurde, hab ich recht?«

»Darüber möchte ich nicht sprechen.«

»Wie haben Sie die Puppe wiedererkannt?«

»An ihren Augen.«

»Sie hatte nur eins.«

»Damals nicht. Sie hatte zwei verschiedene Augen. Und nach Zobels Reparatur war das wieder so.«

»Tut mir leid, wenn Ihnen was Schlimmes widerfahren ist. Aber was hab ich damit zu tun?«

»Sind Sie im Besitz einer Gasmaske?«

Seine Überraschung wirkte nicht gespielt. »Wie?«

»Kennen Sie jemanden in der Gegend, der gerne mit einer Gasmaske herumläuft?«

»Großer Gott, nein.«

Sie holte tief Luft. »Also, helfen Sie mir nun?«

Er seufzte, zuckte mit den Schultern. Maria deutete es als eine Einwilligung.

»Zeigen Sie mir die Stelle, wo Sie die Puppe gefunden haben. Bitte.«

Er trank einen Schluck Bier, stellte die Flasche ab und wischte über seinen Mund. »Sind Sie mit dem Auto hier?«

»Nein. Ich kam mit der S-Bahn.«

»Aber Sie können fahren?«

»Ja.«

»Ich zeige Ihnen die Stelle. Nur bin ich heute nicht mehr fahrtüchtig. Von mir aus können Sie ans Steuer.«

»Danke, das ist sehr nett von Ihnen.«

Er nahm noch einen großen Schluck. »Früher hab ich wenig getrunken. Aber jetzt, da mich alle verlassen haben, mein ungeborenes Kind, meine Frau und mein Hund, ist mir alles egal. Können Sie das verstehen?«

Sie nickte.

Er stand auf. »Gut. Gehen wir.«

Sein Wagen war ein alter Ford Fiesta. Farmer wies ihr den Weg. Sie kamen nach Wandlitz hinein und erreichten eine Straße, die in den Wald hineinführte. Sie gelangten zu einer Kreuzung. Rechter Hand ging es zum Liepnitzsee. Farmer sagte, sie solle weiter geradeaus fahren. Schließlich fuhren sie über einen Schotterweg.

»Hier können Sie halten. Das letzte Stück müssen wir zu Fuß gehen.«

Maria fuhr rechts heran, schaltete den Motor aus und gab ihm den Schlüssel. Sie stiegen aus. Maria nahm ihren Rucksack aus dem Auto.

»Den können Sie im Wagen lassen.«

»Lieber nicht.«

Farmer blickte sie irritiert an. »Warum nicht?«

»Ich hab immer mein Zeug dabei.«

»Was für Zeug?«

»Ich fühle mich sicherer so.«

»Es ist wegen der Gasmaske, nicht wahr?«

Sie schwieg.

»Was hat man Ihnen bloß angetan?«

Sie schulterte den Rucksack. »Gehen wir?«

Er zögerte kurz, dann nickte er und schloss die Wagentüren ab. Sie marschierten los.

Nach einer Wegstrecke von etwa zehn Minuten kamen sie zu einer Lichtung. Sie gingen quer über eine Wiese.

»In dieser Gegend sind die Heiligen drei Pfühle«, sagte Farmer. »Nach einer Sage hat der Teufel einen großen Stein in den Liepnitzsee geworfen. Aus dem aufspritzenden Wasser wurden die Pfühle. Angeblich gab es an dieser Stelle auch mal eine Kirche. Doch sie ist in einem der Pfühle versunken. Um Mitternacht läuten manchmal die Glocken aus der Tiefe.«

»Haben Sie die Glocken jemals gehört?«

»Es ist eine Sage. Glauben Sie's oder nicht.«

Er ist es nicht, dachte sie. Er hat vor mir mehr Angst als ich vor ihm. Immer wieder spähte er misstrauisch auf ihren Rucksack. Er war schwer. Sie hatte das Beil dabei. Und die Puppe.

Hinter der Lichtung traten sie wieder in den Wald hinein. Bald darauf erreichten sie das Ufer einer der Pfühle.

»Hier bin ich mit meinem Schäferhund Gustav immer spazieren gegangen. Es war unsere übliche Runde am Nachmittag. Einen Job habe ich schon lange nicht mehr, und so hab ich gelernt, mir den Tag einzuteilen. Feste Rituale geben Halt, verstehen Sie?«

Sie nickte.

»Nachmittags um drei fuhr ich also mit Gustav hier raus. Es war im letzten Herbst, als er plötzlich durch ein Gebüsch davonstob. Damals hatte es viel geregnet. Die Gegend ist ja ohnehin sehr sumpfig. Aber nach den heftigen Regenfällen konnte man hier nur mit Gummistiefeln langgehen. Ich rief nach ihm, aber er kam nicht. Also hab ich ihn gesucht.«

Er wies auf das Ufer.

»Das war hier. Und das Gebüsch ist dort hinten.«

Sie folgte ihm durchs Unterholz.

Ihr Puls beschleunigte sich. Sollte sie sich in ihm getäuscht haben? Es wäre ein Leichtes für ihn, sie hier zu erwürgen. Mit seinem Gürtel.

War er doch das Insekt? Verstellte er sich nur geschickt?

Die Angst kam. Und ihr Herz raste.

»Was ist?«

Sie atmete schwer. »Ist es noch weit?«

»Wir sind gleich da.«

Sie müsste das Beil griffbereit haben. Wenn sie es nicht schnell genug aus dem Rucksack nehmen konnte, war sie verloren.

»Hier.«

Er blieb stehen. Es war eine weitere Lichtung. Nah am Pfuhl.

»Gustav war am Scharren. Er wirbelte den ganzen Schlamm auf. Ich sagte zu ihm: ›Lass das, komm, wir gehen weiter.‹ Ich packte ihn am Halsband, aber er knurrte, riss sich los und scharrte immer weiter. Ich vermutete einen Knochen oder so was. Aber dann sah ich plötzlich eine kleine Kiste aus dem Schlamm aufragen. Eine Whiskykiste, ›The Macallan Fine Oak‹ stand drauf. Das ist richtig teures Zeug, glaube ich.«

»Haben Sie die Kiste noch?«

»Nein, die hab ich hiergelassen.«

»Aber Sie erinnern sich noch genau an die Aufschrift?«

»Ja, ich kenne mich mit Whiskysorten ein bisschen aus. Ich dachte, vielleicht hab ich ja Glück und mein Hund buddelt einen besonderen Single Malt aus. Ich dachte an ein Schmugglerversteck und so einen Scheiß, aber so was gibt es ja nur noch in alten Romanen. Und dann kam alles ganz anders. Und der Horror begann.«

Er wischte sich mit dem Handrücken über den Mund.

»Ich hatte schon so ein komisches Gefühl, als ich die Kiste aus der Erde herauszog. Gustav kläffte wie wild. Ich öffne den Deckel, und darin liegt sie. Sie trägt ein weißes Kleid. Und sie hat nur ein Auge. Das andere ist weg, da ist bloß ein Loch. Und ich sehe die Würmer, die da rauskriechen. Ich denke an Maden, an eine verweste Kinderleiche, an all das. Aber es ist nur eine Puppe. Eine verdammte Porzellanpuppe. Ihr schwarzes Haar ist zu Zöpfen geflochten, und sie grinst mich an aus ihrem Puppensarg.«

»Großer Gott, Sie glauben wirklich, dass jemand die Puppe beerdigt hat?«

»Ja. Und der Regen hat alles wieder hochgespült. Die Kiste war schon ganz vermodert.«

»Wer tut so etwas?«

»Keine Ahnung. Aber er muss einen ziemlich kranken Geist haben.«

»Und die Puppe hatte wirklich nur ein Auge?«

»Ja.«

»Das zweite lag nicht zufällig in der Kiste?«

Er schüttelte den Kopf.

»Ganz sicher?«

»Ja doch.«

»Und dann?«

Abermals wischte er sich über den Mund. »Es wäre vielleicht alles anders gekommen, wenn sich Gustav nicht…«, er schluckte, »…die Puppe geschnappt hätte. Er trug sie im Maul, ließ sie sich nicht mehr abnehmen. Und so kamen wir zu dritt nach Hause. Mein Hund, die Puppe und ich. So nahm das Unglück seinen Lauf.«

Farmer stieß die Luft aus.

»Gustav hat sie auf seine Decke gelegt. Und wenn man sie ihm wegnehmen wollte, wurde er zornig, hat einen angekläfft und wie irre geknurrt. Meine Frau fand die Puppe genauso unheimlich wie ich. Ich muss dazusagen, dass Zoe zu dieser Zeit hochschwanger war. Sie beklagte sich bei mir darüber, dass die Puppe sie immerzu mit ihrem einen Auge anstarren würde. ›Schmeiß das Ding weg‹, sagte sie zu mir, aber der Hund ließ das einfach nicht zu.«

Maria wartete ab, bis er fortfuhr.

»Ich hab mich schließlich damit abgefunden, dass die Puppe immer auf seiner Hundedecke hocken musste, aber ein paar Tage später kam ich mit ihm von unserem Waldspaziergang zurück, und sie war nicht mehr da. Er war völlig außer sich, kratzte an der Tür, bellte wie verrückt. Als ich am frühen Abend mit ihm rausging, stürmte er zu den Mülltonnen auf dem Hof. In einer der Tonnen lag die Puppe. Zoe hatte sie heimlich entsorgt, bevor sie zu ihrer Schwangerschaftsuntersuchung aufgebrochen war. Es half alles nichts, ich musste die Puppe wieder aus dem Müll herausfischen, sonst hätte der Hund keine Ruhe gegeben. Beim nächsten Versuch, ihm die Puppe wegzunehmen, hat er mich gebissen.«

Er schob den Ärmel seiner Jacke und seines Longsleeve-Shirts hoch und zeigte ihr die Narbe.

»›Die Puppe ist böse‹, sagte Zoe zu mir. ›Nicht der Hund ist es, sondern sie.‹«

»Und was geschah dann?«

»Zwei Nächte später... erlitt meine Frau eine Totgeburt.«

»Verdammt. Das tut mir leid.«

Farmer brauchte einen Moment, bis er sich gesammelt hatte. »Als sie aus der Klinik zurückkam, starrte uns die Puppe noch immer an. Irgendwie feixend, als würde sie sich an unserem Unglück weiden. Zoe schrie mich an: ›Schaff mir die Puppe aus den Augen, sie ist an allem schuld.‹ Und so hab ich den Hund eingesperrt und die Puppe weggebracht. Ich dachte mir, vielleicht bringt sie wenigstens ein bisschen Geld ein. Mir war ja klar, dass es sich um eine antike Porzellanpuppe handelt. Also brachte ich sie zu diesem Puppendoktor, um sie restaurieren zu lassen. Ich hatte seine Adresse aus dem Internet.«

Er schwieg. Der Wind rauschte in den Bäumen.

»Am Ende hat Zoe mich verlassen. Und deshalb sagte ich zu Zobel am Telefon, er soll die Scheißpuppe behalten.«

Maria starrte zu Boden. Sumpfgras war über die Stelle gewachsen, wo Farmer die Kiste gefunden hatte.

Sollte das Insekt die Puppe beerdigt haben? Gewissermaßen stellvertretend für sie, nachdem es ihm nicht gelungen war, sie zu töten?

Sie überlegte. »Gibt es in der Nähe vielleicht ein einsam gelegenes Haus?«

Zu ihrer Überraschung antwortete Farmer prompt: »Ja. Hinter dem Pfuhl. Etwa achthundert Meter entfernt.«

»Wer wohnt dort?«

»Das weiß ich nicht genau. Aber Sie können es sich ja mal ansehen.«

Kapitel 25

Es war mehr ein Trampelpfad, vorbei an Giersch, Efeuranken und Kriechendem Hahnenfuß. Der Boden war aufgeweicht, mehrmals sackten ihre Füße ein. Ihre Glieder waren zittrig, sie war so aufgeregt, dass sie öfter stehen bleiben musste, um zu Atem zu kommen. Sie hatte Farmer einfach an dem Pfuhl zurückgelassen. Auch wenn er zum Autofahren zu betrunken war – sie scherte sich nicht darum. Sollte er doch selber sehen, wie er nach Hause kam.

Sie trug schwer an ihrem Rucksack, spürte das scharfkantige Beil darin, mit jedem Schritt versetzte das Eisen ihren Lendenwirbeln einen Stoß.

Plötzlich machte der Weg einen Knick, und dann stand sie in einem verwilderten Garten. Da war ein Nussbaum, seine Äste knarrten im Wind. Dahinter tat sich ein Haus auf.

Lebte hier das Insekt? Hatte sie hinter diesen Mauern als Teenager ihr Martyrium erlebt? War hier der Ursprung all ihrer Verzweiflung, der Einsamkeit, ihres Hasses zu finden?

Hatte sie dieses Gemäuer zur Mörderin gemacht?

Langsam trat sie auf das Haus zu. Sie blickte durch das Fenster, erkannte eine Küche. Sie war aufgeräumt. Nichts deutete darauf hin, dass sich vor Kurzem jemand dort aufgehalten hatte. Ein Stück neben dem Fenster befand sich die Hintertür.

Sollte sie einfach anklopfen? Maria atmete tief durch. War sie nun am Ziel?

Nach längerem Zögern ging sie an dem Haus vorbei. Es war einstöckig, nach vorn rechtwinklig zu einem gepflasterten Hof angeordnet. Ein Zaun, zwei Torpfosten, dahinter ein Schotterweg. Er führte durch den dichten Wald. Ein verschlossener Schuppen, kein Wagen vor der Tür. Zwei Stufen zum Haupteingang, eine schmiedeeiserne Laterne hing an einem Haken neben der Tür. Ein weiterer Eingang zu einem Nebengebäude, offenbar war das früher eine Scheune gewesen. Marias Blick wanderte zu dem Schrägdach hinauf, hinter dem sie den Speicher vermutete.

Keine Nachbarn. Völlig einsam. Der ideale Ort, um ein Mädchen gefangen zu halten.

Sie wusste, dass die Ermittler damals die Gegend abgekämmt hatten. Aber das Areal war groß. Die Stelle im Wald, wo man sie gefunden hatte, lag weit von hier entfernt. Das waren bestimmt fünf, sechs Kilometer. Und sie war völlig entkräftet gewesen. Sie hatte keine detaillierte Beschreibung abgeben können, weder von dem Täter noch von dem Haus.

Ein Mann mit einer Gasmaske war ein ziemlicher vager Hinweis. Die Kammer auf einem Dachboden ebenso.

Vielleicht hätte sie lieber etwas von einer Porzellanpuppe erzählen sollen. Aber das hatte sie sich nicht getraut. Die Puppe war der Beweis dafür, dass etwas nicht mit ihr stimmte.

Allein die Art, wie sie die Puppe in dem Laden aufgespürt hatte, war ziemlich verrückt gewesen.

Nimm mich mit, Maria. Lass uns spielen!

Okay, sie war verrückt. Also konnte sie das hier auch noch zu Ende bringen.

Maria ging auf den Haupteingang zu. Kein Name an der Klingel. Sie läutete. Nichts. Sie klopfte an. Einmal, ein zweites Mal. Ihr Herz schlug heftig und schnell. Doch niemand öffnete.

Sie ging zum Nebengebäude, wo ebenfalls ein Eingang war. Auch hier stand kein Name auf dem Klingelschild. Sie läutete. Keine Reaktion. Sie klopfte. Nichts.

Sie schaute zu den Fenstern hinein. Das Nebengebäude wirkte unbewohnt. Im Haupthaus machte sie ein Wohnzimmer mit ein paar altmodischen Möbeln aus. Sie ging wieder nach hinten in den Garten.

Es war dunkel geworden. Der Mond zog auf.

Plötzlich war ein Geräusch zu vernehmen. Aus der Ferne. Eine leise, beinahe hypnotische Musik war zu hören. Zwei immer wiederkehrende Töne.

Bimm bamm. Bimm bamm. Bimm bamm. Was war das?

Geläut. Die versunkenen Glocken im Pfuhl. Dumpf klangen sie aus der Tiefe hervor.

Oder bildete sie sich das nur ein?

Bimm bamm. Bimm bamm. Bimm bamm.

Maria nahm das Jägerbeil aus dem Rucksack, schulterte ihn und ging auf das rückwärtige Fenster zu. Kurz entschlossen holte sie mit dem Beil aus, schlug zu, und das Glas splitterte. Vorsichtig griff sie hinein, entriegelte das Fenster und stieß es auf. Danach kletterte sie hinein.

Im Halbdunkel sah sie sich um. Rechts von der Küche befand

sich das Schlafzimmer, das Bett war gemacht. Alles sah ordentlich aus. Einen Moment überlegte sie, ob sie im Schrank nachsehen sollte, was dort für Sachen hingen, entschied sich aber anders und ging durch die Küche in den Flur.

Das Beil hielt sie fest mit einer Hand umklammert.

Ein kurzer Blick ins Badezimmer. Da waren ein paar weibliche Pflegeprodukte, Kölnisch Wasser, eine Hautlotion. Sollte sie sich etwa getäuscht haben? Es könnten allerdings auch Requisiten für die perversen Spiele des Insekts sein. Sie schloss für einen Moment die Augen, versuchte sich auszumalen, ob sie sich in diesem Bad vor ihm hatte waschen müssen, das Tuch um ihre Augen gebunden.

Sie war sich nicht sicher.

Sie inspizierte die vorderen Räumlichkeiten. Alles wirkte so, als sei lange Zeit niemand hier gewesen.

Schließlich wandte sie sich der Treppe zum Dachboden zu. Langsam ging sie hinauf. Sie zählte die Schritte. Zehn Stufen bis zum Absatz, danach ging es einmal um die Ecke. Und noch einmal zehn Stufen. Genau so, wie sie es sich damals gemerkt hatte. Sie berührte den Handlauf. Ja, hier könnte es gewesen sein.

Doch noch immer war sie sich nicht ganz sicher.

Die Tür oben war unverschlossen. Das Beil in der Hand trat sie ein. Sie blickte sich um. Der Dachboden war vom Mondlicht erhellt. Schräg fiel es durch die Luken herein. Staub tanzte in den weißlichen Strahlenbündeln. Ihr Herzschlag beschleunigte sich. Abermals zählte sie die Schritte, als sie sich zögernd vorwärtsbewegte.

Sie erschrak vor einer Vogelscheuche, die an einem Balken lehnte. Hatte die damals schon hier gestanden? Daran hatte sie keine Erinnerung mehr.

Auch bei der Bauart des Speichers war sie sich unsicher. Er führte einmal um die Ecke herum, der rechtwinkligen Form des Gebäudes folgend. Hatte sie von hier aus zwanzig Schritte gezählt. Oder waren es vierundzwanzig gewesen? Sie wusste es nicht mehr.

Schließlich machte sie am Ende des Dachbodens eine weitere Tür aus. Die Kammer, durchfuhr es sie. Ihr Herz hämmerte.

Vorbei an allerhand Gerümpel steuerte sie darauf zu.

Zittrig streckte sie die Hand nach der Klinke aus. Sie drückte sie herunter und öffnete die Tür. Sie quietschte in den Angeln.

Der Raum dahinter war leer. Kein Fenster, registrierte sie. Die Größe kam ungefähr hin. Dort könnte das Bett gestanden haben, dort der Nachttisch.

Sie trat ein. Es war zu dunkel. Dazu kam die Angst. Sie begann am ganzen Körper zu zittern. Die Luft blieb ihr weg, ihr wurde schwindlig.

Das Beil fiel ihr aus der Hand. Polternd schlug es auf dem Boden auf.

Sie stützte sich an der Wand ab und glitt langsam hinunter. Sie saß da und versuchte zu Atem zu kommen. Schließlich ließ sie den Rucksack von ihren Schultern gleiten. Sie öffnete ihn und nahm die Puppe heraus. Sie setzte sie neben das Beil auf den Boden.

»War es hier?«, fragte sie leise. »Sind wir am Ziel?«

Die Puppe schwieg. Ein lebloses Ding. Sie war nicht verrückt.

Maria kauerte an der Wand, hilflos wie das Kind, das sie einmal gewesen war.

Mit einem Mal fiel das Mondlicht so schräg durch eine

Dachluke herein, dass auch die Kammer erhellt wurde. Marias Hände wischten über den Staub am Boden. Und dann erkannte sie die Stelle wieder, wo sie den Schriftzug mit dem Nagel eingeritzt hatte. Nur dass die Schrift fort war.

Jemand hatte sie weggehobelt. Da war nur noch eine viereckige Vertiefung im Holz, etwa eine Handbreit groß.

Die Puppe blinzelte ihr zu.

Hier war es, krächzte sie.

»Die Schrift ist weg.«

Zweifelst du noch?

»Nein. Das Insekt hat die Schrift verschwinden lassen. Es hat die Kammer ausgeräumt. Und die Spuren verwischt.«

Wie fühlst du dich nun?

»Furchtbar.«

Nimm das Beil. Dann geht es dir besser.

Sie starrte auf die Ausbuchtung im Holzboden, wo sie damals den Schriftzug eingeritzt hatte:

Hilfe, das Insekt
          will mich tö
                    ten

Und plötzlich hörte sie Schritte. Jemand war ins Haus gekommen. Sie nahm das Beil und stand auf.

Lautlos verließ sie die Kammer.

Die Schritte näherten sich.

Sie erkannte einen Lichtstrahl. Er kam von der Treppe.

Sie nahm hinter einem Dachbalken Deckung. Sie umklammerte das Beil mit beiden Händen. Das Blut toste in ihren Ohren. Nun war es also so weit.

Die Schritte kamen näher und näher.

Jemand leuchtete mit einer Taschenlampe den Dachboden ab. Der Lichtkegel tanzte wild umher.

Und dann erkannte sie eine Gestalt.

Maria wuchtete das Beil hoch.

SECHZEHN

Leon stieß die Luft aus. Was würde wohl als Nächstes geschehen? Noch ein Mord? Würde es die Hausbesitzerin erwischen? Oder folgte gar die Auseinandersetzung mit dem Insekt?

Und was war mit dem fehlenden Puppenauge?

Er schloss für einen Moment die Augen und dachte über das eben Gelesene nach.

Das Haus, durchfuhr es ihn. Es war genauso beschrieben, wie es auch in Wirklichkeit aussah. Er war direkt vor Ort. Er war mittendrin in ihrer Geschichte!

Gerade wollte er die Pfeil-nach-unten-Taste auf seinem Laptop betätigen, um zum nächsten Kapitel zu scrollen, als ihn jemand von hinten ansprach.

»Hi.«

Er zuckte zusammen und drehte sich um.

Da war ein Mann, gleich in seinem Rücken. Er schien sich angeschlichen zu haben.

»Scheiße, haben Sie mich erschreckt!«

Der Mann lachte. Er war um die dreißig, verstrubbeltes blondes Haar, trug Anzug und Mantel.

»War das etwa unhöflich von mir?«

Leon nahm den Laptop und stand auf. »Was wollen Sie?«

Der andere trat auf ihn zu. »Du zitterst ja. Ist dir kalt?«

Leon schüttelte den Kopf. Natürlich fror er, seine Glieder waren steif vor Kälte. Beim Lesen hatte er völlig die Zeit vergessen.

»Musst du nicht zur Schule? Jungs in deinem Alter dürfen doch nicht vormittags einfach irgendwo herumlungern.«

Er wollte ihm eine patzige Antwort geben, aber ihm fiel partout keine ein.

»Du wohnst hier in der Nähe, nicht wahr?«

Wie kam der nur darauf?

»Nein, ich bin aus Berlin.«

»Ach ja? Und da treibst du dich also während der Schulzeit am Liepnitzsee herum. Soll ich deinen Direktor mal anrufen?« Er lachte dreckig.

»Das geht Sie überhaupt nichts an.«

»Und was, wenn Luna davon erfährt? Du wohnst doch bei ihr, hab ich recht?«

Leon starrte ihn an.

War das etwa der Typ, der in der Nacht bei ihnen auf dem Dachboden gewesen war? War er ihm hierher gefolgt? Und wie lange hatte er schon mitgelesen? Was wollte er nur von ihm?

Er kam noch näher an ihn heran. »Was ist das für ein Text, hmm?«

»Den muss ich für die Schule lesen.«

Wieder dieses Lachen. »Du lügst.«

Mit einer raschen Bewegung riss er ihm den Laptop aus der Hand.

Leon schnappte empört nach Luft. »Geben Sie den wieder her!«

Der Typ musterte den Bildschirm, überflog den Text. Er scrollte weiter. Nach einer Weile blickte er auf. Er grinste breit. »Das ist ja ein Thriller. Nehmt ihr so etwas neuerdings in der Schule durch?«

»Geben Sie mir meinen Laptop wieder!«

»Ich schätze, das ist Lunas Manuskript.«

»Nein!«

»Oh doch. Ich kenne sie nämlich gut.«

Leon starrte ihn an.

»Uns verbindet so einiges, die Thriller-Prinzessin und mich.«

»Das glaube ich Ihnen nicht.«

»Ich weiß alles über sie.«

»Woher?«

»Ich sammle Informationen. Und ihren Stil erkenne ich sofort. Sie ist eine begnadete Autorin, nicht wahr? Das kannst selbst du mit deinen fünfzehn Jahren erkennen.«

»Woher wissen Sie, wie alt ich bin?«

»Wie gesagt, ich sammle Informationen. Du gehst in die zehnte Klasse des Heinz-Berggruen-Gymnasiums in Charlottenburg. Aber du schwänzt schon seit zwei Tagen.« Er stand jetzt so dicht vor ihm, dass Leon unwillkürlich die Schultern hochzog. »Schläfst du etwa mit Luna in einem Bett? Läuft da was Unsittliches zwischen euch?«

»Lassen Sie mich in Ruhe!«

»Nicht frech werden, Junge. Ich hab dich was gefragt. Was machst du mit ihr in diesem Haus, hmm?«

Leon schluckte.

»Du bist verknallt in sie. Bis über beide Ohren. Willst du sie ficken? Oder bist du noch nicht in der Lage dazu?«

»Sie sind ja verrückt!«

»Ach ja?«

»Sie beobachten uns.«

»Ist das verboten?« Den Laptop in der einen Hand, packte er ihn mit der anderen am Jackenkragen und zog ihn zu sich heran. »Mach lieber den Vorhang zu, wenn du dir abends einen runterholst, Kleiner. Man könnte dich sehen.«

»Lassen Sie mich los!«

»Soll ich dir sagen, was verboten ist?« Er fuchtelte mit dem Laptop herum. »Heimlich in einem unveröffentlichten Text zu lesen, der nicht für deine Augen bestimmt ist.«

»Geben Sie ihn mir zurück!«

»Soll ich Luna darüber informieren?«

Leon wollte nach seinem Rechner greifen, doch der Kerl verpasste ihm einen heftigen Stoß, sodass er zurückwankte. »Der ist beschlagnahmt.«

»Sie sind ja völlig übergeschnappt!«

Er lachte.

»Ich rufe die Polizei.« Leon fingerte nach seinem Handy in der Tasche.

»Oh, jetzt kriege ich aber Angst.«

Leon wollte gerade etwas erwidern, als der andere ihm einen Kinnhaken verpasste. Er taumelte, stolperte über eine Wurzel und fiel hin. Das Gelächter von dem Kerl war demütigend. Leon sah, wie er den USB-Stick aus dem Rechner zog.

»Fang!« Er warf ihm den Laptop zu.

Völlig überrascht streckte Leon die Hände danach aus und bekam den Rechner kurz vor dem Aufprall am Boden gerade noch zu fassen. Er umklammerte ihn. Sein Unterkiefer schmerzte. Vor Wut kamen ihm die Tränen.

Der Kerl steckte den Stick ein und ging.

Leon rappelte sich auf und wollte ihm nachrennen. Doch dann sah er ein, dass er keine Chance gegen ihn hatte.

Schon war er hinter der nächsten Wegbiegung verschwunden.

Leon holte tief Luft. Was sollte er jetzt tun?

Ganz allmählich wurde ihm das Ausmaß der Katastrophe bewusst. Der Typ könnte den Text ins Internet stellen. Oder er könnte Luna damit drohen, sie erpressen.

Und noch ein furchtbarer Gedanke kam ihm. Was, wenn er es soeben mit dem Insekt zu tun gehabt hatte?

Er verstaute den Laptop in seinem Rucksack und eilte los. Er musste Luna warnen. Ganz egal wie wütend sie reagieren würde, ihm blieb nichts anderes übrig, als ihr die Wahrheit zu sagen.

Er hatte bereits den Abzweig zu dem Schotterweg erreicht, der zum Haus führte, als er plötzlich stehen blieb.

Welcher Tag war heute eigentlich? Rasch blickte er auf das Display seines Handys. Mist, es war Donnerstag. Er war ja heute mit seinem Vater verabredet. Um fünfzehn Uhr sollte er bei ihm sein. Ihm blieb gerade noch eine Stunde. Wenn er zu spät kam, würde ihn sein Vater mit Fragen löchern. *Was war los? Wo hast du gesteckt? Hast du rumgetrödelt? Wir sehen uns ohnehin so selten, und dann kommst du auch noch zu spät?*

Er kannte ihn nur zu gut. Er würde ganz schnell durchschauen, dass er die Schule geschwänzt hatte.

Sein Vater wirkte immer so gestresst, wenn er zwischen zwei beruflichen Terminen in Berlin war. Er unterhielt zwar noch eine Zweitwohnung in der Nähe vom Hauptbahnhof, aber die war äußerst ungemütlich, wirkte eher wie eine Hotelsuite. Leon kam es jedes Mal so vor, als wären die paar Stunden am Nachmittag, das Abendessen in einem teuren Restaurant und die anschließende Übernachtung in dem

Berliner Apartment eine Art Pflichtprogramm, das der Vater für ihn absolvierte. Nur um ihm zu beweisen, dass er noch immer auf ihn zählen konnte.

Dabei lebte er doch längst mit einer anderen Frau zusammen, in der Nähe von Wiesbaden in einer protzigen Villa. Leon konnte die Frau nicht leiden.

Genauso wenig, wie er Bob in L.A. ausstehen konnte.

Für einen Moment fühlte er sich von allen verlassen, von seiner Mutter, seinem Vater und seinem Kumpel Tom, der mittlerweile viel lieber mit seiner Freundin abhing als mit ihm. Die Einzige, auf die er noch zählen konnte, war Luna.

Er wollte sofort zu ihr. Es tat beinahe weh, so sehr sehnte er sich mit einem Mal nach ihr. Ein leichtes Ziehen in der Brust. Dazu diese Unruhe. Er musste ihr doch helfen. Ihr beistehen.

Aber es half alles nichts. Sein Vater würde ausrasten, wenn er das Treffen absagen würde. Vermutlich würde er sich auch bei Anna über ihn beschweren.

Leon machte kehrt und eilte in Richtung Bahnhof.

Sogleich kamen ihm Zweifel. Konnte er Luna überhaupt allein lassen? Jetzt nachdem ihm dieser Typ den Stick abgenommen hatte? Wer wusste schon, was der noch alles vorhatte?

Unterwegs drückte er die Kurzwahltaste für ihre Nummer auf seinem Smartphone. Nachdem viermal das Freizeichen erklungen war, meldete sich ihre Mailbox. Sie hatte ihm gesagt, dass sie ihr Handy stumm schaltete, solange sie schrieb, aber gelegentlich aufs Display schauen würde, um über eingehende Nachrichten informiert zu sein. Also sprach er drauf und bat sie um einen dringenden Rückruf.

Er erreichte die kleine Siedlung mit den Einfamilienhäusern und bog in die Ortsstraße ein. Er stand bereits auf dem Bahnsteig, als sie ihn zurückrief.

Sie klang abgehetzt. »Leon, was gibt's?«

»Bist du okay?«

»Ja. Aber ich bin am Arbeiten.«

»Tut mir leid, ich wollte nicht …«

»Ist schon gut. Was ist denn los?«

Ich bin schuld, dass dein Text in fremde Hände geraten ist.

Aber nein, das konnte er ihr doch nicht am Telefon sagen.

»Leon?«

»Es ist nur so … Heute ist Donnerstag …«

»Ja und?«

»Ich muss zu meinem Vater.«

Sie seufzte. »Stimmt. Das haben wir ganz vergessen.«

»Hmm. Also brauchst du mich heute nicht abzuholen.«

»Du bleibst über Nacht bei ihm und kommst erst morgen wieder?«

»Ja. Morgen nach der Schule bin ich wieder bei dir. Kommst du allein klar?«

»Wie meinst du das?«

»Nur so, weil doch …« Er brach ab.

Es entstand eine Pause.

»Du klingst irgendwie bedrückt, Leon. Ist es dir nicht recht, deinen Vater zu sehen?«

»Na ja … um ehrlich zu sein, ich wäre lieber bei dir.«

»Du solltest Kontakt zu ihm halten, auch wenn ihr gerade nicht das beste Verhältnis zueinander habt.«

»Hmm.«

»Gut, also …«

Im Hintergrund war eine Bahnhofsdurchsage zu hören. Er hielt rasch die Hand vor sein Smartphone.

»Wo bist du gerade?«

»Auf dem Schulhof«, log er.

»Wirklich?«

»Ja.«

Vielleicht sollte er doch lieber gleich mit der Wahrheit herausrücken. Am Telefon jedoch erschien ihm das äußerst schwierig. »Luna, ich hab ... Ich wollte ...« Er brach ab.

»Was?«

»Ich hab nur gedacht ... Aber du musst ja weiterschreiben. Ich will dich nicht länger aufhalten.«

»Nun sag schon.«

»Es ist nichts.«

»Also schön.«

Er fürchtete, dass sie gleich wieder auflegen würde, also sagte er schnell: »Luna?«

»Ja.«

»Achtest du heute Abend auch darauf, dass alle Türen richtig verschlossen sind?«

»Natürlich.«

»Und gibt es vielleicht ein Mittel gegen dein Schlafwandeln?«

»Wie meinst du das?«

»Damit du nicht wieder draußen herumläufst.«

Sie holte tief Luft. »Ich weiß, ich hab dir einen großen Schrecken eingejagt. Und das nicht nur einmal, tut mir leid.« Sie versuchte es mit einem Scherz. »Soll ich mich vielleicht selbst ans Bett fesseln?«

»Meinst du denn, das würde funktionieren?«

»Keine Ahnung. Aber mach dir keine Sorgen um mich, okay?«

»Du hast doch heute niemanden, der auf dich aufpasst.«

»Ich bin erwachsen, ich kann gut auf mich selbst aufpassen.« Abermals holte sie tief Luft. »Aber du hast ja recht, ich bin zurzeit etwas durcheinander. Es hat mit meinem Text zu tun.«

»Ich weiß.«

»Du weißt?«

Nun hätte er sich beinahe verraten. »Ich meine, weil dich das alles sehr mitnimmt, stimmt's? Du schreibst sehr … wie heißt das Wort noch … authentisch.«

Es entstand eine kurze Pause. »Leon, ist wirklich alles gut?«

»Ja.«

Nein, dachte er, ganz und gar nicht.

»Ich werde mich dann mal zurück an den Schreibtisch begeben.«

»Okay.«

»Dein Vater ist auch immerzu am Arbeiten, hab ich recht? Und ich kann mir vorstellen, wie sehr dich das belastet.«

Er schwieg.

»Hör zu, morgen machen wir uns einen richtig schönen Tag. Ich hole dich am Nachmittag vom Bahnhof ab, und dann genießen wir unser Wochenende, einverstanden?«

»Und dein Roman?«

»Ich kann auch mal eine kleine Schreibpause einlegen.«

»Ganz wie du willst.«

»Also bis dann.«

»Bis dann.«

Kaum hatte er aufgelegt, fuhr der Zug ein.

Leon beschlich ein mulmiges Gefühl. Ihm war, als würde er Luna dort draußen in dem einsam gelegenen Haus im Stich lassen.

Er bestieg die Regionalbahn. Hinter ihm schlossen sich die Türen.

Er dachte an das Insekt. Die Puppe. Den Dachboden.

Er beschloss, gleich am nächsten Tag nachzusehen, ob es dort wirklich so eine Kammer gab. Und ob tatsächlich jemand auf dem Holzboden mit einem Nagel diese Botschaft eingeritzt hatte:

Hilfe, das Insekt

will mich tö

ten

SIEBZEHN

Sie durfte sich von dem Handy nicht mehr ablenken lassen. Es ganz auszuschalten traute sie sich allerdings nicht. Schließlich musste sie für Leon erreichbar sein, sie trug die Verantwortung für ihn. Also legte sie es mit dem Display nach unten auf den Tisch und schob einen Stapel Notizen darüber.

Luna schloss für einen Moment die Augen. Jeder Anruf, jede Störung unterbrach den Schreibfluss, und es kostete sie unendliche Mühe, wieder in ihren Text hineinzufinden. Sie verbat sich jeglichen Gedanken an Leon, seinen Vater und die Frage, ob die beiden miteinander zurechtkommen würden. Auch durfte sie nicht mehr an die Vorfälle der letzten Nacht denken. Dass sich nach Leons Meinung jemand ins Haus geschlichen hatte, entsprang hoffentlich allein seiner überreizten Fantasie.

Einerlei, jetzt gab es nur die Arbeit an ihrem Manuskript und nichts weiter. Sie atmete durch, konzentrierte sich. Und endlich war sie wieder so fokussiert, dass ihre Finger über die Tastatur des Laptops tanzen konnten.

Sie schrieb ohne Pause weiter. Als sie einmal den Blick hob, war draußen vorm Fenster bereits die Dämmerung hereingebrochen. Die Äste der Bäume bewegten sich im Wind, und plötzlich knackte es im Holzrahmen des Fensters. Sie zuckte zusammen.

Schon war die Unruhe zurück. Dieses flaue Gefühl in der Magengrube, das sie seit dem Einzug in dieses Haus anfallartig überkam. Oft war sie von sich selbst überrascht, wie sie überhaupt dem Druck standhielt, der Konfrontation mit ihrer Vergangenheit. Sie war ein großes Wagnis eingegangen, als sie beschlossen hatte, ausgerechnet hier an ihrem neuen Buch zu schreiben.

Die Gerüche, die düstere Aura, die das Haus umgab, jeder Gang auf den Dachboden, selbst ein Spaziergang zum See stellten für sie eine besondere Herausforderung dar. Ihr blieb nur ein einziges Mittel gegen die Angst: das Schreiben.

Und so überließ sie sich ganz dem impulsiven Treiben ihrer Hauptfigur Maria Wohlleben.

Zuweilen erschrak sie über Maria, über ihre Verrücktheit, die Gespräche mit der Porzellanpuppe. Die Brutalität ihrer Morde. Manchmal wollte sie ihr Einhalt gebieten.

Letztlich aber ließ sie Maria gewähren. Und es tat ihr gut.

Spät am Abend schrieb Luna noch immer. Allmählich verschwamm der Text vor ihren Augen. Sie war erschöpft, hungrig, durstig, ausgelaugt.

Und so schloss sie die Datei, schickte eine Sicherungskopie an ihre eigene E-Mail-Adresse und fuhr den Laptop herunter. Sie schob den Papierstapel ihrer handschriftlichen Notizen zusammen, als ihr Blick auf das Handy fiel.

Sie drehte es um und schaute auf das Display. Sie hatte eine umfangreiche Nachricht von unbekannter Rufnummer erhalten.

Ich bin entsetzt über das, was Sie in den letzten Wochen geschrieben haben, Luna Moor. Wie konnten Sie nur! Ich habe Sie bewundert, verehrt, nahezu vergöttert, aber nun muss ich erkennen, dass Ihr Herz voller Bosheit ist. Ich dachte, Sie wären die Thriller-Prinzessin, die sich dem Dunkel der Welt entgegenstellt. Nun aber sehe ich ein: Sie sind selbst von dem Bösen infiziert. Und mehr noch: Sie sind der Teufel in weiblicher Person. Schämen Sie sich!

Ihr Herzschlag beschleunigte sich.

Sie stand auf und spähte aus dem Fenster. Sie konnte niemanden da draußen ausmachen.

Der Schwindel kam jäh und heftig. Sie wankte zu dem anderen Fenster und schaute zum Hof hinaus. Nichts. Da war niemand.

Ihr war übel. Sie beugte sich über die Spüle, drehte den Hahn auf, trank etwas Wasser und benetzte sich damit auch die Stirn.

Schwer atmend richtete sie sich auf, drehte das Wasser ab und blickte erneut in die Dunkelheit hinaus. In diesem Moment leuchtete das Display ihres Smartphones auf. Eine weitere SMS traf ein. Dieselbe Rufnummer.

Und nur damit Sie es wissen, ich habe Ihr schändliches Treiben mit einem Minderjährigen in diesem Haus schon länger beobachtet. Ich hätte es früher wissen müssen. Oh, wie habe ich mich nach Ihnen und Ihren Werken verzehrt! Und nun? Ich bin fassungslos.

Sie ging in den Flur und vergewisserte sich, dass die Tür richtig verschlossen war. Zurück in der Küche, zog sie die

Vorhänge zu. Jemand könnte sie beim Schreiben von draußen beobachtet haben. Aber es war kaum vorstellbar, dass derjenige auch ihren Text auf dem Bildschirm hätte erkennen können.

Wieder leuchtete das Display ihres Handys auf. Diesmal war die Nachricht eher kurz:

Schande Schande Schande.

Sie schrieb zwei Zeilen und drückte auf »Antworten«:

Wer sind Sie? Woher haben Sie diese Nummer?

Die Erwiderung ließ nicht lange auf sich warten:

Wir kennen uns, Luna Moor. Ich war Ihr treuester und ergebenster Leser. Erinnern Sie sich noch an das Hotel in Köln?

Tobias Schmidt, durchfuhr es sie. Der Fan, der ihr gefolgt war. Sie tippte eine weitere Frage ein und drückte auf »Senden«:

Von welchem Text ist die Rede?

Er antwortet prompt:

Von der Raubkopie, die ich Ihrem kleinen Verehrer heute Morgen abgenommen habe. Er liest schon lange mit, müssen Sie wissen.

Das Blut toste in ihren Ohren.

Ich werde die Polizei einschalten, schrieb sie ihm.

In Sekundenschnelle kam die Antwort:

Lassen Sie uns lieber reden. Ich bin ganz in der Nähe. Hören Sie meine Schritte?

Ihr blieb die Luft weg. Jemand ging auf dem Dachboden auf und ab.

Er war hier. Direkt über ihr.

ACHTZEHN

Er stand vor dem Regal voller verstaubter Einmachgläser, hinter dem die Tür zur Dachkammer verborgen war. Der Strahl seiner Taschenlampe blendete sie.

Nach langem Zögern hatte sie sich dazu entschlossen, zu ihm heraufzugehen. Sie umklammerte den Stiel des Beils. Zu ihrer Verteidigung hatte sie es aus dem Schuppen geholt.

»Wie sind Sie hier hereingekommen?«

»Wollen Sie mich mit dem Beil erschlagen? Zerstückeln?«

»Noch einmal: Wie sind Sie hier hereingekommen?«

Tobias Schmidt lächelte. »Durch die Hintertür. Sie hat ein beinahe nutzloses Schloss. Leicht zu knacken.«

»Verschwinden Sie.«

»Ich habe über einige furchtbare Dinge gelesen, die sich auf diesem Dachboden abgespielt haben sollen.«

»Ich rufe die Polizei.«

»Vielleicht sollte *ich* das lieber tun, Luna Moor. Oder sollte ich besser sagen: Maria Wohlleben?«

»Sie kennen also meinen neuen Text?«

Er grinste nur.

»Sie haben ihn …?«

»… von Ihrem kleinen Freund, ja.«

»Sie haben kein Recht, in meinem Manuskript zu lesen.«

»Ein interessantes Manuskript. Denn in diesem Haus hat

sich ja tatsächlich ein Mord abgespielt. Ich las darüber in der Zeitung. Die arme Frau, die hier lebte, wurde mit einem Beil zerstückelt. Die Polizei ging von einem Raubmord aus. In Ihrem Text steht etwas anderes. Maria Wohlleben hat sie umgebracht, weil sie ihr nicht verraten wollte, wer das Insekt ist.«

»Sie kennen nur die halbe Wahrheit. Sie kennen nur ein halbes Buch.«

»Ihre Ähnlichkeit mit Ihrer Hauptfigur ist frappierend. Und wenn ich Sie mir so ansehe, mit dem Beil in der Hand, kommen mir ernsthafte Zweifel an Ihrem Verstand. Ich glaube, Sie sind wahnsinnig geworden. Sie schreiben über Morde, die Sie wirklich begangen haben.«

»Das ist nicht wahr.«

»Ich habe Sie immer bewundert. Ihre Bücher waren für mich wahre Schätze. Man fieberte mit Ihren Heldinnen, und am Ende siegte das Gute. Nun aber haben Sie offenbar die Seite gewechselt und sind selbst zu einer Psychopathin geworden.«

»Ich bin nicht Maria Wohlleben.«

»Um das zu überprüfen, kam ich her. Die Dachkammer befindet sich hinter diesem Regal, nicht wahr?«

Sie nahm das Handy aus ihrer Hosentasche. »Ich rufe jetzt die Polizei.«

»Tun Sie das lieber nicht, Luna. Denn ich habe einen schrecklichen Verdacht.«

»Ach ja?«

»Diese Porzellanpuppe, von der Sie schreiben, sie spricht wirklich zu Ihnen. Sie empfangen ihre Botschaften. Sie haben sie in die Kammer eingesperrt und die Tür mit dem Regal verrammelt, weil Sie Angst vor ihr haben. Nur manchmal schleichen Sie sich nachts hier herauf und holen sie wieder hervor. Und dann sagt sie Ihnen, wen Sie als Nächstes töten sollen.«

Statt einer Antwort drückte sie auf die Notruftaste ihres Handys. Die Zentrale meldete sich.

Tobias Schmidt trat auf sie zu. »Machen Sie jetzt keinen Fehler. Ich könnte gegen Sie aussagen, und dann wird man Sie verhaften. Der Mordfall wird neu aufgewickelt werden. Und Sie sind die Hauptverdächtige.«

Der Beamte am anderen Ende der Leitung wurde ungeduldig. »Notrufzentrale der Polizei. Hallo? Können Sie mich hören?«

Nach kurzem Zögern drückte sie die rote Taste und unterbrach die Verbindung. »Verschwinden Sie aus meinem Haus!«

»Das ist nicht Ihr Haus.«

»Ich habe es zur Zwischenmiete genommen. Ich halte mich rechtmäßig hier auf. Was man von Ihnen nicht behaupten kann.«

»Wollen Sie dieses Buch wirklich veröffentlichen?«

»Wie ich schon sagte, es ist noch nicht fertig.«

»Soll wirklich alle Welt von Ihrer Krankheit erfahren?«

»Was für eine Krankheit?«

Er wies auf das Regal mit den Einmachgläsern. »Dahinter haben Sie die Puppe versteckt, hab ich recht? Sie stehen unter ihrem Einfluss. Sie hören sie sprechen mit krächzender Stimme. Sie verlangt Dinge von Ihnen, die Sie eigentlich nicht tun wollen. So etwas nennt man paranoide Schizophrenie. Sie wurden in dieser Kammer als Jugendliche missbraucht. Damals bekamen Sie Ihren ersten schizophrenen Schub. Das ist keine posttraumatische Belastungsstörung mehr, wie Sie in Ihrem Text behaupten, es geht weit darüber hinaus.«

Luna ließ das Eisen des Beils über den Boden schrammen. »Wenn Sie nicht sofort gehen ...«

Er richtete den Strahl der Taschenlampe auf ihr Gesicht. »Aber nicht doch. Ganz ruhig. Tief durchatmen. Sie brauchen professionelle Hilfe, Luna. Man wird Sie in eine Nervenklinik einweisen. Dort wird es Ihnen besser gehen. Mit den richtigen Medikamenten kann man Ihre Halluzinationen eindämmen. Keine Horrorpuppe mehr, keine Stimmen. Keine tödlichen Botschaften.«

»Ich glaube, *Sie* sind eher der Verrückte. Woher haben Sie eigentlich meine Handynummer?«

»Von Ihrem Verlag. Ich gab mich als Journalist aus, der Sie interviewen möchte.«

»Das kann nicht sein!«

»Ich hatte Glück. Es war eine äußerst gutgläubige Praktikantin am anderen Ende der Leitung, und ich kann sehr überzeugend sein.«

»Und wie genau kamen Sie an meinen Text?«

»Ihr kleiner Freund saß am Liepnitzsee und las ihn auf einem USB-Stick. Den hab ich ihm abgenommen.«

»Sind Sie ihm dorthin gefolgt?«

»Ja.«

»Und gestern Nacht waren Sie auch schon hier? Hier oben?«

Er nickte.

»Interessant. Diebstahl. Hausfriedensbruch. Stalking. Und mir wollen Sie einreden, ich sei nicht ganz richtig im Kopf?«

Er rieb mit dem Daumennagel über seine Lippen. »Ich habe Sie geliebt, Luna Moor. Haben Sie das nicht begriffen?

Ich bin Ihnen nachgereist. Auf beinahe jeder Ihrer Lesungen war ich zugegen. Wir haben einander angelächelt. Auch damals im Fahrstuhl in Köln. Es gab eine besondere Verbindung zwischen uns. Und ich wollte Sie vor diesem finsteren Ort warnen, Ihnen helfen. Von Anfang an wusste ich um Ihre Zerbrechlichkeit. Ich verstand, dass Sie einen Beschützer brauchen, jemanden wie mich. Warum haben Sie meine Hilfe nicht angenommen? Ich kam zu Ihnen, ehrlich, offen, bereit. Ich stand vor der Tür Ihres Hotelzimmers, aber Sie ließen mich nicht ein. Und nun?« Er schüttelte den Kopf. »Was ist nur geschehen? Sie haben gemordet. In Ihrer Seele herrscht das Chaos.«

»Großer Gott. Sie sind es, der völlig übergeschnappt ist.«

»Nein, Luna, lenken Sie nicht von Ihrem krankhaften Zustand ab. Sie sind von einem Dämon besessen. Von einer Horrorpuppe. Hat sie Ihnen etwa eingeflüstert, auch den Jungen zu zerstückeln, Ihren kleinen Freund?«

Sie war außer sich. »Halten Sie den Mund! Sie …«

»Ruhig, Luna! Ganz ruhig.«

Abermals massierte er mit dem Daumennagel seine Lippen. Dann wirbelte er herum, packte das Regal und zerrte es von der Kammertür weg. Die Einmachgläser polterten zu Boden, zerbrachen, und der Inhalt – schimmlige Marmelade, eingekochtes fauliges Gemüse – schwappte heraus.

Es sah aus wie Blut und eklige Innereien.

»Nicht!«, schrie sie.

Doch er hatte bereits die Tür geöffnet.

Er leuchtete die Kammer ab. Da war die Stelle am Boden, wo die Schrift weggehobelt war.

Und da saß die Puppe.

»Nein!«, schrie sie und packte den Stiel des Beils fester.

Er aber schaute sie nur reglos an. »War es hier, Luna? Hast du an diesem abscheulichen Ort deine Unschuld verloren? Hier hat das Insekt seinen großen Stachel in dich gestoßen?«

Sie war fassungslos. Angst, Wut und Scham schäumten in ihr.

Die Puppe blinzelte ihr zu.

Mach ihn nieder, krächzte sie.

VIERTER TEIL

NEUNZEHN

Es war Freitagmittag. Sechste Stunde. Seine Klassenlehrerin dozierte irgendetwas über Genetik, doch Leon hörte nicht zu. Endlich läutete es. Allgemeines Aufatmen, Stühlerücken. Bücher, Hefter und Federmappen wurden eingepackt. Leon zog seine Jacke an, schulterte seinen Rucksack und wollte sich wortlos an der Lehrerin vorbeidrücken. Doch sie hielt ihn auf.

»Alles wieder in Ordnung mit dir?«

»Ja.«

»Du hast zwei Tage gefehlt.«

»Ich war krank.«

»Für den zweiten Tag hast du noch keine Entschuldigung eingereicht.«

»Stimmt. Bringe ich Ihnen nächste Woche mit.«

»Deine Mutter ist verreist, hab ich gehört?«

»Ja, sie ist in den USA.«

»Und jetzt bist du bei deinem Vater?«

»Nein. Das heißt, ja. Über Nacht war ich bei ihm. Heute … Ich wohne vorübergehend bei einer Freundin meiner Mutter.«

»Und es ist wirklich alles gut?«

»Ja. Wieso?«

»Du wirktest heute sehr abwesend im Unterricht.«

»Tut mir leid.«

»Streng dich ein bisschen mehr an, ja?«

»Mach ich.«

»Also dann, hab ein schönes Wochenende.«

»Wünsche ich Ihnen auch.«

Er verließ das Schulgebäude und ging zur U-Bahn. Warum musste ihn nur jeder immerzu fragen, was mit ihm los sei. Schon sein Vater hatte ihn gestern ständig damit genervt. Was sollte er denn schon antworten? Dass er sich Sorgen um Luna machte? Dass er permanent an diesen Typen denken musste, der ihm den USB-Stick geklaut hatte? Natürlich marterte er sich mit Selbstvorwürfen, weil er so unvorsichtig gewesen war.

Nachts hatte er lange Zeit wach gelegen. Am liebsten hätte er Luna noch einmal angerufen und ihr alles erzählt. Aber ob sie ihm überhaupt verzeihen würde?

Am Kaiserdamm stieg er aus, ging ein Stück zu Fuß und stieg am Bahnhof Messe Nord/ICC in die Ringbahn. Er fuhr bis Gesundbrunnen, wo er in die S-Bahn nach Karow wechselte. Dort wartete er auf die Regionalbahn.

Es war kalt auf dem Bahnsteig. Seit dem frühen Morgen herrschte dichter Nebel. Fröstelnd schlug er den Kragen seiner Jacke hoch.

Endlich kam der Zug. Die Felder am Stadtrand waren in tiefen Dunst getaucht. Je weiter er sich von Berlin entfernte, desto schlechter wurde die Sicht.

Etwa zwanzig Minuten später hatte er die Station Wandlitzsee erreicht.

Er hatte Mühe, das Bahnhofsgebäude hinter den Schwaden zu erkennen. Er wartete eine Weile ab. Doch Luna kam nicht. Er ging zur Straße. Scheinwerferkegel irrlichterten durch die suppige Feuchtigkeit. Er konnte ihren Wagen nirgendwo ausmachen.

Leon zückte sein Handy und rief bei ihr an. Aber es meldete sich bloß die Mailbox. Er sprach drauf.

»Hi, Luna, ich bin's. Ich gehe jetzt vom Bahnhof los. Du hast es wohl vergessen.«

Das mulmige Gefühl, das ihn seit gestern beschlich, verstärkte sich nur noch. Sie ist am Schreiben, versuchte er sich selbst zu beruhigen, sie hat nicht auf die Uhrzeit geachtet.

Er bog von der Straße in den Weg zum Wald ab. Versehentlich nahm er den Abzweig zum See und musste wieder umkehren. Er brauchte für die Strecke länger als gewöhnlich. Der Nebel erschwerte ihm die Orientierung.

Schließlich tauchten die Umrisse des Hauses vor ihm auf. Bei diesem Wetter wirkte es noch gespenstischer als zuvor.

Er betrat den Hof. Lunas Wagen war fort. Hinter den Fenstern im Anbau brannte kein Licht. Und auch im Haupthaus war alles dunkel.

Ihr ist etwas zugestoßen, durchfuhr es ihn.

Abermals versuchte er sich zu beruhigen. Sie könnte zum Einkaufen gefahren sein. Vielleicht wollte sie etwas Besonderes für ihn kochen.

Wir machen uns ein richtig schönes Wochenende. Ich kann auch mal eine Schreibpause einlegen.

Ja, dachte er, alles würde gut werden, endlich hätten sie mehr Zeit füreinander.

Die Tür zum Nebengebäude war abgeschlossen.

Er öffnete mit dem Zweitschlüssel, den Luna ihm bei seinem Einzug gegeben hatte, und ging hinein. Als Erstes fiel ihm auf, dass ihr Laptop nicht auf dem Tisch in der Wohnküche stand. Auch ihre Notizen waren weg. Ein einziges Blatt lag auf dem Boden. Offenbar hatte jemand hastig die Papiere zusammengerafft.

Leon hob es auf. Er erkannte Lunas Handschrift:

Maria ist verzweifelt. Die Puppe treibt sie allmählich in den Wahnsinn.

(Ich bin nicht Maria. Unterschied zwischen leicht psychotischen Wahrnehmungen und Schizophrenie nachschlagen. Evtl. einen Arzt dazu befragen.)

((Ich hasse diese Seelenklempner!!!))

Er verspürte eine Beklemmung in der Brust. Rasch legte er die Notiz auf den Tisch, mit der Aufschrift nach unten.

Er sah in seinem Zimmer nach. Auch hier war niemand. Er ging wieder hinaus, überquerte den Hof und kontrollierte die Eingangstür zum Haupthaus. Sie war verriegelt. Nur Luna besaß den Schlüssel.

Mit einem Mal glaubte er einen Schatten auf dem Gartenweg auszumachen.

»Hallo?«, rief er. »Ist da jemand?«

Sein Herz schlug höher.

Seine Schritte waren zögernd, als er um das Haus herumging. Dunstschleier über der Wiese, die Äste des Nussbaums ein waberndes Schattengeflecht. Ein leicht fauliger Geruch zog von den Pfühlen herüber, die feuchte Luft umhüllte den Garten in weißgrauen Schwaden.

»Hallo?«, rief er noch einmal.

Nichts.

Nicht weit von ihm entfernt flatterte eine Krähe auf und schrie. Vielleicht war sie der Schatten gewesen. Er könnte sie aufgescheucht und irrtümlich für eine größere Gestalt gehalten haben.

Der Gedanke erleichterte ihn ein wenig.

Er wandte sich der Hintertür zu, drückte versuchshalber die Klinke. Er war überrascht, als sie sich öffnen ließ.

Er trat ein und machte in der Küche Licht. Die Tür zum Schlafzimmer war nur angelehnt.

»Luna?«

Keine Antwort.

Er wollte da nicht mehr rein. Das zersplitterte Bett. Die Tücher. Die Beinprothese. Ein Schauer lief ihm über den Rücken.

Er wandte sich nach links und knipste auch im Flur das Licht an.

An der Treppe zum Dachboden zögerte er. Dann ging er hinauf. Die Tür oben war offen. Er trat ein und ließ den Lichtstrahl seines Smartphones über den Speicher wandern.

Langsam ging er voran.

»Bist du hier, Luna?«

Er schlich an der Fratze der Vogelscheuche vorbei und drang bis zur Stirnseite des Gebäudes vor. Dahinten war etwas. Zerbrochenes Glas, ein umgestürztes Regal. Dahinter eine Tür.

Die Dachkammer, durchfuhr es ihn.

Geh nicht, geh nicht da rein.

»Luna?«, fragte er noch einmal.

Seine Stimme war zittrig.

Nicht!

Schließlich öffnete er die Tür und leuchtete hinein.

Er zuckte zusammen. Vor ihm hockte die Porzellanpuppe. Sie grinste ihn an.

Und dann sah er das Blut.

Auf dem Kleid der Puppe. Auf dem Boden, an der Wand, überall.

Leon schrie auf.

ZWANZIG

Er rannte die Treppe hinunter und stürzte hinaus in den Garten. Der Nussbaum war nun vollständig hinter den Nebelschwaden verschwunden. Leon brauchte eine Weile, bis er zurück auf den Weg gefunden hatte, der ihn zur Vorderseite des Gebäudes führte.

Da bemerkte er zwei Scheinwerferkegel, die aus dem weißlichen Dunst auftauchten. Sie näherten sich langsam. Er vernahm das Motorengeräusch, und dann machte er die Umrisse eines Wagens aus, der auf den Hof einbog.

Leon hielt inne. Die Lichter wurden ausgeschaltet, und die Wagentür öffnete sich. Eine Gestalt trat auf ihn zu. Sie trug eine große Umhängetasche.

Wer war das?

Erst als sie dicht bei ihm war, erkannte er sie.

»Luna!«

Sie war so bleich wie der Nebel, der sie umgab.

»Tut mir leid, dass ich mich verspätet habe.« Sie griff nach seiner Hand.

»Verdammt, wo hast du gesteckt?«

»Ich bin gestern Nacht nach Berlin gefahren. Ich hab es hier nicht mehr ausgehalten.«

»Um Himmels willen, Luna!«

»Was denn? Du bist ja ganz zittrig.«

»Ich … Ich war auf dem Dachboden.«

Sie trat noch näher an ihn heran. Sie wirkte so unheimlich auf ihn, blass, von Dunstschwaden umhüllt.

»Wir müssen einen Schlosser kommen lassen«, sagte sie erstaunlich ruhig. »Jemand hat sich an der Hintertür zu schaffen gemacht.« Sie wiegte den Kopf. »Du solltest doch da nicht mehr rein.«

»Aber es ist … etwas Furchtbares passiert.«

»Was?«

»Ich … war in der Kammer. Die Dachkammer. Sie ist … voller Blut.«

Sie rührte sich nicht. Ihre Augen waren umschattet.

»Luna, hast du mich verstanden?«

»Ja. Tut mir leid. Ich habe kaum geschlafen. Ich bin sehr erschöpft. Und dann die Fahrt hierher. Dieser Nebel.«

»Was sollen wir jetzt tun?«

Ihre Stimme klang merkwürdig fremd. »Ich schau mir das mal an.«

Er rang nach Luft.

»Bleib ruhig, Leon. Es gibt sicher eine Erklärung.«

Sie hielt noch immer seine Hand. Er zog sie weg.

»Es sieht aus, als würde … Und die Puppe … Sie ist auch mit Blut bespritzt.«

»Jetzt gehen wir erst mal rein. Komm.«

Sie wandte sich dem Anbau zu und öffnete die Tür. Er folgte ihr.

Sie betraten die Wohnküche. Luna stellte ihre Tasche ab und sah ihn stirnrunzelnd an: »Setz dich hin. Atme tief durch. Du bist ja völlig durcheinander.«

Er ließ sich an ihrem Arbeitstisch nieder, auf dem das umgedrehte Blatt Papier lag.

»War er noch hier, als du kamst?«, fragte sie leise.

»Wer?«

»Ein Mann um die dreißig, blond. Er stalkt mich, und das schon seit geraumer Zeit. Er war hier auf dem Dachboden. Gestern Abend. Er hat in meinem Text gelesen.«

»Und das Blut?«

»Keine Ahnung.«

»Luna, sag mir endlich, was passiert ist.«

»Ich bin abgehauen. Ich konnte seine Beleidigungen nicht mehr ertragen.«

Er musterte sie.

»Warte hier auf mich«, murmelte sie. »Ich geh nachsehen.«

»Soll ich nicht lieber mitkommen?«

Sie schüttelte den Kopf. »Du bist sehr aufgewühlt. Es tut mir leid, dass ich dich in all das mit reingezogen hab.«

»Das mit dem Text ist meine Schuld.«

»Ich weiß, Leon. Er hat dir den USB-Stick abgenommen. Das hat er mir gesagt.«

Er schluckte.

»Es war ein Fehler von dir. Aber mach dir deswegen keine Sorgen.«

»Was ist mit ihm? Ist das etwa *sein* Blut?«

»Ganz ruhig. Bleib einfach hier sitzen. Ich schau mir das mal an.«

Sie ging hinaus und zog die Tür hinter sich zu. Kurz darauf hörte er ihre Schritte auf dem Dachboden.

Danach war es eine Weile still. Dann wieder Schritte.

Schließlich kam sie zu ihm zurück und setzte sich wortlos an den Tisch.

»Was ist heute Nacht geschehen, Luna?«

»Er hätte niemals in meinem Text lesen dürfen. Und du auch nicht.«

»Ja doch. Ist mir klar, dass … Aber ich war so neugierig. Und deshalb war ich an deinem Rechner und … hab mir eine Kopie gemacht.«

»Das war ein Riesenfehler.«

»Es tut mir so leid. Was ist denn bloß passiert?«

»Wie gesagt, dieser Stalker, sein Name ist Tobias Schmidt, er verfolgt mich schon eine ganze Weile. Und gestern am späten Abend war er hier. Er hat sich auf den Dachboden geschlichen. Er wollte überprüfen, ob alles so aussieht, wie es in meinem Text steht. Und dann hat er mich beschimpft.«

»Warum?«

»Für das, was ich geschrieben habe. Er war unglaublich überheblich, anmaßend, er hat mich provoziert, mich bis aufs Blut gereizt.«

Leon schluckte. »Und dann?«

»Ich hatte das Beil bei mir. Ich hab es zu meiner Verteidigung mitgenommen.«

»Hast du …?«

Abermals griff sie nach seiner Hand. Sie packte sie so fest, dass er zusammenfuhr. »Nein, Leon, ich habe ihn nicht getötet. Das musst du mir glauben. Ich kann mir vorstellen, dass dich mein Text ziemlich verstört hat. Aber ich bin nicht Maria Wohlleben. Ich schreibe nur über sie. Ich schreibe über eine Frau, die das Gefühl hat, allmählich den Verstand zu verlieren, weil sie Botschaften von einer Puppe empfängt. Und ich gebe zu, ich habe eine gewisse Ähnlichkeit mit ihr. Weil ich dasselbe durchgemacht habe wie sie. Doch um überhaupt darüber schreiben zu können, musste ich diese Figur entwickeln. Die Figur der Maria Wohlleben. Sie ist sehr eigenwillig, sie macht mir Angst, und oftmals denke ich, ich habe zu wenig Distanz zu ihr. Aber sie ist immer noch eine Romanfigur. Glaub mir, Leon, das ist Fiktion, das bin nicht ich. Ich habe niemanden getötet.«

»Und die Besitzerin dieses Hauses? Die Frau mit der Beinprothese? Was ist mit ihr?«

»Zugegeben, ich war hier, kurz bevor sie ermordet wurde. Ich hatte einen Streit mit ihr, aber ich habe sie nicht umgebracht.«

»Du warst damals bei ihr?«

»Ja. Ich wollte aus ihr herausbekommen, wer das Insekt ist. Aber angeblich hat sie nichts von alledem gewusst, was sich in diesem Haus abgespielt hat. Ich ging von ihr weg. Ich musste über ihre Worte nachdenken. Ich hatte das Gefühl, dass ich mich eventuell geirrt haben könnte. Und am nächsten Tag las ich von dem Mord in der Zeitung.«

Er stieß die Luft aus.

»Deshalb bin ich nicht zur Polizei gegangen. Man hätte mich verdächtigt. Das Risiko war zu groß. Alles deutete auf mich hin.«

Er starrte sie an.

»Leon, du musst mir glauben.«

»Das Blut auf dem Dachboden … woher stammt das?«

»Ich weiß es nicht.«

»Bist du ausgerastet?«

»Es gab diesen einen Moment, ich schwöre dir, nur diesen einen Moment, da ich kurz davor war, die Fassung zu verlieren.«

»Wie endete der Streit?«

»Ich bin weggerannt. Ich hielt seine wüsten Beschimpfungen nicht mehr aus.«

»Du hast ihm nichts angetan?«

»Nein, Leon. Ich hab ihn da oben stehen lassen. Ich bin nach unten gerannt, hierher in die Küche, hab mir meinen Laptop und meine Notizen geschnappt, bin ins Auto gestiegen und nach Berlin gefahren.«

»Und er?«

»Keine Ahnung.«

»Das Beil.« Er sah sie zweifelnd an. »Wo ist das Beil? Es lag nicht mehr auf dem Dachboden. Ich hab es dort jedenfalls nicht gesehen.«

»Ich hab es fallen lassen und bin weggelaufen.«

»Bist du dir ganz sicher?«

»Ja, Leon.«

Er schluckte. »Und das Insekt? Was in deinem Manuskript steht … über die Dachkammer … ist dir das …?«

Sie nickte. »Ja, es ist mir wirklich zugestoßen.«

»Und es war hier? In diesem Haus?«

»Ja. Ich bin mir ziemlich sicher, dass es hier war.«

»Warum hast du mir das nicht gleich erzählt?«

»Weil es nicht einfach ist. Es ist tief in mir verschlossen. Aber das Buch bringt alles wieder zum Vorschein. Den Hass. Die Scham. Die Angst.«

»Was ist mit der Puppe? Spricht sie auch in Wirklichkeit zu dir? Gibt sie dir Befehle?«

»Nur ganz selten. Äußerst selten, Leon. Ich weiß, das klingt verrückt. Es sind die Nerven. Wenn ich zu viel geschrieben habe, sind sie überreizt. Und dann bekomme ich selbst Angst vor der Puppe.«

»Woher hast du sie?«

»Ich hab sie durch Zufall nach Jahren wiedergefunden. Es war wirklich wie eine Art Bestimmung. Genau wie bei

Maria Wohlleben. Ich hab sie in einem Laden entdeckt, dort schickte man mich zu diesem Puppendoktor. Und von seiner Werkstatt aus führte die Spur hierher. Sie lag hier in der Nähe vergraben. In einer Holzkiste. An einem der Pfühle. Exakt so, wie ich es beschrieben habe. Nur dass ich niemanden ermordet habe.«

»Warum aber dann die Morde in dem Text? Warum handelt Maria so grausam? Sie zerstückelt ihre Opfer mit einem Jägerbeil!«

Sie senkte die Stimme. »Siehst du, Leon, das ist genau der Unterschied zwischen ihr und mir. Sie tut etwas, was ich niemals tun würde. Sie mordet, ich schreibe. Sie nimmt grausame Rache, ich schreibe es auf.« Luna holte tief Luft. »Außerdem verfolge ich einen bestimmten Zweck mit dem Buch.«

»Was für einen Zweck?«

»Das wirst du verstehen, wenn es fertig ist.«

»Bitte sag es mir.«

Sie sah ihn an. »Hab ein wenig Geduld, ja?«

Wieder verspürte er diese Beklemmung in der Brust. »Luna«, brachte er leise hervor.

»Was?«

»Bist du dir ganz sicher, dass du es immer auseinanderhalten kannst?«

»Wovon redest du?«

»Kannst du genau trennen, was Maria tat und was du getan hast?«

»Natürlich kann ich das!«

»Aber ich frage mich, ob ...«

Er brach ab. Sein Blick wanderte zum Kühlschrank hin. Da war etwas. Eine winzige Spur. Dunkelrot.

Er stand auf. Wie ferngesteuert ging er darauf zu.

Ja, kein Zweifel. Es war ein Streifen Blut.

Leon öffnete den Kühlschrank.

Auch auf dem obersten Gitter, wo die Butter, die Eier und der Aufschnitt lagen, befand sich ein Blutfleck.

Und dann sah er den Gefrierbehälter.

Er drehte sich zu Luna um. Sie war noch blasser als zuvor. Sie stand hastig auf und warf dabei ihren Stuhl um.

»Fass das nicht an!«, rief sie.

Doch Leon hatte bereits den Behälter berührt.

»Fass es nicht an!«

Leon konnte nicht anders. Er nahm den Plastikbehälter heraus und öffnete ihn.

»Nein!«, schrie sie.

Er sah den schleimigen Klumpen darin.

Es war ein blutiges Herz.

EINUNDZWANZIG

Am späten Nachmittag klopfte Wieland Kühn an die Tür zu seinem Zimmer. Leon murmelte etwas Unverständliches, und er trat ein. Er war groß, breitschultrig, trug ein weißes Hemd zur schwarzen Jeans, dazu eine Anzugweste. Sein Haar war leicht grau meliert. Leon schätzte ihn auf Mitte vierzig. Er hatte ein Lächeln, das gewinnend wirken sollte. Kühn zog sich einen Stuhl heran und setzte sich.

Leon kauerte auf seinem Bett. Er hatte die Decke um sich geschlungen, die Heizung aufgedreht, aber er fröstelte noch immer. Manchmal schlugen unwillkürlich seine Zähne aufeinander. Und sein Magen war in Aufruhr. Er konnte weder etwas essen noch trinken. Jeder Gedanke an den Kühlschrank verschaffte ihm Übelkeit.

»Sie hat sich ein wenig beruhigt«, sagte Kühn.

Luna war völlig aufgelöst gewesen, von Weinkrämpfen geschüttelt. Zwischenzeitlich hatte Leon befürchtet, sie würde kollabieren.

Er hatte den Plastikbehälter einfach wieder in den Kühlschrank zurückgestellt. Seine verzweifelten Versuche, Luna irgendwie zu beruhigen, hatten nichts genutzt. Und schließlich hatte sie ihm gesagt, er solle ihren Agenten anrufen und ihn herbitten. Kühns Nummer verbarg sich hinter der ersten Kurzwahltaste auf ihrem Handy. Leon musste nicht viel sagen, der Literaturagent schien sofort zu begreifen, dass es sich um einen Notfall handelte.

Eine Stunde später war er mit seinem nachtblauen Volvo auf den Hof gefahren. Er hatte Leon gebeten, sie einen Moment allein zu lassen.

»Schläft sie?«

»Ja, sie scheint ein bisschen eingenickt zu sein. Ich hab ihr ein Beruhigungsmittel gegeben.«

»Woher hatten Sie das?«

Er lächelte. »Hab auf dem Weg hierher an einer Apotheke haltgemacht. Ich kenne Luna und ihre Krisen mittlerweile ganz gut.«

Leon fragte sich, was Kühn mit dem blutigen Klumpen angestellt hatte. Ob er wohl noch immer im Kühlschrank lag? Erneut überkam ihn Übelkeit.

»Alles in Ordnung mit dir?«

Er schluckte. »Geht schon, aber …«

»Leon heißt du, nicht wahr?«

Er nickte. »Der Plastikbehälter …«

Wieland Kühn verzog das Gesicht. »Schon heftig.«

»Es war jemand hier. Die Hintertür war offen.«

»Ich weiß. Luna hat es mir erzählt. Aber die Tür ist jetzt wieder verriegelt. Das Schloss ist noch in Ordnung. Ich hab mich darum gekümmert.«

Leon stieß die Luft aus. »Gut. Wenigstens das.«

»Luna hat einen Stalker. Du weißt, was das ist?«

Er nickte.

»Diese Menschen können einfach nicht loslassen. Anfangs sind sie nahezu besessen von einer Person, und wenn sie sich abgewiesen fühlen, reagieren sie oftmals äußerst hinterlistig und grausam.«

»Sie meinen …?«

»Ich meine, dass dieser Tobias Schmidt für die Schweinerei verantwortlich ist.«

»Da ist sehr viel Blut auf dem Dachboden. Haben Sie das gesehen? Es ist …« Leon brach ab, ihm war es peinlich, wie schrill seine Stimme auf einmal klang.

»Ich hab's mir angeschaut.« Er lehnte sich vor, die Ellenbogen auf die Oberschenkel gestützt, die Hände gefaltet. Leon roch sein Rasierwasser. »Weißt du, was ich denke?«

»Was?«

»Das Herz ist aus einer Metzgerei. Ein Schweineherz. Sieht dem menschlichen Herzen verblüffend ähnlich. Der Typ hat es im Kühlschrank deponiert, um Luna einen gewaltigen Schrecken einzujagen. Und auch da oben. Das muss kein menschliches Blut sein.«

»Schweineblut?«

Kühn lächelte ihn an. »Brutal, nicht?«

»Sind Sie sicher?«

»Was glaubst du denn? Dass hier irgendwo eine Leiche liegt?«

Leon schnappte nach Luft, die Gedanken überschlugen sich in seinem Kopf. »Das Beil.«

Kühn hob die Augenbrauen. »Was für ein Beil?«

»Aus dem Schuppen. Was, wenn der Stalker zerstückelt wurde?«

»Und das Herz? Wurde ihm rausgeschnitten?«

Leon wusste keine Antwort.

»Was für ein Gemetzel. Wer sollte denn so etwas deiner Meinung nach tun?«

Er errötete. Kühn wartete ab.

Die Stille war Leon unangenehm. Schließlich sagte er

leise: »Es ist alles so, wie es in Lunas Manuskript beschrieben wird.«

Der Agent lehnte sich zurück und verschränkte die Arme vor der Brust. »Die Sache mit dem USB-Stick, richtig. Luna hat mir davon erzählt.«

»Ich weiß, das war scheiße von mir. Es tut mir wirklich leid.«

»Ich bin zwar für ihre Verträge zuständig und handle die höchsten Vorschusssummen für sie heraus, aber im Gegensatz zu dir habe ich nicht den geringsten Einblick in ihr neues Werk. Was ungewöhnlich ist, denn normalerweise informiert sie mich frühzeitig über ihre künftigen Projekte.«

Leon nagte an seiner Unterlippe. »Sie hat Ihnen gar nichts erzählt?«

»Nichts. Kein einziges Wort darüber. Und nun muss ich also ihren jungen Freund fragen: Worum geht es denn eigentlich in dem Manuskript?«

Leon zögerte. »Ich will sie nicht … Luna ist …«

»Mir kannst du's ruhig sagen. Es ist ja eh schon halb öffentlich geworden, nun da auch noch ein Stalker mitgelesen hat.«

»Er hat mir den Stick geklaut! Ich wollte nicht, dass er das liest.«

»Schon gut. Also, worum geht es, hmm?«

Leon zögerte. Dann sagte er leise: »Um eine junge Mörderin. Sie zerstückelt ihre Opfer mit einem Beil. Sie nimmt Rache für das, was ihr als Jugendliche angetan wurde, und sie …«, er wusste nicht, ob er es Kühn anvertrauen durfte, aber dann rutschte es ihm heraus, »… sie hat Ähnlichkeit mit Luna. Große Ähnlichkeit. Sie trägt sogar ihren zweiten Vornamen. Maria. Aber bitte, sagen Sie ihr nicht, dass ich …«

»Du hast sie nicht verraten. Sie muss mir den Text ohnehin bald zu lesen geben. Wie ist denn der Titel?«

»Die Puppe.«

»Hmm.«

»Es geht um eine Horrorpuppe. Sie spricht. Mit krächzender Stimme. Wie ein Greis. Und sie treibt die Hauptfigur zum Morden an.«

»Interessant. Oben in der Dachkammer hab ich zufällig eine Puppe gesehen. Sie ist aus Porzellan, denke ich.«

»Ja. Genauso wie in dem Manuskript.«

Wieland Kühn lächelte schmal. »Bist du ein Fan von Lunas Büchern?«

Er nickte. »Ja. Absolut. Ihre Thriller sind einfach großartig.«

»Wie alt bist du?«

»Fünfzehn. In einem halben Jahr werde ich sechzehn.«

»Lunas Stoffe sind ziemlich gewalttätig.«

»Na und? Das macht mir normalerweise nichts aus.«

»Normalerweise?«

»Na ja, diesmal … Ich hoffe … Es ist doch nur Fiktion, oder?«

»Was meinst du damit?«

»Die Ähnlichkeit mit ihr. Diese … Übereinstimmungen. Die Art, wie sie Maria beschreibt.«

»Wie gesagt, ich kenne den Text nicht.«

Er senkte die Stimme. »Maria ist wie Luna. Und das macht mir Angst.«

Kühn wiegte den Kopf. »Du glaubst doch nicht im Ernst, dass Luna …«, er zupfte an seinem Ohrläppchen, »… ihren

Stalker mit einem Beil zerstückelt hat? Ihm das Herz herausreißt, um es im Kühlschrank aufzubewahren?«

»Nein, aber sie … Ich weiß nicht. Es gibt eine ganz ähnliche Szene in ihrem Manuskript. Wirklich, es ist, als wäre ich mitten in der Handlung. Gefangen in ihrem neuen Buch. Das ist wie in einem Albtraum.«

Kühn erhob sich halb, zog den Stuhl noch näher an Leons Bett heran und setzte sich wieder. »Hör zu, auch Tobias Schmidt hat in Lunas Text gelesen. Darum halte ich Folgendes für denkbar: Er ist derjenige, der diese Schweinerei hier inszeniert hat. Er lässt es so aussehen, als sei sie wahnsinnig geworden.«

»Aber warum?«

»Weil er sie hasst. Es gibt den wahren Fall eines jungen Mannes, der eine Filmschauspielerin glühend verehrt, ihr flammende Liebesbriefe schreibt, sich als ihr größter Fan bezeichnet. Die Schauspielerin geht auf sein Werben natürlich nicht ein, er aber macht sich weiter Hoffnung, dass die beiden irgendwann in naher Zukunft ein Liebespaar werden. Dann dreht die Schauspielerin einen neuen Film, und es gibt eine Bettszene darin, die sehr freizügig ist. Der Fan sieht den Streifen und ist maßlos enttäuscht. Das hehre Bild, das er sich von ihr gemacht hat, zerbricht. Sie ist für ihn keine Göttin mehr, sondern eine Hure. Er besorgt sich eine Pistole, klingelt an ihrer Tür, sie öffnet ihm ahnungslos, und er erschießt sie. Peng. Aus. Ende der traurigen Geschichte.«

Wieland Kühn lehnte sich auf seinem Stuhl zurück.

Leon blickte ihn an. »Sie meinen, der Stalker hat aus Hass ein Schweineherz in ihren Kühlschrank gelegt, nur weil sie gerade darüber geschrieben hat? Er stellt ihren Text nach? Wie abartig ist das denn!«

»Ziemlich abartig.«

»Vielleicht haben Sie ja recht. So könnte es gewesen sein.«

»Du klingst wenig überzeugt.«

»Es war ein Schock für mich. Ich hab das Herz gesehen. Ich hab es selbst aus dem Kühlschrank genommen.«

»Das ist hart.«

»Ich glaube, ich hab es besser verkraftet als Luna. Sie war ja völlig fertig. Ich dachte, sie dreht noch durch.«

»Mach dir keine Sorgen um sie. Auch wenn sie gerade in einem desolaten Zustand ist, sie fängt sich wieder. Ich kenne sie nun schon so viele Jahre.«

Leon musterte ihn. »Und was ist nun mit Tobias Schmidt?«

»Ich regle das.«

»Melden Sie es der Polizei?«

»Das hängt von Luna ab. Ich werde es mit ihr besprechen.« Seine Mundwinkel zuckten. »Jedenfalls hättest du nicht heimlich in ihrem Text lesen dürfen. Ihre Bücher sind ohnehin nicht für deine Altersgruppe gedacht.«

»Ich bin fast sechzehn. Kein kleines Kind mehr.«

»Schon klar. Aber ich bin der Meinung, dass auch diese Umgebung nichts für dich ist. Das Haus ist ziemlich unheimlich, hab ich recht?«

»Na ja. Es ist so, hier ist wirklich mal jemand umgebracht worden. Und das ist noch gar nicht lange her. Die Besitzerin des Hauses. Sie ist mit einem Beil zerstückelt worden. Auch darum geht es in Lunas neuem Buch.«

Kühn sah ihn kopfschüttelnd an. »Das ist … also wirklich … Ich finde es unverantwortlich von ihr, dass sie dich hierher mitgenommen hat.«

»Sie wollte meiner Mutter einen Gefallen tun. Die ist in den USA, und mein Vater … Ach, Scheiße.«

Er berührte ihn am Arm. »Ganz ruhig, Leon, wir kriegen das wieder hin.«

Wieland Kühn stand auf, nickte ihm zu und verließ das Zimmer.

ZWEIUNDZWANZIG

Luna schlug die Augen auf. Wieland saß bei ihr auf der ausgeklappten Schlafcouch und sah auf sie herab.

»Danke, dass du gleich gekommen bist«, murmelte sie.

»Ist doch selbstverständlich. Geht es dir jetzt ein wenig besser?«

Sie nickte schwach.

»Ich hab mich vorhin mit Leon unterhalten.«

»Ist er so weit okay?«

»Der Junge ist tapfer.«

Sie richtete sich ein wenig auf. »Wieland, hast du das … was da im Kühlschrank lag … Hast du es …?«

»Ich hab den Plastikbehälter mitsamt dem blutigen Inhalt in meinen Wagen gelegt. In den Kofferraum.«

»Müssen wir die Polizei einschalten?«

»Zunächst einmal solltest du mir ein bisschen mehr über die Angelegenheit erzählen. Fangen wir doch am besten bei diesem Haus an. Warum schreibst du hier draußen in der Einsamkeit? Und was ist mit dem Mord, der sich hier abgespielt haben soll? Dein junger Freund erwähnte etwas davon.«

Sie schwieg.

»Schon seltsam, dass du mir diesmal überhaupt nicht verraten willst, woran du arbeitest. Es gibt ja nicht einmal ein Exposé. Darf ich denn jetzt wenigstens etwas lesen?«

»Nein.«

»Warum nicht?«

»Weil es diesmal sehr persönlich ist. Und weil du es mir ausreden würdest.«

»Wieso?«

»Du würdest sagen, ich hätte nicht genug Distanz zu meiner Geschichte.«

»Weil sie wahr ist? Weil du sie wirklich erlebt hast?«

»Zum Teil.«

»Was sollte daran verkehrt sein? Vermutlich musst du dir etwas von der Seele schreiben.«

Ihr kamen die Tränen. Es war ihr unangenehm vor ihm. Wieland tat immer alles für sie. Aber in so einem Zustand hatte er sie wohl noch nicht erlebt. Sie bemerkte, wie er zögerte. Dann strich er über ihre Schulter. Sie drückte kurz seine Hand, danach zog sie sie zurück.

Sie setzte sich auf und schlang die Arme um ihre Beine. Unwillkürlich sah sie zu dem Kühlschrank in der Wohnküche hin. Wieland hatte ihn mit einem Tuch abgewischt. Da war kein Blut mehr.

Er schien ihren Blick zu bemerken. »Es ist ein Schweineherz, ich bin mir mittlerweile ziemlich sicher.«

»Und wenn ihn doch jemand getötet hat?«

Wieland seufzte. »Wollen wir es noch mal auf seinem Handy versuchen?«

Sie hatte ihm die Kurznachrichten von Tobias Schmidt gezeigt. Aber unter der Rufnummer meldete sich bloß seine Mailbox.

Immer wieder sah sie die Szene vor sich, da sie ihn mit dem Beil bedroht hatte. Und sie hörte das Krächzen der Puppe:

Mach ihn nieder.

»Ich denke, es ist zwecklos. Wenn er mich terrorisieren will, geht er nicht ran. Oder aber es ist wirklich sein Herz, das Leon im Kühlschrank gefunden hat.«

»Luna, das glaub ich einfach nicht. Wer sollte so etwas Grausames tun? Ich denke, deine Nerven sind extrem überreizt. Du hast wahrscheinlich ununterbrochen an deinem neuen Thriller geschrieben. Ein herausgerissenes Herz in einem Kühlschrank? Das scheint mir doch eher der Stoff für dein Buch zu sein als die Realität.«

»Und wenn es beides ist? Stoff und Realität?«

»Momentan scheint das alles deine Kräfte zu übersteigen.«

Sie überlegte, wie viel sie ihm anvertrauen konnte. Auch wenn sie schon einige Jahre zusammenarbeiteten, war da stets eine gewisse Distanz zwischen ihnen. Sie würde ihr Verhältnis zu Wieland Kühn zwar als freundschaftlich bezeichnen, aber selbst eine Umarmung schien beinahe zu viel für ihn zu sein. Warum nur?

Kühn hatte etwas Unnahbares an sich. Vielleicht war das Teil seiner Professionalität.

Sie gab sich einen Ruck. »Das Insekt hat ihn getötet. Und diese Frau, die hier lebte, hat es auch umgebracht. Das Insekt lässt es so aussehen, als hätte ich es getan.«

Seine Mundwinkel zuckten. »Das Insekt?! Was zum Teufel ist das?«

»Erinnerst du dich an meine erste Erzählung? Der Schreibwettbewerb? Mir versagte die Stimme, als ich sie öffentlich vorlesen sollte. Bestimmt erinnerst du dich, du hast mich ja an diesem Tag unter Vertrag genommen. Aber ist dir auch noch der Inhalt der Geschichte geläufig?«

»Es ist also wahr? Du hast das wirklich erlebt?«

Sie nickte. In ihrer Erzählung hatte sie über ein Mädchen geschrieben, das von einem Mann mit einer Gasmaske missbraucht wurde. Nur den Lippenstift und die sprechende Puppe hatte sie nicht erwähnt.

Über diesen Wahnsinn zu schreiben war sie damals noch nicht in der Lage gewesen.

»Der Mann mit der Gasmaske, ja. Ich nenne ihn das Insekt. Es gibt ihn wirklich. Er ist aus Fleisch und Blut. Und was ich damals geschildert habe, ist mir tatsächlich widerfahren. Ich versuche es nun in einem Roman zu verarbeiten. Ein schwieriges Unterfangen. Denn das Thema ist angstbesetzt. Ich schäme mich dafür, obwohl mich ja nicht die geringste Schuld trifft. Aber ich empfinde auch Hass. Und manchmal habe ich Mordgedanken. Ich gebe es zu. Zuweilen stelle ich mir vor, wie ich das Insekt töte. Den Mann, der mir all das angetan hat. Den Mann, dessen Gesicht ich nicht beschreiben kann, weil es hinter einer Maske verborgen war.«

Wieland blickte sie mit großen Augen an. »Luna, das ist ja furchtbar. Und warum schreibst du ausgerechnet in diesem Haus darüber?«

»Weil es hier passiert ist. Genau hier. Oben auf dem Dachboden.«

»Bist du dir sicher?«

»Ja.«

»Das ist… Es ist… Mir fehlen die Worte. Wie hältst du das nur aus?«

»Wenn ich schreibe, bin ich stark. Wenn ich schreibe, kann ich meine Ängste beherrschen. Schwierig wird es nur, sobald ich den Text ruhen lasse.«

»Hast du Anzeige erstattet?«

»Gegen wen? Gegen die Frau, die hier gelebt hat und ermordet wurde?«

»Luna, das musst du mir von Anfang an erzählen. Wie bist du auf das Haus gestoßen?«

Sie gab sich einen Ruck und erzählte ihm von der Porzellanpuppe. Sie berichtete von ihrer verstörenden Entdeckung in einem Trödelladen in Berlin-Lichtenberg. Wie sie daraufhin an einen Puppendoktor in Wilmersdorf geraten war. Und sie erzählte ihm von einem Mann aus einer Plattenbausiedlung in Bernau, der die Puppe in einer Holzkiste gefunden hatte, vergraben im Wald.

Schließlich holte sie tief Luft. »Es war dieselbe Puppe wie damals. Der See, an dem ich verschleppt wurde, ist hier ganz in der Nähe.«

Wieland runzelte die Stirn. »Und du bist nicht zur Polizei gegangen?«

»Das ist es ja gerade. Das ist das Furchtbare daran. Ich bin in das Haus eingedrungen, und die Frau, die es schon seit vielen Jahren als Wochenendhaus nutzt, hat mich dabei erwischt. Oben auf dem Dachboden. Es kam zu einem heftigen Streit, ich war völlig aufgewühlt. Denn sie wollte mir nicht verraten, ob ein Mann in diesem Haus verkehrte. Ich spürte, dass sie mir etwas verschwieg. Sie war eine Mitwisserin, ich bin mir sicher.«

»Wie ist der Name dieser Frau?«

»Ursula Münzer. Der Fall wurde ausführlich in der Presse beschrieben. Man hielt das Ganze für einen Raubmord.«

»Sie ist also tot?«

»Ja.«

»Was genau ist passiert?«

»Ich hatte mir vorher ein Beil aus dem Schuppen genommen. Er stand offen.«

»Warum hast du das getan?«

»Um in das Haus reinzukommen. Ich hab eine Fensterscheibe eingeschlagen.«

»Luna, warum bist du nicht gleich zur Polizei gegangen?«

»Ich wollte erst sichergehen, ob es auch stimmt. Ob es wirklich dieser Dachboden ist. Der Mann mit der Gasmaske hat mir damals die Augen verbunden. Wenn er mich aus der Kammer geführt hat, sah ich nichts, rein gar nichts. Deshalb konnte ich den Ermittlern damals auch keine genaue Beschreibung von dem Haus abgeben.«

»Du bist also rein. Mit dem Beil in der Hand?«

»Ja.«

»Und die Frau hat dich entdeckt?«

»So ist es. Sie kam hinkend die Treppe hinauf. Sie war wohl selten dort oben. Wegen ihrer Beinprothese.«

»Und du …?«

»Ich hab sie nicht umgebracht, Wieland. Ich schwöre es dir, ich war das nicht. Auch wenn alles danach aussah. Es war nur ein kurzer Moment, da ich die Fassung verlor. Ein winziger Augenblick. Dieser Zorn, der Hass, die Verzweiflung. Aber bitte, das musst du mir glauben, ich ließ das Beil fallen und rannte weg. Und sie lebte. Da war kein Blut. Gar nichts. Sie war wohlauf.«

»Bist du dir sicher?«

»Ja.«

»Ganz sicher?«

Sie nickte.

»Und danach?«

»Am nächsten Tag las ich von dem Mord in der Zeitung. Ursula Münzer ist mit dem Beil zerstückelt worden.«

Er blickte sie reglos an.

»Das ist der Grund, warum ich nicht zur Polizei ging. Ich habe lange darüber nachgedacht, aber … ich hatte zu große Angst, dass man mich beschuldigen könnte. Zudem war ich erschrocken über mich selbst, darüber, dass ich das Beil in den Händen hielt und die Frau sogar damit bedroht habe. Es war ein einziger böser Gedanke, der mich vorübergehend an meinem Verstand zweifeln ließ. Ein kurzer Zweifel. Weil ich so aufgebracht war.«

Abermals atmete sie tief durch.

»Aber ich war das nicht. Das musst du mir glauben. Mittlerweile bin ich überzeugt, dass das Insekt die Frau zum Schweigen gebracht hat. Angeblich lebte sie allein. Das hat mir später auch ihre Schwester erzählt. Aber Ursula Münzer kannte den Mann, der sich zuweilen in ihrem Wochenendhaus aufgehalten hat, ich bin mir sicher. Sie wusste, wer der Mann mit der Gasmaske ist. Vermutlich rief sie ihn gleich nach unserem Streit an, stellte ihn zur Rede. Wahrscheinlich hat sie ihm erzählt, dass ich sie mit dem Beil bedroht habe. Und dann hat er sie damit zerstückelt, um eine lästige Zeugin loszuwerden. Er ließ es wie einen Raubmord aussehen, aber er wusste auch, dass es mich vor der Polizei belasten würde.«

Es entstand eine längere Pause.

Schließlich sagte sie leise: »Das Verstörende daran ist, dass ich bereits damals an meinem Buch arbeitete. Es handelt von dem Insekt. Und von meiner Angst. Von meinen Rachegedanken. Und dem Horror in mir. So entwarf ich die Figur der Maria. Sie ist mein zweites Ich. Ein mörderisches Ich.«

Er hob die Augenbrauen. »Wieso mörderisch?«

»Sie tut etwas, was ich niemals tun würde.«

»Maria ist also eine Mörderin?«

»Ja.«

»Und nun geschehen Dinge …?«

»… die auch in meinem Buch geschehen. Schon damals, als Ursula Münzer ermordet wurde. Und jetzt wieder. Das herausgerissene Herz in einem Plastikbehälter. Es kommt in meinem Text vor.«

»Du gibst diesem Mann mit der Gasmaske die Schuld?«

»Ja.«

»Er hat deiner Meinung nach wieder zugeschlagen? Er hat deinen Stalker umgebracht? Warum sollte er das tun?«

»Begreifst du denn nicht? Er weiß längst, dass ich an einem Buch arbeite, das ihn entlarven könnte. Er will, dass ich daran zerbreche. Er treibt mich in den Wahnsinn. Er lässt es so aussehen, als habe meine Romanfigur die Oberhand über mich gewonnen, und all das, was ich schreibe, geschieht wirklich.«

»Wer weiß von deinem Projekt?«

»Niemand. Außer Leon und Tobias Schmidt.«

»Du hast keinem davon erzählt?«

»Nein. Ich hielt es geheim. Auch vor dir.«

»Nach deiner Theorie müsste der Mann mit der Gasmaske über deinen Text informiert sein.«

»Das ist ja das Unheimliche. Er beobachtet mich schon die ganze Zeit. Er hat mich im Visier.«

»Luna, verzeih, aber das klingt nach extremer Paranoia. Wie soll er das denn anstellen?«

»Du glaubst mir nicht?«

Wieland legte die Stirn in Falten. »Was ist mit dieser

Puppe? Leon hat mir gesagt, die Frau, über die du schreibst, dein zweites Ich, wie du sagst, empfängt Botschaften von ihr. Sie hört sie sprechen, mit krächzender Stimme. Die Puppe stachelt sie zum Morden an.«

Sie stand abrupt auf. »Du hast Leon ausgefragt?«

Er zuckte bloß mit den Schultern.

»Du fragst einen fünfzehnjährigen Jungen über deine Autorin aus?«

Auch Wieland erhob sich. »Ich brauchte ein paar Informationen. Um die Lage besser einschätzen zu können.«

Sie atmete durch.

Er verschränkte die Arme vor der Brust. »Bitte verzeih meine Indiskretion, aber ich muss dich das fragen: Hörst du manchmal Stimmen? Luna, sei ehrlich zu mir, leidest du unter Halluzinationen?«

Sie starrte ihn an.

»Antworte mir, das ist immens wichtig. Du sagtest eben etwas von einem Zweifel, dass du dir vorübergehend nicht ganz sicher warst, was du getan hast und was nicht.«

Ein Zittern durchlief ihren Körper. »Eine kurze Verunsicherung, mehr nicht.«

»Luna. Dieser Text. Wenn der rauskommt. Er wird dich schwer belasten.«

Sie schluckte.

»Was, wenn Tobias Schmidt vermisst gemeldet wird, wenn jemand die Polizei einschaltet. Die Ermittler werden sofort auf dich stoßen. Er war hier. Ihr hattet einen Streit. Sie werden dir unangenehme Fragen stellen. Sie werden sich für deinen Rechner interessieren, deine Dateien, für all das, was du bisher geschrieben hast.«

Sie hob die Stimme. »Wieland, was ist los mit dir? Eben

noch sprachst du von einem Schweineherz. Und jetzt hältst du mich für eine geisteskranke Mörderin?«

»Lass mich das Manuskript lesen.«

»Nein.«

»Willst du es überhaupt veröffentlichen?«

»Natürlich will ich das.«

»Dann solltest du deinen Agenten einen Blick darauf werfen lassen. Dazu bin ich schließlich da. Du erzählst mir nämlich Dinge, die äußerst beängstigend sind. Was ist mit der Öffentlichkeit? Ein Teil des Textes ist womöglich bereits im Umlauf. Dieser verdammte USB-Stick. Um Himmels willen, Luna, du hast einen Ruf zu verlieren. Man könnte dich einsperren. Man könnte dich in eine Nervenklinik einweisen. Also gib mir diesen Text, sofort.«

»Ich denke, du solltest jetzt besser gehen.«

Abermals entstand eine Pause. Er ließ die Arme sinken.

»Bring den Jungen von hier weg.«

»Warum?«

»Luna, er ist fünfzehn. Du ziehst ihn in etwas Furchtbares hinein. Das kann nicht gut enden.«

»Geh jetzt. Ich muss arbeiten. Ich habe ein Buch zu schreiben. Es ist das wichtigste Buch meiner Karriere. Entweder es tötet mich, oder ich gehe am Ende als Siegerin hervor.«

DREIUNDZWANZIG

Nachdem der Volvo vom Hof gefahren war, kam Leon zu ihr in die Wohnküche. Luna stand am Fenster.

»Ist er weg?«

Sie drehte sich zu ihm um. »Ja.«

»Und das … was im Kühlschrank lag … ist es noch …?«

»Er hat es mitgenommen. Anfangs hat er noch geglaubt, es ist ein Schweineherz.«

»Hat er mir auch gesagt.«

»Danach hat er indirekt mich beschuldigt.«

»Luna. Du warst das doch nicht, oder?«

»Nein. Ich habe Tobias Schmidt nicht getötet.«

»Und die Frau, die hier gelebt hat …?«

»Herrgott nein, ich hab sie nicht umgebracht.«

»Also wirst du jetzt die Polizei einschalten?«

»Noch nicht. Ich brauche noch etwa vierundzwanzig Stunden.«

»Wofür?«

»Für mein Buch.« Sie blickte ihn an. »Leon, ich muss dich von hier wegbringen.«

»Nein.«

»Du bist hier nicht mehr sicher.«

»Aber ich kann dich doch nicht allein lassen.«

»Das musst du aber. Ich bringe dich von hier fort, dann

schreibe ich das Buch zu Ende, hier in diesem Haus. Danach rufe ich die Polizei an. Auf den letzten Seiten meines Manuskripts wird stehen, wer das Insekt ist.«

»Wie willst du das anstellen?«

»Erinnerst du dich, wie ich zu dir sagte, ich verfolge mit dem Buch einen ganz bestimmten Zweck?«

»Ja.«

»Durch den Vorfall mit Tobias Schmidt hat sich die Situation zugespitzt. Deswegen muss der Plan schneller ausgeführt werden.«

»Welcher Plan?«

»Das Insekt mit dem Text zu überführen.«

Er starrte sie an.

»Schau hier.« Sie ging zu ihrer Tasche, öffnete sie und nahm ihren Laptop heraus. »Dies ist mein altes Notebook.« Sie stellte es auf den Tisch. »An dem hast du mich immer arbeiten sehen, stimmt's?«

»Ja.«

»Das hast du auch heimlich angezapft. Mit deinem USB-Stick.«

Er nickte betreten.

»Hierauf schreibe ich die Maria-Passagen.« Sie nahm einen zweiten Laptop aus der Tasche. Er war silberfarben. Sie stellte ihn neben den anderen. »Das ist der Computer, den ich mir später angeschafft habe. Darauf schreibe ich die Passagen, die mich selbst und mittlerweile auch dich betreffen.«

»Mich?«

»Na ja, du wohnst doch jetzt bei mir. In diesem unheimlichen Haus. Also gehörst du auch zu der Geschichte dazu.« Sie lächelte schwach. »Diesen Teil des Buches kennt bisher noch niemand. Am Ende werde ich beide Teile miteinander verknüpfen.«

»Das verstehe ich nicht. Zwei Dateien?«

»Zwei Seiten eines Menschen, eine helle und eine dunkle. Wie zwei Kammern eines Herzens, eine für das helle und eine für das dunkle Blut.«

»Du kannst auf einem einzigen Computer an mehreren Dateien arbeiten. Wozu dann der zweite Laptop?«

»Dazu komme ich gleich. Doch zunächst einmal möchte dir etwas über Maria erklären, da du die Datei, in der es um sie geht, ja schon zum Teil gelesen hast. Ich glaube, du hast Angst vor ihr, stimmt's?«

»Ja.«

»Maria ist sehr impulsiv.«

»Sie ist eine Mörderin. Und sie hört auf eine Horrorpuppe.«

»Aber sie hat das Gleiche durchlitten wie ich. Nur reagiert sie darauf anders. Letztlich ist sie ein Teil von mir, meine dunkle Seite gewissermaßen. Möchtest du mehr darüber erfahren?«

»Ja. Bitte.«

»Es fällt mir nicht ganz leicht, darüber zu sprechen.«

»Lass dir Zeit.«

»Gut. Also.« Sie holte tief Luft. »Vor drei, vier Monaten fing ich relativ spontan an, über Maria zu schreiben. Ich hatte damals wirklich jemanden kennengelernt. Ich war zum ersten Mal ein wenig verliebt. Weißt du, nach all dem, was ich als Jugendliche durchgestanden habe, hatte ich große Schwierigkeiten mit Männern. Es fällt mir extrem schwer, mich auf einen Menschen einzulassen. Und dann lernte ich Markus kennen. Er heißt wirklich so. Wie in dem Manuskript. Und er ist tatsächlich Zahnarzt. Anfangs hatte ich das Gefühl, er könnte gut zu mir sein. Er wäre bereit für meine Eigenarten, meine Ängstlichkeit. Die Verschrobenheit. Das Zertrümmerte in mir. Ich hoffte, er würde verstehen, dass ich Zeit brauche. Zum Glück kannte er meine Bücher nicht. So hatte ich den Eindruck, er sei an mir als Mensch und nicht als Autorin interessiert. Es ging wirklich eine Weile gut mit uns. Und ich hatte Spaß, ich konnte loslassen. Das war ganz neu für mich. Doch je mehr du dich einem Menschen öffnest, Leon, desto verletzlicher wirst du. Und in einer Nacht musste ich einsehen, wie sehr ich mich in ihm getäuscht hatte.«

»Was ist passiert?«

»Er hat mir etwas geschenkt. Und dafür verlangte er eine Gegenleistung.«

Leon schluckte.

»Er gab mir Lippenstift. Und ich hasse Lippenstift. Ich bin nie geschminkt, ist dir das schon mal aufgefallen?«

»Ja.«

»Die Farbe Rot ist ein Horror für mich.«

»Verstehe.«

»So ein fettiger Stift bringt mich zum Würgen.«

Er nickte.

»Natürlich hatte Markus keine Ahnung davon. Ich hab ihm ja nie etwas über meine Vergangenheit erzählt. Vielleicht war das ein Fehler. Aber es fällt mir so schwer, darüber zu sprechen.«

»Ja.«

»Und dann wollte er … Er wollte …« Ihre Stimme brach.

Leon wartete ab.

»Ich sollte mich für ihn schmücken. Auf ziemlich unangenehme Weise. Wie damals, als wäre er …«

»Als würde es wieder passieren?«

In ihren Augen schimmerten Tränen. »Wie ein Flashback, ja. Es war pervers. Völlig abartig. Ich war sein Püppchen. Mehr nicht. Nur ein Püppchen aus Porzellan. Zumindest hab ich mich so gefühlt. Und im Bett zeigte er mir plötzlich sein wahres Ich. Er war grob zu mir. Er war …«

Sie holte Luft.

Nach einer Pause sagte sie: »Verzeih, Leon, du bist ja erst fünfzehn, und ich erzähle dir all diese intimen Dinge über mich.«

»Ich bin kein kleines Kind mehr. Danke, dass du es mir erzählst. Das ist sehr mutig von dir, und es hilft mir, Maria besser zu verstehen. Deine dunkle Seite.«

»In jener Nacht bin ich vor ihm weggerannt. Ich fühlte mich elend. Ich kam nach Hause und holte die Puppe hervor.«

»Damals hattest du sie also schon?«

»Ja. Deswegen war ich auch so … besonders empfindlich zu der Zeit. Ich hab sie wirklich in einem Trödelladen entdeckt, und ich bin mir bis heute sicher, dass es dieselbe ist, die damals, als ich sechzehn war …«

Abermals brach sie ab.

Leise fuhr sie fort: »Jedenfalls nahm ich die Puppe aus der Schachtel. Der Ladenbesitzer hat sie dort reingelegt, als ich sie bei ihm gekauft hab. Ich setzte sie auf meinen Arbeitstisch und begann zu schreiben. Es war völlig impulsiv, der Text brach aus mir hervor, ein dunkler Strom aus Worten.«

Leon nickte ihr zu.

»Ich hatte große Angst vor dieser Puppe«, murmelte sie.

»Das verstehe ich gut. Sie ist sehr unheimlich.«

»Ja, aber sie gab mir auch Kraft. Sie spornte mich an.«

»Hat sie wirklich zu dir gesprochen?«

»Nur im Text. Aber manchmal vermischt sich einiges mit der Realität.«

»Auch wenn du schlafwandelst.«

»Ja, so ist es wohl.«

»Du sprichst mit ihr im Schlaf.«

»Das ist unheimlich, oder?«

»Ziemlich. Aber ich kann es auch nachvollziehen.«

»Ehrlich?«

»Hmm.«

»Weißt du, als ich damals in diesem Haus gefangen war, hatte ich wirklich Anwandlungen, Schübe, leichte Anflüge von Wahnsinn. Die Puppe war wie eine Verbündete für mich, und ich hab mich regelrecht an sie geklammert, weil ich hier so … ausgeliefert und verzweifelt war.«

»Du hast dir alles von der Seele geschrieben. Dabei wurde sie zur Horrorpuppe. Und das hat dir gutgetan.«

»Gewissermaßen, ja. Ich war fertig mit Markus. Und in meinem Manuskript hab ich ihn regelrecht niedergemacht.«

»Völlig in Ordnung, solange es nur Fiktion ist.«

»Ja, aber es ging ja noch weiter. Tagsüber hab ich über die Herkunft der Puppe recherchiert, nachts hab ich geschrieben. Der Trödler, der mir die Puppe verkauft hat, wollte mir anfangs nichts über sie verraten. Ich hab ihn einfach immer weiter genervt. Schließlich bekam ich aus ihm heraus, dass die Puppe aus einer speziellen Werkstatt stammt. Es war nicht ganz einfach, die Werkstatt zu finden. Der Händler hat sich als nicht sehr kooperativ erwiesen. Und er war … Er hat mich mies behandelt. Er war ein Schwein.«

»Was hat er getan?«

»Auch er hat mich wie ein Püppchen behandelt. Aber ich

bin keine Puppe, verdammt noch mal. Findest du, dass ich … aussehe wie diese Porzellanpuppe?«

»Nein. Nur ein bisschen. Weil deine Haut so blass ist. Und dein Haar so dunkel. Du bist echt cool, Luna. Du bist keine Puppe.«

Sie rieb sich eine Träne aus dem Gesicht. »Danke, Leon. Das ist lieb von dir.«

»Du hast dich nicht wirklich an dem Ladenbesitzer gerächt, oder?«

»Nein, auch wenn ich eine Mordswut auf ihn hatte. Und auch wenn ich es so aufgeschrieben hab.«

»Schließlich hast du das Haus hier gefunden, ja?«

»Ja. So wie es auch im Text steht. Ich bin hier eingebrochen. Ich musste mir den Dachboden angucken, ich wollte sichergehen. Doch dann hat mich Ursula Münzer erwischt, die Frau mit der Beinprothese. Du hättest sie erleben sollen, Leon, sie hat mich behandelt wie eine Geisteskranke. Sie hat mich verhöhnt, beschimpft. Sie hat behauptet, dass nie ein Mann in diesem Haus verkehrt hat. Angeblich hat sie auch niemals den Schlüssel herausgerückt, damit jemand anders hier wohnen konnte. Sie war ja selbst selten hier. Nur an den Wochenenden gelegentlich. Oder während ihres Urlaubs. Aber ich wusste die ganze Zeit, dass sie etwas vor mir verbirgt. Nach unserem heftigen Streit fuhr ich nach Hause und schrieb an meinem Manuskript weiter. Ich war Maria. Und Maria ist das Problem auf ihre Art angegangen.«

»Mit dem Beil.«

Luna nickte.

»Und am nächsten Tag …?«

»Ich kam wieder hierher. Ich wollte noch einmal mit ihr reden. Und dann wollte ich zur Polizei, um es zu melden. Das

Problem ist nur, die Inschrift in der Dachkammer ist weggehobelt, ich hab ja nicht einmal einen Beweis, nur meinen Instinkt, der mir sagt, hier war es, hier ist es damals passiert. Und die Polizei war längst vor Ort. Alles war abgesperrt, die Beamten von der Spurensicherung waren im Haus. Ich fragte jemanden unter den Schaulustigen, was passiert sei, und man antwortete mir, Ursula Münzer sei mit einem Beil erschlagen worden. Das war der Moment, da ich kurzzeitig an meinem Verstand zu zweifeln begann.«

»Die Frau ist in ihrem Schlafzimmer umgebracht worden.«

Sie sah ihn an.

»Du warst mit ihr auf dem Dachboden, stimmt's?«

»Ja.«

»Also warst du es nicht. Du warst nicht in ihrem Schlafzimmer, oder?«

»Nein.«

»Das ist der Beweis für deine Unschuld.«

»Du hast recht. Ja, du hast recht.«

»Was geschah dann?«

»Ein paar Tage nach dem Mord an Ursula Münzer habe ich mich wieder gefangen. Ich bin zwar eine etwas verschrobene Thrillerautorin, die in ihrer Kindheit Schreckliches durchgemacht hat. Aber ich bin keine geisteskranke Mörderin. Und deshalb gibt es nur eine Erklärung für das, was passiert ist.« Sie wies auf den schwarzen Laptop. »Dieser Computer hier hat eine undichte Stelle. Jemand liest alles mit, was ich schreibe.«

Er sah sie verblüfft an. »Was?«

»Begreifst du denn nicht, Leon? Die Datei, die du dir kopiert hast, ist ein Dummy. Seitdem ich weiß, dass jemand mitliest, schreibe ich an ihr nach einem ganz besonderen Plan. Ich hab die Handlung noch weiter ausgeschmückt. Ich hab Maria noch gefährlicher werden lassen. Ich provoziere absichtlich damit. Demjenigen, der heimlich mitliest, wird das nicht gefallen.«

Leon starrte sie an. »Du meinst ...?«

»Mein Rechner wird seit einiger Zeit überwacht. Er ist mit Spyware infiziert. Das Insekt liest schon die ganze Zeit mit.«

»Verdammt!«

»Ich weiß nicht genau, wie das im Einzelnen funktioniert, aber ...«

»Manchmal über ein Spiel. Irgendwas, was du dir runtergeladen hast. Hast du ein Computerspiel auf deiner Festplatte?«

»Mehrere. Ich reagiere mich manchmal mit Ballerspielen ab.«

»So kommt man in das System rein, soviel ich weiß. So kann die Spyware, ohne dass du es merkst, installiert werden. Scheiße, Luna, das Insekt ...«

»Es überwacht mich. Natürlich will es nicht, dass ich dieses Buch schreibe.«

»Darum also hast du dir den zweiten Rechner angeschafft.«

»Ganz genau. Für die Teile des Manuskripts, die das Insekt nicht lesen soll und die ich erst später in das Buch einfügen werde. Die Passagen, die meine helle Seite betreffen. Abschnitte, in denen es um Luna Moor geht und nicht um Maria Wohlleben. Einzelne Kapitel mit etwas Hoffnung. Ein fünfzehnjähriger Junge taucht darin auf. Jemand, der mir Mut macht.«

Leon errötete. »Ich komme wirklich in deinem neuen Buch vor?«

Sie nickte. »Du hast in der falschen Datei gelesen.«

Er lächelte schwach. »Scheiße noch mal.«

»Der silberfarbene Laptop ist zu keiner Zeit mit dem Internet verbunden. Er ist völlig sauber.«

»Und ich war ausgerechnet an dem infizierten Computer.«

»Eventuell wurde das Tobias Schmidt zum Verhängnis. Das Insekt will verhindern, dass der Text an die Öffentlichkeit gerät.«

»Dann wurde er also doch umgebracht?«

»Ich hoffe nicht.«

»Und was ist mit mir? Ich hab doch auch in der Kopie gelesen.«

»Leider, ja. Damit hast du dich in große Gefahr gebracht. Und nicht nur deshalb muss ich dich von hier wegbringen. Es war von Anfang an ein gewisses Risiko, dich an diesen Ort mitzunehmen, und die Entscheidung ist mir weiß Gott nicht leichtgefallen. Andererseits hast du mir sehr geholfen. Ich fühle mich sicherer in deiner Gegenwart.«

»Und ich bin froh, dass du mir all das erzählt hast.«

Sie blickten sich eine Zeit lang schweigend an.

»Können wir deinen Vater in Wiesbaden anrufen? Ihn fragen, ob er dich vielleicht morgen Vormittag abholt?«

»Und du?«

»Ich stelle dem Insekt eine Falle.«

»Wie willst du das anstellen?«

»Ich muss noch genauer darüber nachdenken.«

»Bitte, Luna, lass mich dir helfen.«

»Das ist zu gefährlich.«

»Ich kann dich hier nicht alleinlassen.«

Sie schüttelte den Kopf. »Nein, Leon, das geht nicht.«

»Sag mir wenigstens, was du ungefähr vorhast.«

Sie stieß die Luft aus. »Also schön. Eigentlich wollte ich mir damit noch Zeit lassen, bis du wieder bei deiner Mutter bist. Ich hab noch mindestens drei Wochen für die Arbeit an dem Buch eingeplant. Aber seit der Geschichte mit Tobias Schmidt bleibt mir keine Zeit mehr. Ich muss etwas finden. Irgendwas. Einen Hinweis. Ich habe vor, das Haus noch einmal gründlich zu durchkämmen. Ich hab das Haupthaus zwar schon zigmal durchsucht, aber irgendwo muss es etwas geben. Eine Spur, eine Verbindung zwischen Ursula Münzer und dem Insekt. Ein Indiz. Und wenn es nur eine Behauptung ist, aber es soll den Mann mit der Gasmaske glauben lassen, ich hätte ihn enttarnt.«

»Dann schreibst du darüber. Aus der Sicht von Maria.«

»Genau. Auf dem Rechner, der überwacht wird. Er liest es. Über die Spyware liest er mit. Und danach wird er hier auftauchen, garantiert.«

»Das ist verdammt gefährlich. Er wird dich umbringen.«

»Kurz vorher werde ich die Polizei darüber informieren.«

»Luna, ich weiß nicht ...«

»Mir bleibt keine andere Wahl. Ich muss es darauf ankommen lassen.«

»Lass mich dir wenigstens noch beim Suchen helfen. Bitte.«

Es entstand eine Pause.

Schließlich willigte Luna ein.

VIERUNDZWANZIG

Es war bereits spät am Abend, als sie hinüber zum Haupthaus gingen. Noch immer herrschte draußen dichter Nebel. Sie konnten kaum den Schein der Laterne vorm Eingang erkennen.

Luna schloss auf, und sie traten ein. Leon knipste das Licht im Flur an. Erneut umfing ihn der unheimliche Geruch, süßlich und schwer, nach geronnenem Blut.

»Soll ich im Wohnzimmer anfangen?«, fragte er leicht beklommen, »und du gehst nach hinten, wo … wo der Mord geschah?«

»Leon, ich kann das auch allein machen.«

»Nein, ich will dir doch helfen.«

»Okay. Ruf mich, wenn du was gefunden hast.«

Er nickte. Während Luna in der Küche verschwand, wandte er sich dem großen Raum links vom Flur zu und schaltete auch hier das Licht ein. Kurz darauf hörte er Luna im Schlafzimmer rumoren. Leon verbat sich jeglichen Gedanken an die Beinprothese auf dem Sessel, die eingetrockneten Blutspritzer und die Spuren von den Beilhieben.

Stattdessen wanderte sein Blick über die zahlreichen Nippesfiguren im Wohnzimmer. Wahllos zog er ein paar Schubladen der wuchtigen Anrichte aus Eichenholz auf. Er fand angelaufenes Silber, Tischdecken, Servietten. Auf einem

Bord waren Sherrygläser aufgereiht. In einem Regal standen ein paar Bücher mit Ledereinbänden. Leon betrachtete eine alte Standuhr, die Pendel hingen still, und die Zeiger bewegten sich nicht mehr. Er öffnete die Tür, aber im Inneren der Uhr lag nur ein einziges zusammengeknülltes Papiertaschentuch. Ein Stoß vergilbter Zeitschriften auf einem Nierentisch, überwiegend Haus- und Gartenmagazine. Leon schloss kurz die Augen, versuchte sich zu konzentrieren. Gab es hier irgendetwas, das auf die Anwesenheit eines Mannes hindeutete? Unwillkürlich schüttelte er den Kopf.

Er durchquerte den Flur und betrat die Küche. Luna kam gerade aus dem angrenzenden Schlafzimmer.

»Und?«, fragte er.

»Bettwäsche, ein paar Nachthemden. Röcke, Blusen, Damenschuhe. Nichts von Bedeutung.«

»Und im Schreibtisch?«

»Ein paar Kassenzettel, Büroklammern, ein unbeschriebener Notizblock, Stifte, das ist alles.«

»Was ist mit Briefen?«

»Fehlanzeige.«

»Ein Tagebuch?«

»Leider nein. Was meinst du, wie oft ich danach schon gesucht habe.«

»Wenig persönliche Gegenstände, hmm?«

Sie nickte. »Die Frau war ja auch selten hier. Und angeblich ist sie ausgeraubt worden.«

»Die Ermittler von der Polizei können auch was mitgenommen haben.«

»Beweismittel, ja.«

»Was weißt du eigentlich von dieser Frau?«

»Ihr Mann ist früh verstorben. Ende der Siebzigerjahre. Er

war ein einflussreicher Parteifunktionär in der ehemaligen DDR. Darum waren beide wohl recht wohlhabend. In der Gegend hier um Wandlitz besaßen viele Parteibonzen ihre schicken Villen.«

»Keine Kinder?«

»Nein. Nach dem Tod ihres Mannes hat Ursula Münzer nicht wieder geheiratet. Anfang der Achtziger erlitt sie einen schweren Autounfall und verlor dabei ein Bein, das durch eine Prothese ersetzt wurde. Wegen ihrer Behinderung war sie wohl sehr verbittert. Fortan hatte sie nur wenig Kontakt zu anderen Menschen. Sie hat sehr zurückgezogen gelebt. In den letzten zwanzig Jahren hielt sie sich überwiegend in ihrer Wohnung in Berlin auf. Hierher fuhr sie nur gelegentlich am Wochenende. Oder um sich in der ländlichen Umgebung für zwei, drei Wochen auszuruhen. Keine Ahnung, wovon. Sie hat ja nicht mal gearbeitet.«

»Hatte sie denn keinen Beruf?«

»Früher war sie als Lehrerin tätig. Nach ihrem Unfall nicht mehr. Jedenfalls hatte sie keine Geldprobleme, ihr Mann hat ihr einiges hinterlassen.«

»Wie alt war sie, als sie ermordet wurde?«

»Siebzig.«

»Und wer besaß einen Schlüssel zu dem Haus?«

Luna lächelte schwach. »Du hast viele Detektivromane gelesen, nicht wahr?«

»Und deine Thriller.«

»Angeblich hatte außer Ursula Münzer nur ihre Schwester Barbara einen Schlüssel. Und auch die ist unverheiratet. Keine Männer. Wenn du nachfragst, hörst du nur von diesen beiden Frauen. Und die Schwester will das Haus nun schleunigst loswerden. Sie ist allein an dem Geld interessiert.«

»Du hast also ausführlich mit der Schwester gesprochen?«

»Ja. Nach langem Hin und Her gab mir der Makler endlich ihre Telefonnummer. Ich hab ihm gesagt, dass es sich lediglich um Recherchen für mein neues Buch handelt. Makler geben solche Informationen nämlich nicht gerne raus, weil sie befürchten, man könnte hinter ihren Rücken Geschäfte mit den Verkäufern machen, um so die Provision zu umgehen.«

Leon zog die Stirn in Falten. »Das Haus liegt sehr einsam. Das Insekt könnte sich hier einfach Zutritt verschafft haben, während Ursula Münzer nicht da war.«

»Natürlich. Daran hab ich auch schon gedacht.«

»Und doch glaubst du, dass sie das Insekt gekannt hat? Obwohl sie eigentlich keinen Kontakt zu Männern hatte?«

»Ja. Als ich wenige Stunden vor ihrer Ermordung mit ihr gesprochen hab, den Vorfall auf dem Dachboden erwähnte, die Puppe, die Dachkammer, meine Verschleppung, sah sie mich für einen Moment an, als hätte sie eine Ahnung, als wüsste sie Bescheid. Daraufhin hat sie alles geleugnet und mich wüst beschimpft.« Luna krümmte die Schultern. »Kurz danach war sie tot.«

Sie schwiegen eine Weile.

»Leon, vielleicht ist es ja zwecklos. Ich hab das Haus schon so oft durchsucht. Vielleicht gibt es kein Indiz.«

»Möglich, dass du was übersehen hast. Wir dürfen nicht aufgeben.«

»Gut. Machen wir weiter.«

Während Luna die Küchenschränke durchsuchte, ging Leon in die Vorratskammer, die sich rechts von der Hintertür befand. Er entdeckte allerlei verdorbene Lebensmittel, Behälter mit Mehl und Zucker voller Insektenlarven, Einmachgläser mit undefinierbarem Inhalt, pelzig, ranzig und verschimmelt.

Danach inspizierte er das Badezimmer. Ihm schauderte bei dem Gedanken, dass sich Luna hier vor dem Insekt hatte ausziehen müssen. Er stellte sich vor, wie sie mit verbundenen Augen vor ihm stand, zitternd und nackt.

Er betrachtete den weißen Plastikvorhang vor der Badewanne. Sollte er ihn wirklich zurückziehen? Wer wusste schon, was sich dahinter befand. Für einen Moment malte er sich den Mann mit der Gasmaske aus, dann die Leiche von Tobias Schmidt, zerstückelt, mit geöffnetem Brustkorb.

Sein Herz hämmerte. Er riss den Vorhang zur Seite. Und atmete auf. Nichts. Nur das Emaille, weiß, mit feinen schwarzen Rissen überzogen, wie ein Spinnennetz.

Er öffnete den Spiegelschrank über dem Waschbecken. Er fuhr zurück, als er ein halb zerbrochenes Gebiss darin vorfand.

»Luna«, rief er.

Sie kam zu ihm.

»Schau mal.«

Sie warf einen Blick auf das weiß-rosa Ding. Es schien sie beide anzugrinsen.

Luna klappte den Schrank zu. »Das bringt uns auch nicht weiter. Hast du noch irgendwas gefunden?«

»Nein.«

»Mist.«

Leon überlegte. »Hat das Haus eigentlich einen Keller?«

»Ich hab den Makler mal danach gefragt. Er sagte Nein. Er sprach nur von irgendwelchen Versorgungsschächten.«

Sie verließen das Bad.

An der Treppe zum Dachboden hielten sie inne und blickten sich an. Er wollte dort nicht noch mal hinauf.

»Da oben hab ich schon in den letzten Tagen alles durchsucht«, sagte Luna wie zu seiner Beruhigung.

Er schluckte. »Was ist eigentlich mit dem Zimmer neben der Vordertür, gegenüber vom Wohnzimmer?«

»Das wirkt ziemlich unbenutzt. Und sieht sehr komisch aus. Komm mal mit.«

Er folgte Luna durch den Flur, sie klinkte die Tür auf und knipste das Licht an. Die Wände waren rosafarben gestrichen, die Dielenböden weiß angemalt. Das Zimmer war nur spärlich eingerichtet, ein Schrank mit verschnörkelten Intarsien, in einem seltsam lila Farbton gehalten, und eine blassblaue Kommode mit großen Knäufen. In einer Ecke stand ein Metallbett, das so klein und zerbrechlich wirkte, als habe niemals ein Mensch darin geschlafen.

»Erinnert an ein Kinderzimmer«, murmelte Leon.

»Ein kitschiges Mädchenzimmer, ja. Was merkwürdig ist, denn Ursula Münzer hatte ja keine Kinder. Ich denke, diese Frau war ziemlich verrückt. Und auch ihre Schwester machte am Telefon einen seltsamen Eindruck auf mich. Irgendwas stimmt mit dieser Familie nicht.«

Leon öffnete den Schrank. Er war leer bis auf einen kleinen Schuh, der auf dem untersten Fach lag. Er nahm ihn in die Hand.

»Hast du den schon gesehen?«

Luna nickte. »Hmm. Von der Größe her könnte es ein Kinderschuh sein.«

Es war ein Schnürstiefel mit einem hohen Absatz. Leon wiegte den Kopf. »Aber ein Kind trägt doch so etwas nicht, es wirkt so …«

»Aufreizend? Nuttig?«

»Ja. Irgendwie pervers.«

»Finde ich auch.« Luna zog die Schubladen der Kommode auf. »Hier ist auch nichts mehr drin.«

Leon legte den Schuh zurück in den Schrank und ließ den Blick durch das Zimmer wandern. Dann bückte er sich und schaute unter dem Bett nach. Da war nichts als Staub. Als er wieder hochkam, fiel ihm etwas hinter der Kommode auf.

Er rückte sie ein Stück ab. Die Rückwand hatte sich gelöst. Und dahinter steckte etwas. Er zog es hervor.

Es war ein Foto. Kaum hatte er einen Blick darauf geworfen, stockte ihm der Atem.

Er spürte in seinem Rücken, wie Luna dicht an ihn herantrat, um die Fotografie ebenfalls zu betrachten.

»Leon, das ist ja …«

Es war eine Abbildung des Zimmers, als es noch komplett eingerichtet war. Die Farben wirkten frisch, bunt und kindlich.

Und überall im Raum verteilt, auf dem Bett, der Kommode, einem kleinen Tisch, selbst auf dem Schrank, befanden sich unzählige Porzellanpuppen.

»Sieh mal da!« Leons Finger zitterte, als er auf eine der Puppen deutete.

Sie war schwarzhaarig. Und ihre Augen sahen merkwürdig aus.

»Ist sie das?«

Luna riss ihm das Foto aus der Hand und hielt es nah an ihr Gesicht.

»Kein Zweifel«, sagte sie leise. »Die Augen sind verschieden blau. Und dieses Grinsen …«

Sie ließ die Fotografie sinken und starrte Leon an. »Das ist die Puppe, die mir das Insekt damals gab.«

»Die auf dem Dachboden?«

»Ja. Die Puppe aus dem Grab.«

FÜNFUNDZWANZIG

Luna hatte die Telefonnummer von Barbara Münzer, der Schwester der ermordeten Hausbesitzerin, auf ihrem Handy gespeichert. Sie suchte die Nummer im Verzeichnis heraus und stellte die Verbindung her.

»Und?«, fragte Leon aufgeregt.

Sie schüttelte den Kopf. »Es hebt keiner ab. Ist wohl schon zu spät.«

Es war beinahe Mitternacht. Sie hatte wenig Hoffnung, dass jemand rangehen würde. Doch schließlich, als sie schon beinahe aufgelegt hätte, meldete sich eine verschlafene Stimme.

»Hallo?«

»Barbara Münzer?«

Eine lange Pause. »Wer will das wissen?«

Sie schaltete den Lautsprecher ihres Handys ein, damit Leon mithören konnte.

»Mein Name ist Luna Moor. Ich bewohne das Haus Ihrer Schwester zur Zwischenmiete.«

»Haben Sie sich zum Kauf entschlossen?«

»Darum geht es nicht.«

»Warum rufen Sie mich dann so spät am Abend noch an?«

Luna bemühte sich um einen möglichst ruhigen Tonfall, was ihr nur schwerlich gelang. »Ich habe eine Frage zu Ihrer verstorbenen Schwester.«

»Ich bitte Sie!« Die Frau am anderen Ende der Leitung klang verärgert. »Kann das nicht bis morgen warten?«

»Nein, kann es nicht. Ich bin … Ich habe …« Sie wusste nicht, wo sie anfangen sollte. »Möglicherweise hat das, was ich von Ihnen wissen möchte, mit dem Mord an Ihrer Schwester zu tun.«

»Ach, hören Sie auf damit! Es war ein Raubmord. Irgendein verrückter Junkie hat ihr Bargeld und Schmuck abgenommen und sie dann mit einem Beil erschlagen. Das ist auch die Einschätzung der Kripobeamten.«

Leon tippte mit dem Finger auf das Foto und bedeutete ihr mit stummen Lippenbewegungen, direkt zur Sache zu kommen.

Und so platzte Luna mit der entscheidenden Frage heraus: »War Ihre Schwester im Besitz einer schwarzhaarigen Porzellanpuppe? Einer mit verschieden blauen Augen?«

Diesmal war die Pause am anderen Ende der Leitung noch länger. Schließlich sagte Barbara Münzer: »Meine Schwester hatte eine beträchtliche Sammlung von Porzellanpuppen. Sie hat ihnen sogar ein eigenes Zimmer in ihrem Haus eingerichtet.«

Das Zimmer, in dem sie gerade standen, dachte Luna. Ein Puppenzimmer also. Sie schaute irritiert zu den pastellfarbenen Möbelstücken hin.

»Warum hat sie das getan?«

»Das war so ein Spleen von ihr. Ich denke, Ursula hatte zu ihren Puppen ein innigeres Verhältnis als zu Menschen.«

»Wo sind die Puppen jetzt?«

»Die Sammlung ist nach und nach in ihre Berliner Wohnung gewandert, weil sie sich nur noch selten in dem Haus in Wandlitz aufgehalten hat. Ein Teil davon ist auf mysteriöse Weise verschwunden. Vermutlich wurde sie beklaut. Ich habe die Wohnung übrigens längst aufgelöst und den Rest der Puppen verkauft.«

»Aber diese eine schwarzhaarige Puppe ist noch hier. Ihre Augen sind verschieden blau. Erinnern Sie sich an diese Puppe?«

Schweigen.

»Hat Ihre Schwester sie vielleicht verschenkt? Oder ist sie ihr gestohlen worden? Hat sich eventuell jemand diese Puppe ausgeliehen? Bitte. Das ist immens wichtig für mich!«

»Für Sie?«

»Und für die Aufklärung des Mordes.«

»Spielen Sie Detektivin in dem Haus meiner Schwester?«

»Ich bin Autorin. Ich recherchiere über den Mordfall. Das habe ich Ihnen doch schon bei unserem letzten Gespräch erzählt.«

»Sind Sie nun an einem Kauf der Immobilie interessiert? Ja oder nein? Denn alles andere ist für mich nicht von Belang.«

»Es geht hier nicht ums Geld.«

»Dann verstehe ich nicht, was Sie von mir wollen.«

»Ich bitte Sie um Ihre Hilfe. Denn möglicherweise führt uns diese Puppe zu dem Mörder Ihrer Schwester.«

»Wie kommen Sie darauf?«

»Es … Ich …« Sie brach ab. Ein Zittern durchlief ihren Körper. Schließlich murmelte sie: »Es sind furchtbare Dinge passiert. In diesem Haus, mit Ihrer Schwester.« Sie schluckte. »Und auch mit mir. Und das alles hat mit dieser Puppe zu tun.« *Horrorpuppe! Horrorpuppe!*, durchfuhr es sie.

Leon blickte sie mitfühlend an. Ihr Herz raste. Plötzlich sah sie wieder den blutigen Klumpen vor sich, das herausgerissene Herz in dem Plastikbehälter.

In diesem Augenblick wurde ihr klar, dass sie nicht ein Schweineherz im Kühlschrank gefunden hatten. Nein, es war ein menschliches Herz! Ihr Stalker war mit Sicherheit tot, zerstückelt. Wie Ursula Münzer auch.

Horrorpuppe!, dachte sie ein weiteres Mal.

Schweigen.

Entweder hielt Barbara Münzer sie für völlig übergeschnappt, oder aber sie wusste längst, um welche Puppe es sich handelte.

»Sie wurde vergraben«, sagte Luna leise.

Nach einer Pause entgegnete Barbara Münzer zögernd: »Wer vergräbt denn eine Puppe?«

»Ich habe keine Ahnung. Aber sie lag in einer Holzkiste unter der Erde. Nicht weit von dem Haus entfernt, am Ufer von einem der Pfühle.«

Die Frau am anderen Ende stieß die Luft aus.

»Als sie sich in ihrem Grab befand, hatte sie nur ein Auge«, fügte Luna gedämpft hinzu.

Keine Reaktion. Für einen Moment befürchtete sie, Barbara Münzer habe aufgelegt, aber dann hörte sie sie plötzlich atmen. Hektisch. Stoßweise.

»Hallo?«

»Ich bin noch dran.« Ihre Stimme klang verändert. Ängstlich, belegt.

»Erinnern Sie sich zufällig an diese Puppe?«

»Sie hatte nur ein Auge?«

»Ja. Man hat ihr ein neues eingesetzt, nachdem sie ausgegraben wurde.«

»Dieses Auge wurde schon einmal ersetzt.«

»Was?«

»Die Puppe ist schwarzhaarig?«

»Ja.«

»Sie trägt ein weißes Kleid?«

»Genau.«

»Eine Armand Marseille?«

»So ist es.«

Wieder ein paar hektische Atemzüge. Eine lange Pause. Und dann brach es aus ihr heraus: »Das ist die Unglückspuppe. Auf ihr scheint ein Fluch zu lasten. Trennen Sie sich von ihr. Sollten Sie sie ausgebuddelt haben, gebe ich Ihnen einen guten Rat: Vergraben Sie sie wieder tief unter der Erde! Am besten in einer vernagelten Kiste!«

»Warum?«

»Damit sie nicht mehr herauskommt!«

»Was ist mit der Puppe?«

»Sie bringt Unglück. Sie ist verflucht. Ihretwegen hat meine Schwester damals ein Bein verloren. Und nun wurde Ursula ermordet. Zerstückelt mit einem Beil. Nehmen Sie sich in Acht vor der Puppe!«

Danach klickte es. Barbara Münzer hatte das Gespräch beendet.

Luna starrte ihn an. »Wir fahren morgen von hier weg. Beide. Ich … ich kann nicht mehr. Wir müssen fort von hier.«

Sie war so aufgewühlt, dass Leon kurzzeitig fürchtete, sie könnte vor ihm zusammenbrechen.

»Diese Puppe«, raunte sie, »wird mir immer unheimlicher. Als habe sie wirklich etwas Lebendiges an sich.«

»Ja. Du hast sie sprechen gehört. Und ich hab das auch.«

»Nein, Leon, du nicht. Bitte. Lass dich nicht auch noch von diesem Wahnsinn anstecken.«

»Aber ich hab sie doch gehört. Als du schlafwandelnd auf

dem Dachboden warst. Ich hab dieses furchtbare Krächzen gehört. Sie hat die Stimme eines alten Mannes.«

Luna wiegte den Kopf. Dann ging sie aus dem Puppenzimmer. Leon folgte ihr. An der Treppe zum Dachboden blieb sie stehen.

»Wir sollten einen kühlen Kopf bewahren«, sagte sie.

»Ja.«

»Die Puppe ist nicht lebendig. So etwas gibt es nur in Horrorfilmen. Das sind Angstprojektionen. Als mich das Insekt gefangen hielt, hab ich all meine Ängste auf die Puppe projiziert. Für mich war sie ein menschliches Gesicht in der Finsternis. Und dann hat sie zu mir gesprochen, und das hat mir geholfen. Aber die Stimmen gibt es nicht wirklich. Sie existierten nur in meinem Kopf.«

»Und warum hab ich sie dann auch gehört?«

»Ich vermute, ich hab im Schlaf mit ihr gesprochen.«

»Mit zwei verschiedenen Stimmen? Das Krächzen kam von dir? Und dabei hattest du das Beil in der Hand?«

»Ich denke schon. Aber Schlafwandler erinnern sich nun mal nicht an ihre nächtlichen Episoden.«

Leon spähte die Treppe hinauf. »Wollen wir noch mal rauf? Zu *ihr*?«

Luna schüttelte den Kopf. »Genug für heute. Ich bin am Ende meiner Kräfte.«

»Dann lass uns jetzt schlafen gehen.«

»Gut. Und morgen … fahren wir zurück nach Berlin.«

»Aber du wolltest dem Insekt doch eine Falle stellen.«

»Ich denke, es ist besser, endlich die Polizei einzuschalten.«

»Sie werden dich verdächtigen. Was ist mit Tobias Schmidt? Wenn er wirklich tot ist … Du hast ihn als Letzte lebend gesehen. Es ist genauso wie bei Ursula Münzer.«

»Ich weiß, dass sie mich in die Mangel nehmen werden, solange wir das Insekt nicht entlarvt haben. Aber was heute alles passiert ist, ist einfach zu viel für mich. Und dann auch noch diese Puppe da oben. Wenn sogar Barbara Münzer der Meinung ist, dass sie irgendwie … verhext ist … dann …«

Ein leises Geräusch ließ sie beide innehalten. Leon spähte die Treppe hinauf. Seine Nackenhaare sträubten sich.

»Hast du das auch gehört?«, fragte er.

»Ein Knacken, ja. Aber da ist niemand auf der Treppe, oder?«

Sie starrten beide nach oben.

Leon kniff die Augen zusammen. Die Puppe auf dem Treppenabsatz, das Beil in der Hand? Sollte sie etwa von einem bösen Geist besessen sein? Trieb es sie zu morden? Menschen mit dem Beil zu zerstückeln?

Nein, so etwas gab es wirklich nur in Horrorfilmen.

»Da ist nichts«, murmelte er. »Hoffe ich jedenfalls.«

»Manchmal knackt es in den Holzstufen«, sagte Luna leise. »Das ist so in alten Häusern.«

»Ja.« Schließlich sagte er gefasst: »Also gehen wir noch mal alles durch. Was ist mit der ermordeten Hausbesitzerin? Was ist mit Ursula Münzer?«

»Wir können eigentlich davon ausgehen, dass sie das Insekt gekannt hat.«

»Das meine ich auch. Es hat sich in diesem Haus frei bewegt. Es gehört irgendwie zu dem Haus dazu. Zumindest glaube ich das.«

Luna nickte. »Das Insekt hat sich die Puppe genommen. Und diese Puppe bringt Unglück, behauptet Barbara Münzer. Das hat auch der Mann in der Puppenwerkstatt gesagt.

Und derjenige, der sie am Pfuhl gefunden hat. Das steht nicht nur so in meinem Text, das ist der wahre Hintergrund.«

»Aber ist das nicht ein Aberglaube?«

»Realistisch betrachtet schon. Alles eine Frage des Blickwinkels. Ursula Münzer hat einen Autounfall. Sie verliert dabei ein Bein. Sie behauptet, die Puppe sei daran schuld.«

»Eine böse Puppe also.«

»Sie hat ja auch was Fieses an sich, findest du nicht?«

»Ja. Aber wir sollten uns von diesem Aberglauben nicht verrückt machen lassen.«

»Du hast recht. Also weiter. Der Mann mit der Gasmaske nimmt sich die Puppe aus dem Puppenzimmer.«

»Barbara Münzer hat gesagt, es seien Puppen auf mysteriöse Weise verschwunden.«

»Also hat er vielleicht noch andere gestohlen.«

»Könnte sein. Was macht er damit?«

Sie holte tief Luft. »Was er auch mit mir getan hat.«

Leon errötete leicht. »Er steht auf Teenies. Blutjunge Teenies.«

»Mädchen, die aussehen wie Puppen. Zart. Hellhäutig. Zerbrechlich. Wie aus Porzellan.«

»Ich denke, die Unglückspuppe ist der Schlüssel zu der Lösung des Rätsels.«

»Was ist mit dem Auge?«, fragte Luna. »Warum wurde es ihr herausgenommen? Warum wurde es ersetzt?«

»Wir hätten Barbara Münzer danach fragen sollen«, sagte Leon.

»Sie hat einfach aufgelegt.«

»Sie weiß etwas darüber. Auch sie verheimlicht uns etwas.«

»Keine Männer in diesem Haus. Nur Frauen. Zwei Schwestern, die eine so verschroben wie die andere.« Luna vergrub für einen Moment das Gesicht in den Händen. »Leon, wir kommen hier nicht weiter. Lass uns am besten gleich heute Nacht wegfahren.«

»Nein, jetzt bleib mal ganz ruhig. Es ist total neblig draußen. Du bist noch immer völlig fertig von der Sache von heute Nachmittag. Wir fahren morgen früh, okay?«

Er ahnte, es könnte ein Fehler sein, nicht sofort von hier zu verschwinden, aber der Eifer hatte ihn gepackt.

Er wollte Luna unbedingt helfen, das Insekt zu enttarnen.

»Okay«, murmelte sie.

Sie löschten überall das Licht und verließen das Haupthaus. Luna schloss die Tür von außen ab.

Durch den dichten Nebel tappten sie hinüber zum Anbau.

Ihn beschlich das Gefühl, dass sie etwas Wichtiges übersehen hatten.

SECHSUNDZWANZIG

Leon fand keine Ruhe. Er wälzte sich auf dem schmalen Bett in seinem Zimmer hin und her. Luna hatte nebenan noch eine Weile geschrieben. Das Klappern ihrer Computertastatur war zu vernehmen gewesen. Danach Stille. Einmal war er aufgestanden und hatte nachgeschaut: kein Licht mehr unter ihrem Türspalt. Offenbar schlief sie jetzt.

Vielleicht hatte sie ein paar von den Beruhigungstabletten genommen, die ihr Wieland Kühn dagelassen hatte.

Eine davon könnte er nun auch gebrauchen. In seinem Kopf drehte sich ein Gedankenkarussell.

Für übermorgen war er wieder mit seiner Mutter zum Skypen verabredet. Was sie wohl von den Vorfällen in dem Haus halten würde? Sicherlich wäre sie nicht besonders erfreut.

Er grübelte über die Puppe nach, über Tobias Schmidt und die merkwürdigen Worte von Barbara Münzer.

Das ist die Unglückspuppe. Auf ihr scheint ein Fluch zu lasten. Trennen Sie sich von ihr. Sollten Sie sie ausgebuddelt haben, gebe ich Ihnen einen guten Rat: Vergraben Sie sie wieder tief unter der Erde! Am besten in einer vernagelten Kiste!

Er schaltete das Licht ein und starrte zur Zimmerdecke. Direkt über ihm war sie. In der Kammer, wo all das Blut war. Da hockte sie und grinste.

Ein Fluch.

Er dachte an die Beinprothese im Haupthaus. Er dachte an die Spuren der Beilhiebe.

Und an die krächzende Stimme der Puppe: *Krrk. Krrk. Schlag zu.*

Luna. Geistert im Schlaf herum. Spricht mit verstellter Stimme. Hebt das Beil.

Krrk. Krrk. Schlag ordentlich zu.

Ich habe Tobias Schmidt nicht getötet.

Nein, Luna war nicht verrückt. Nur ziemlich verstört. Er wusste ja selbst nicht, wie er reagieren würde, wenn er all das durchmachen müsste, was sie erlitten hatte.

Er dachte an die beängstigenden Passagen in ihrem Manuskript. *Schau die Puppe an, immer die Puppe anschauen.* Und der Lippenstift überall auf ihrem nackten Körper. Erstaunlich, wie sie all das verarbeitet hatte. Sie war so tapfer. Luna hatte den Kampf mit dem Insekt aufgenommen.

Ich stelle ihm eine Falle.

Er setzte sich auf.

Es wäre nicht gut, wenn sie jetzt einfach aufgeben würde. Selbst wenn Luna zur Polizei ging, steckte sie noch immer tief im Schlamassel. Man würde ihr vorwerfen, dass sie sich im Mordfall Ursula Münzer nicht bei den Beamten gemeldet hatte. Und auch in der Sache mit Tobias Schmidt würde sie äußerst verdächtig erscheinen. Selbst ihr Literaturagent stand offenbar nicht mehr auf ihrer Seite.

Darum wäre es wichtig, dass sie nun endlich einen Hinweis finden würden. Eine Spur im Haus, die zu dem Insekt führte. Ein Indiz, irgendeinen Beweis.

Er überlegte. Angeblich wurde Lunas Rechner überwacht.

Ich stelle dem Insekt eine Falle. Vorher rufe ich die Polizei.

Wie aber sollte sie dem Mann mit der Gasmaske eine Falle stellen, wenn sie nichts gegen ihn in der Hand hatte? Er musste Luna helfen. Womöglich war er der Einzige, der ihr noch zur Seite stand.

Sollte er vielleicht noch einmal allein im Haupthaus nachsehen? Sich den Schlüssel nehmen und ...?

Er hatte Angst. Morgen aber wäre es zu spät. Luna wollte aufgeben. Von hier wegfahren.

Das Puppenzimmer. Diese kitschigen Möbel. Die Fotografie. Ein Heer von Puppen in dem Zimmer. Darunter die Horrorpuppe. Sie hat zwei verschiedene Augen.

Lunas Gespräch mit Barbara Münzer hallte in seinem Kopf nach.

Erinnern Sie sich zufällig an diese Puppe?

Sie hatte nur ein Auge?

Ja. Man hat ihr ein neues eingesetzt, nachdem sie ausgegraben wurde.

Dieses Auge wurde schon einmal ersetzt.

Es wurde schon einmal ersetzt. Was hatte es nur mit diesem Auge auf sich?

Keine Angst, dachte er. Die Puppe ist nicht lebendig.

Und der Mann mit der Gasmaske, wo war er jetzt? Er musste doch irgendwo eine Spur hinterlassen haben.

Er steht auf Teenies. Blutjunge Teenies.

Mädchen, die aussehen wie Puppen. Zart. Hellhäutig. Zerbrechlich. Wie aus Porzellan.

Leon schwang sich aus dem Bett. Es half alles nichts. Er musste Luna helfen, seine Angst besiegen.

Er streifte sich Jeans und Pullover über seinen Pyjama und zog seine Schuhe an.

Damit Luna keinen Schreck bekam, falls sie nachts wach wurde und aus dem Fenster sah, machte er im Haupthaus kein Licht, sondern leuchtete mit seinem Smartphone die Räume ab. Zunächst durchsuchte er noch einmal das Puppenzimmer, doch ohne Ergebnis. Danach wandte er sich dem Flur zu.

Hat das Haus eigentlich einen Keller?

Ich hab den Makler mal danach gefragt. Er sagte nein. Er sprach nur von irgendwelchen Versorgungsschächten.

Leon betrachtete den Bereich unterhalb der Treppe zum Dachboden. Wenn es im Haus einen Zugang zu diesen Schächten gab, dann wohl am ehesten hier. Schließlich fand er eine Stelle, wo sich die Holzverkleidung abnehmen ließ. Dahinter tat sich ein Hohlraum auf. Es roch muffig und feucht darin. Er leuchtete hinein. Zu erkennen waren ein paar Rohre, ansonsten Staub und Spinnweben. Sicherlich gab es auch Ratten und Mäuse dort unten. Ihm schauderte bei dem Gedanken, sich durch die Öffnung hindurchzuzwängen. Stattdessen legte er sich bäuchlings auf den Boden, um noch weiter in den Kriechkeller hineinzuleuchten. Aber da war nichts.

Er erhob sich, setzte die Holzklappe wieder ein und setzte seine Suche in der Küche fort. Schließlich betrat er zögernd das angrenzende Schlafzimmer. Er nahm all seinen Mut zusammen und näherte sich dem Sessel, auf dem die Beinprothese lag. Unwillkürlich zuckte er zusammen. Eine Zeit lang suchte er das Zimmer ab, doch außer den eingetrockneten Blutspritzern und dem gesplitterten Holz am Bettrahmen fand er nichts von Bedeutung.

Zurück an der Treppe im Flur musste er an die Puppe denken.

Ich hab den Dachboden schon so oft durchsucht.

Allerdings könnte Luna etwas übersehen haben.

Also gab er sich einen Ruck und ging hinauf. Die Stufen knarrten.

Das ist in alten Häusern so.

Oben angelangt atmete er geräuschvoll und räusperte sich öfter, da ihn die Stille ängstigte.

Und die Gegenwart der Puppe.

Sie ist nicht lebendig.

Er kam zu der Stelle, wo der Dachboden um die Ecke führte. Obwohl er längst wusste, wo die Vogelscheuche stand, erschrak er erneut, als sie von seinem Lichtstrahl getroffen wurde.

Allmählich näherte er sich der Kammer. Schon von Weitem sah er die offen stehende Tür, das umgestürzte Vorratsregal und die zerbrochenen Einmachgläser. Die Blutspuren gerieten in seinen Lichtkegel.

Und da saß die Puppe auf dem Boden. In ihrem weißen Kleid. Ihre verschieden blauen Augen funkelten ihn an.

Sie ist nicht lebendig.

Er trat ein, leuchtete die kahlen Wände ab. Bald darauf ging er wieder hinaus.

Ratlos richtete er den Lichtstrahl nach oben. Die Dachbalken warfen lange Schatten. Er versuchte sich den Grundriss des Hauses vorzustellen. Schließlich leuchtete er wieder zu der Kammer hin. Sie hatte weiß gekalkte Wände, etwa zweieinhalb Meter hoch, die Mauer über dem Türstock aber ragte bis zur Dachspitze hinauf. Was war eigentlich dahinter?

Leon ging noch einmal in die Kammer hinein und ließ den Lichtstrahl bis zur Decke hinaufgleiten. Wiederum malte er sich die Umrisse des Gebäudes aus. Dieser Teil des Dachbodens befand sich offensichtlich über dem Anbau. Eine ehemalige Scheune, wie Luna ihm gesagt hatte.

Ob sich über der Kammer vielleicht der Heuboden befand? Dazu aber gehörte eine Öffnung. Irgendeine Luke. Wo war die?

Er verließ die Kammer und leuchtete erneut zum Dachgebälk hinauf.

Da war keine Luke, er sah nur das Dach und die Wand. Aber dahinter musste doch etwas sein.

Plötzlich fiel das Licht seines Handys auf eine Stelle im Gebälk, die ziemlich verwinkelt und zudem mit alten Strohsäcken verhängt war. Er überlegte, wie er dorthin gelangen könnte, um nachzusehen, was sich dahinter befand. Die Strohsäcke verbargen ihm die Sicht auf einen Teil der Mauer über der Kammer.

Leon ging zurück und leuchtete jeden Winkel des Speichers ab. Schließlich stand er wieder vor der Vogelscheuche.

Ängstlich betrachtete er ihre Fratze. Er machte einen Schritt auf sie zu. Da erst erkannte er, dass sich hinter dem Dachbalken, an dem sie lehnte, eine Holzleiter verbarg. Sie führte direkt zu einem Querbalken, etwa drei Meter über ihm. Kurz entschlossen stieg Leon hinauf.

Sein Herzschlag beschleunigte sich, als er oben angelangt war. Vorsichtig kletterte er auf den Balken, kämpfte gegen das Schwindelgefühl an und richtete sich auf.

Der Lichtkegel tanzte vor ihm über das Holz, während er sich mit langsamen Schritten voranwagte. Er hatte Angst. Wenn er hinunterstürzte, würde er sich das Genick brechen.

Nach einiger Zeit hatte er die verwinkelte Stelle erreicht. Er stand nun oben an der Mauer. Der Eingang zur Kammer befand sich links unter ihm. Er schob die Strohsäcke beiseite, die ihm die Sicht versperrt hatten, und leuchtete zur Dachspitze hinauf.

Abermals beschleunigte sich sein Herzschlag. Da war eine hölzerne Luke in der Wand, breit genug, um hindurchzuklettern. Es war ein Türschloss darin eingebaut. Er musste sich nur ein wenig ausstrecken, um an die Klinke zu gelangen.

Mit einer Hand hielt er das Smartphone, mit der anderen drückte er die Klinke.

Leon stieß die Luft aus. Die Luke war unverschlossen. Mit einem knarrenden Geräusch schwang sie nach außen auf.

Er atmete ein paarmal tief durch, dann steckte er das Handy in die Tasche seiner Jeans, griff mit beiden Händen nach der Mauerkante und zog sich hinauf.

Er kletterte auf die Kante, nahm das Smartphone aus der Tasche und leuchtete den Bereich dahinter ab.

Unter ihm, an der Rückseite der Mauer, stand noch eine Leiter. Sie führte zu einem Raum hinab, der sich direkt über der Kammer befand.

Ohne länger darüber nachzudenken, stieg Leon hinunter.

Am Fuße der Leiter angelangt ließ er das Licht über die Wände gleiten.

Und da erschrak er.

Augen starrten ihn an.

Der Raum war voller Porzellanpuppen. Sie alle hatten dunkles Haar.

Doch jede von ihnen war einäugig.

Sie saßen in offenen Holzkästen, die an der Wand zu einer Art Haus aufgestapelt waren.

Die Kästen waren zu Miniaturzimmern umdekoriert worden. Puppenmöbel befanden sich darin, die Holzlatten waren mit Tapeten beklebt, die Böden mit Teppichen ausgelegt. Und in jedem Kasten hing ein Foto in einem goldfarbenen Rahmen.

Diese Fotos zeigten Mädchen, die Ähnlichkeit hatten mit den Puppen. Sie alle waren dunkelhaarig. Und ihre Haut war so hell wie Porzellan.

Zitternd ließ Leon den Lichtstrahl über die bizarre Szenerie wandern.

Eine der einäugigen Puppen hockte auf einem rosafarbenen Bettchen. Sie trug bloß weiße Socken und sonst nichts. Ihr nackter Körper war mit Lippenstift beschmiert. Das Foto im Hintergrund zeigte ein scheu lächelndes Mädchen auf einem Waldweg.

Die nächste Puppe hatte ebenfalls nur weiße Söckchen an. Auch sie war über und über mit Lippenstift bemalt. Ihr Zimmer in dem Holzkasten war mit einem Fetzen von einem Flokatiteppich dekoriert. Jemand hatte ihr eine kleine Lampe mit einem weißen Schirm gebastelt. Darunter räkelte sich die Puppe kokett auf einem rosafarbenen Kissen.

Ihr eines Auge starrte Leon an. Aus der klaffenden Augenhöhle links aber ragte etwas heraus. Dunkel, ein Büschel Haare. Und zwischen den Haaren befand sich noch etwas. Leon blinzelte. Er stieß einen erstickten Schrei aus, als er erkannte, dass es Fingernägel waren, mit Dreck verkrustet.

Das Mädchen auf dem Foto blickte ernst zu ihm hin. Es war blass, dunkelhaarig und noch sehr jung.

Aus der Augenhöhle der nächsten Puppe ragte das Stück von einem cremefarbenen Slip hervor. Fleckig, besudelt, halb zerfallen. Entsetzt blickte Leon auf das gerahmte Foto in dem Miniaturpuppenzimmer. Es zeigte ein Mädchen an einem Waldsee. Das Foto war grobkörnig. Offenbar war es aus großer Entfernung mit einem Teleobjektiv aufgenommen worden.

Noch eine Puppe, bekleidet mit einem weißen Slip, der ihr viel zu groß war. Um den Hals trug sie eine Perlenkette. Ihr einäugiges Porzellangesicht war stark geschminkt. Ihre flachen Brüste waren mit Lippenstift beschmiert. Aus ihrer Augenhöhle ragte ein Knäuel verfilzter Haare.

Noch mehr Puppen. Niedliche rosafarbene Zimmer. Miniaturmöbel. Spiegel. Lampen. Und dazu die Fotos von Mädchen.

Puppen. Einäugig. Überall. Hochhackige Stiefelchen. Netzstrumpfhosen.

Lippenstiftspuren.

Menschliche Haare, Fingernägel, abgestorbenes Gewebe, verkrustet in den Augenhöhlen.

Leon wollte schreien. Doch seine Kehle war wie zugeschnürt.

Und dann entdeckte er eine Jungenpuppe. Sie war die einzige, die nicht schwarzhaarig war, und die einzige, die noch zwei Augen hatte. Allerdings hatte das linke einen anderen Farbton als das rechte.

Das Foto eines Jungen in der offenen Kiste.

Das Foto eines Fünfzehnjährigen, noch ungerahmt.

Leon kannte den Jungen.

Das war er selbst. Jemand hatte ihn heimlich auf dem Waldweg aufgenommen.

Schwer atmend wich er zurück.

In diesem Moment erfasste der Lichtstrahl seines Handys eine Gestalt in der gegenüberliegenden Ecke des Raumes.

Die Gestalt bewegte sich auf ihn zu.

Leon erkannte den langen schwarzen Rüssel und die tellergroßen Augen.

Und dann schrie er laut auf.

SIEBENUNDZWANZIG

Das Insekt drückte auf einen Schalter, und bunte Lichterketten flammten an den Wänden auf. Nun sah Leon auch, dass der Boden des Raumes mit Flokatiteppichen ausgelegt war. In einer Ecke standen ein Sessel und ein kleiner Tisch mit einem Laptop darauf.

In einer anderen Ecke befand sich ein Bett.

Das Insekt steckte einen Schlüssel in eine Vorrichtung an der Wand, und die Luke, durch die Leon hereingekommen war, klappte automatisch zu. Er hörte, wie das Schloss einrastete. Nun war Leon mit dem Insekt eingeschlossen.

Der maskierte Mann steckte den Schlüssel in die Hosentasche seines Kampfanzugs.

»Gib mir dein Handy.«

Seine Stimme klang dumpf und hohl unter der Gasmaske. Zudem flüsterte er.

Leon wich einen Schritt vor ihm zurück.

»Nun mach schon. Sonst muss ich dir noch wehtun.«

Leon zögerte. Er überlegte, wie er blitzschnell und unbemerkt den Notruf auf seinem Smartphone betätigen könnte. Vielleicht seine letzte Möglichkeit, um hier lebend wieder herauszukommen. Verzweifelt blickte er zu der verschlossenen Luke hoch. Unwillkürlich dachte er an Luna und an das, was sie als Teenager in diesem Haus durchgemacht hatte.

Nur eine Etage tiefer. Das Insekt hatte die Kammer einfach ein Stück weiter nach oben verlegt.

Der Flokatiteppich, das Bett, die Lichterketten.

Alles wie in Lunas Manuskript.

Fiebrig glitten seine Finger über den Touchscreen des Smartphones.

Sein Herz raste, und plötzlich trübte sich sein Blick ein. Vor lauter Panik fiel ihm das Atmen schwer. Er taumelte zurück. Da packte ihn der Mann mit der Gasmaske, entriss ihm das Handy und schaltete es aus.

»Ist dir nicht gut?«, fragte er erschreckend sanft. »Willst du dich lieber für einen Moment hinlegen?«

»Bitte, ich … Lassen Sie mich gehen … ich verrate auch niemandem etwas.«

Das Insekt machte eine Bewegung mit dem Kopf. Die Augen hinter den getönten Scheiben der Gasmaske. Der lange Atemschlauch. Ein anthrazitfarbener Kampfanzug aus festem Drillich. Leon versuchte sich für einen Moment vorzustellen, er sei bloß beim Lesen von Lunas Manuskript eingeschlafen und träumte sich nun selbst in die Handlung hinein.

Doch dieser Albtraum war Wirklichkeit. Und die Finger in den Gummihandschuhen berührten ihn tatsächlich. Der pudrige Geruch ekelte ihn. Es widerte ihn an, wie der Mann über seine Wangen strich, ihm nahe kam, viel zu nah.

»Gefallen dir meine Puppen?«, raunte er.

Leon wagte es nicht, zu den aufgetürmten Holzkisten hinzuschauen.

»Warum hat jede Puppe nur ein Auge?«, fragte er kaum hörbar.

Der Mann lachte leise.

»Gute Frage, Junge.« Seine Hände glitten auf Leons Schultern. Er drehte ihn mit sanftem Druck herum und führte ihn zu dem Holzkasten, in dem die Jungenpuppe vor dem Foto saß, das ihn selbst zeigte.

»Diese dort hat noch zwei.«

»Aber das andere ist …«

»… ist nicht das richtige. Du hast recht.«

Das Insekt griff nach der Puppe und nahm ihr das zweite Auge heraus. »Gefällt es dir so besser?«

»Nein.«

Abermals lachte das Insekt.

»Leg dich aufs Bett.«

»Bitte. Tun Sie mir nichts.«

»Ich will dir eine Geschichte erzählen. Du magst doch Geschichten, oder? Vor allem wenn sie spannend und abgründig sind, nicht wahr? So wie die von Luna Moor?«

Leon schluckte.

»Schläft Luna?«

Er antwortete nicht.

»Du bist allein gekommen. Mitten in der Nacht. Also schläft sie wohl.«

Er rang nach Atem.

»Wollen wir nachschauen?«

Der Mann ging zum Tisch und drückte auf eine Taste des Laptops. Er drehte den Bildschirm um, sodass ihn Leon sehen konnte.

Plötzlich erkannte er Luna auf dem Display. Im grünstichigen Licht eines Nachtsichtfilters. Sie lag auf der Klappcouch. Er sah ihr Gesicht auf dem Kissen, die geschlossenen Augen. Das dunkle Haar. Sie hatte tatsächlich Ähnlichkeit mit einer Puppe.

Ja, dachte Leon, sie sah aus wie eine schlafende Porzellanpuppe.

»Wie ist das möglich?«, fragte er.

»Die eingebaute Webcam auf ihrem Rechner. Ich hab mich in ihr System eingehackt. Ich lese nicht nur ihren neuen Text mit, während sie daran schreibt, ich kann sie auch durch die Kamera beobachten. Durch eine besondere Applikation funktioniert das sogar bei Nacht. Sie hat vergessen, den Laptop auszuschalten, und ihn nicht zugeklappt. Das war ein Fehler. Siehst du ihren Arbeitstisch? Von dort ist die Sicht auf ihr Schlafsofa grandios.«

Leon stieß die Luft aus.

»Warum machen Sie das?«

»Warum? Weil ich sie liebe! Ich liebe Luna. Für mich ist sie noch immer das Mädchen mit der Porzellanhaut. Für mich ist sie noch immer sechzehn Jahre alt. Und damals sah sie sehr viel jünger aus, wie zwölf oder dreizehn. Mein Lieblingsalter. Annähernd so jung wie du, Leon.«

»Sie kennen meinen Namen?«

»Ich hab ihn oft genug gehört.«

»Sie haben uns also die ganze Zeit beobachtet und belauscht?«

»Ist das so überraschend für dich? Das hier ist *mein* Haus. Und ihr beide kamt zu mir. Hat nur etwas länger gebraucht, bis du mich endlich gefunden hast. Ein gutes Versteck, findest du nicht? Nicht mal die Bullen haben es entdeckt. Diese dümmlichen Polizisten aus Frankfurt/Oder. Ich hab meine Puppensammlung einfach hiergelassen. Nach Ursulas gewaltsamem Tod durchkämmen die Beamten von der Spurensicherung das Haus, in ihren weißen Overalls mit den Kapuzen, dem Mundschutz und den Plastiküberziehern an den Schuhen. Sie stöbern überall herum, aber das hier, mein Reich, entdecken sie nicht. Sie haben ja auch nicht danach gesucht. Ich glaube, Männer in diesem Beruf interessieren sich nicht besonders für Puppen.«

»Ursula? Sie kennen sie also?«

Das Insekt zuckte mit den Schultern. »Vielleicht.«

»Das ist nicht *Ihr* Haus. Es gehörte Ursula Münzer, die Sie ermordet haben. Und nun ist es an Barbara Münzer übergegangen, ihre Schwester.«

»Du bist ja gut informiert.« Das Insekt machte eine verächtliche Armbewegung. »Trotzdem ist es mein Haus. Und dieser Dachboden hier ist mein Reich. Wie nennt mich Luna doch gleich in ihrem Manuskript? Das Insekt? Ziemlich treffend, findest du nicht? Insekten hausen auf Dachböden. Dort bauen sie sich ihre Nester. Das ist mein Nest. Schau es dir an, Leon. Schau es dir genau an.«

Widerstrebend glitt sein Blick über die einäugigen Puppen in ihren Miniaturzimmern.

Er musste hier raus. Er durfte sich nicht einfach ergeben. Dem Insekt den Schlüssel entreißen, durchfuhr es ihn. Die Leiter hinaufsteigen. Die Luke öffnen.

Er sah sich nach einem Gegenstand um, den er als Waffe benutzen könnte. Aber schon war das Insekt bei ihm, und seine Hände legten sich um seinen Hals.

»Aufs Bett, Leon. Sei brav. Ich will dir doch nur eine Geschichte erzählen. Leg dich einfach hin.«

Er riss sich von ihm los. »Fassen Sie mich nicht an!«

Wortlos deutete das Insekt auf das Bett.

Schließlich gehorchte er. Er kauerte sich auf der Matratze zusammen.

»So ist es gut. Schade, dass du kein Mädchen bist, Leon.«

Das Insekt setzte sich zu ihm auf den Bettrand. »Wirklich schade. Aber deine Haut ist sehr schön. So rein. Und hell. Ungewöhnlich für einen Jungen. Beinahe wie aus Porzellan.«

Ein Schauer lief ihm über den Rücken.

»Magst du Puppen, Leon?«

Sein Herz hämmerte. Er schwieg.

»Die Puppe, die ich Luna geschenkt hab und die nun unten in dieser Kammer hockt, sie lag schon im Grab. Und weißt du, warum? Luna hat mich enttäuscht. Sie hätte bei mir bleiben sollen. Aber sie ist mir entwischt. Also hab ich die Puppe vergraben. Ich nahm ihr das Auge heraus, aber ich hatte nichts von Luna, mit dem ich sie hätte beseelen können. Nichts, mit dem ich diese leere Höhle füllen konnte. Und so hab ich sie beerdigt. Vielleicht war das ein Fehler. Jemand hat die Puppe gefunden. Und so hat Luna letztendlich *mich* gefunden. Glaubst du an beseelte Puppen, Leon?«

»Nein!«

»Du lügst. Für dich ist Lunas Puppe auch irgendwie lebendig, gib es zu. Du verstehst mich besser, als du es dir eingestehen möchtest. Ich hätte es nicht für möglich gehalten, aber Lunas Puppe scheint sogar beseelt zu sein ohne einen Fetisch. Ohne das Haar ihrer Besitzerin. Man könnte meinen, die Puppe hat es ganz allein hierhergeschafft. Offenbar brachte sie Luna zurück in dieses Haus. Zumindest könnte man das vermuten, wenn man in Lunas neuem Text liest.« Das Insekt atmete hörbar unter seiner Maske. »Magst du ihre Bücher, Leon?«

Er schwieg.

»Natürlich magst du sie. Alle sind verrückt nach Lunas Thrillern. Weil sie so … überaus authentisch sind. Aber weißt du, wenn Luna als Puppe dort in einem der kleinen Zimmer sitzen würde …«, er wies auf das bizarre Puppenhaus, gezimmert aus Holzkisten, mit Tapeten, Teppichen und Möbeln darin, »… Luna als Puppe in einem hübschen Kleidchen. Oder in einem transparenten Negligé. Oder auch ganz nackt. Nur mit einem Paar weißen Söckchen an den Füßen. Dann wäre sie glücklicher. Sie müsste nicht immerzu ihre Albträume aufschreiben … sie wäre erlöst.«

Leon verzog das Gesicht. »Wie soll das funktionieren, Luna als Puppe? Sie töten sie und dann …? Sie stopfen Haare und Fingernägel und etwas, was sie an ihrem Körper getragen hat, in die Augenhöhle einer Puppe, die ihr ähnlich sieht, und … Großer Gott! Glauben Sie wirklich, dass … Sie sie besitzen können für immer?«

»So ist es. Du verstehst mich, Leon.«

»Oh Mann, Sie sind ja total krank. Sie widern mich an. Wollen Sie das mit mir auch machen? Teile von mir in diese Puppe stecken?«

Er wusste selbst nicht, woher er den Mut nahm, dem Insekt die Stirn zu bieten, aber es half irgendwie. Es erleichterte ihn, also sprach er weiter.

»Sie sind ja so was von pervers. Wie viele Mädchen haben Sie eigentlich umgebracht?«

»Sei still, Leon. Reg dich nicht auf. Es waren nicht viele. Drei insgesamt. Ich tue das nicht oft. Es ist eine Neigung, ich gebe es zu. Eine süße Fantasie. Mein Puppentraum. Aber ich hab das unter Kontrolle. Ich gehe meinem Job nach, ich bin erfolgreich in meinem Beruf. Doch ab und zu komme ich hierher. Um nachzudenken. Mich auszuruhen. Um zu träumen. Eigentlich müsstest du meine Motive nachvollziehen können. Du wirkst, wenn du sprichst, sehr viel reifer als andere Jungen im Alter von fünfzehn Jahren. Sei also nicht so widerspenstig, ja? Hör dir meine Geschichte wenigstens mal an. Vielleicht kann ich dich ja einweihen. Ich verrate dir, wie man Puppen beseelt.«

Leon starrte ihn an. Ihm kam ein furchtbarer Gedanke. Die Stimme des Insekts, dieses Wispern, so rau, gepresst unter der Maske, war das etwa …? Nein, unmöglich. Er war ja schon am Durchdrehen. Dabei musste er bei klarem Verstand bleiben. Das Adrenalin in seinem Blut machte ihn ganz zittrig.

Der Mann berührte ihn. Er strich über seine Wangen, seinen Hals.

»Du bist ein guter Junge. Du bist, wie ich damals war. Sensibel. Verträumt. Du vergräbst dich gern in deinen Büchern, nicht wahr? Bücher sind deine Zuflucht. Abenteuerromane, Thriller, Schauergeschichten. Andere Jungs spielen mit der Playstation, wischen ständig auf ihrem Smartphone herum. Du nicht. Ich hab dich in den letzten Tagen genau beobachtet, Leon. Ich weiß vieles über dich. Die anderen Jungs albern nur herum, sie interessieren sich für Sport, für Autos, für … vollbusige Weiber. Sie sind grob, vulgär, aber du bist es nicht. Diese Neugier, mit der du dich auf Lunas Manuskript gestürzt hast. Du bist wie ich. Auch du hast instinktiv begriffen, worum es Luna in ihren Büchern geht. Was sie antreibt. Warum sie diese abgründigen Storys schreiben muss. Und welche Person sich dahinter verbirgt. Denn sie ist noch immer das empfindsame Mädchen, das Mädchen mit der Porzellanhaut.«

»Und der Lippenstift? Was hat der Lippenstift für eine Bedeutung? Sie sind doch völlig pervers, Mann. Versuchen Sie sich nur nicht rauszureden. Sie sind ein Kinderschänder. Sie sind abartig. Ich will das nicht hören. Ihr Gefasel. Sie haben

Luna so viel Schreckliches angetan. Sie ist ...« Seine Stimme brach. »Oh, mein Gott, was haben sie jetzt mit uns vor?«

»Schsch.«

Das Insekt beugte sich über ihn. Der Finger im Gummihandschuh berührte seine Lippen.

»Ganz ruhig, Leon. Ich weiß, wie du dich fühlst. Ich war damals genauso. So verzweifelt. Aufbegehrend. Und gleichzeitig ... zart ... eine zerbrechliche Seele. Hör dir meine Geschichte an. Hör einfach zu. Und danach kannst du schlafen. Ich werde dir eine Spritze geben.«

»Nein! Bitte! Keine Spritze!«

»Es tut nicht weh, Leon. Hör einfach zu.«

ACHTUNDZWANZIG

1983

Es war eng und stickig in dem kleinen Auto. Sie saßen zu fünft darin. Berliner Ring, Sommer 83, Mittagshitze, die geflickten Betonplatten der alten Reichsautobahn erschütterten den Lada. Der Vater des Jungen war stolz auf den Wagen, russisches Modell, ein Privileg zu DDR-Zeiten. Der Verkehrslärm drang durchs Seitenfenster, das einen Spaltbreit geöffnet war. Der Junge auf der Rückbank hielt das Gesicht in den Fahrtwind. Vater und Mutter saßen vorn, seine Schwester Cecilie neben ihm. Die fünfte Person war eine Freundin der Mutter, Ursula, früh verwitwet, wohlhabend wegen ihres verstorbenen Mannes, einem Parteibonzen, der ihr ein großes Haus vermacht hatte. Mehr oder minder aus Mitleid nahm die Familie sie zu einem Wochenendausflug in den Thüringer Wald mit.

»Ursula braucht dringend einen Tapetenwechsel«, hatte die Mutter gesagt, »sie wird sonst noch irre in ihrem Haus.«

Dieses Haus war voller Porzellanpuppen. Aber das war für den dreizehnjährigen Jungen nicht das einzig Irritierende an der Frau mit den altmodischen Kleidern und dem seltsamen Haardutt. Sie benutzte ein aufdringliches Fliederparfüm. Sie war hochgewachsen, spindeldürr und sprach mit säuselnd wehleidiger Stimme. Fortwährend klappte sie ihre Handtasche auf und zu, das wirkte wie ein nervöser Tick. Und in regelmäßigen Abständen entnahm sie der Tasche einen Lippenstift, zog den Deckel ab, schraubte ihn auf und malte sich den Mund an. Der war so grellrot, dass der Junge sich Mühe geben musste, nicht immerzu hinzustarren.

Er fragte sich, warum seine Mutter mit dieser Frau so eng befreundet war. Und es wunderte ihn, dass seine Schwester sie mochte. Was auf Gegenseitigkeit beruhte. Ursula konnte Cecilie keinen Wunsch abschlagen. Und so hatte sie ihr sogar erlaubt, eine ihrer Porzellanpuppen zu dem Ausflug mitzunehmen.

Dabei hatte sie sie gewarnt: »Das ist kein Spielzeug, sondern eine Antiquität.«

Ihn selbst konnte sie nicht leiden, davon war der Junge überzeugt. Aber auch das beruhte auf Gegenseitigkeit.

Während der Fahrt waren Ursulas Augen permanent auf die schwarzhaarige Puppe in Cecilies Schoß gerichtet.

»Ganz vorsichtig, sie ist aus Porzellan.«

»Weiß ich doch.«

»Eine Armand Marseille. Ist sie nicht hübsch?«

»Wieso Marseille?«

»Das ist der Name des Herstellers. Süße, diese Puppen sind uralt. Sie sind ein Vermögen wert, also sei bitte vorsichtig.«

Auch der Junge warf immer wieder einen Blick auf die Puppe, mit der seine zwei Jahre jüngere Schwester spielte. Fasziniert beobachtete er, wie sie mit den Fingerspitzen die dunklen Zöpfe berührte. Die Augen der Puppe waren von einem wunderschönen tiefen Blau.

Die Puppe zwinkerte ihm zu.

Sie sah aus wie seine Schwester. Sie trug sogar ein ähnliches Kleid wie sie. Weiß, mit Spitzenbesatz.

Der Junge spürte, wie sich Cecilies Schenkel in der Enge des Wagens an ihn presste. Er roch ihre Haut, betrachtete erst ihre leicht geröteten Wangen und verglich sie dann mit denen der Puppe.

Ja, auch seine Schwester hatte diesen hellen Teint. Wie aus Porzellan.

»Gib mal her«, sagte er und streckte die Hand nach der Puppe aus.

»Nein«, sagte die Schwester.

»Seid vorsichtig«, wiederholte Ursula.

Der Vater scherte auf die Überholspur aus. Der Wagen schlingerte über die Schlaglöcher.

»Gib sie mir«, sagte der Junge und zupfte an dem Puppenkleid.

»Macht sie nicht kaputt«, sagte Ursula.

»Sie sieht dir ähnlich.« Der Junge lachte. Er zerrte an dem einen Arm der Puppe, Cecilie an dem anderen.

»Hör auf!«

»Gib sie her, dumme Kuh!«

Der Junge mochte seine Schwester. Er wollte sie nicht ärgern. Sie stritten sich nur äußerst selten.

Später sollte er sich immer wieder fragen, wie es zu diesem Streit gekommen war. Ob es an der Hitze gelegen hatte. Dem faszinierenden Aussehen der Puppe. Oder an dieser Frau mit dem Lippenstift, die er insgeheim provozieren wollte, weil sie um ihre Puppe so einen Aufstand machte.

Dann wieder sagte er sich, dass er seine Schwester einfach nur hatte necken wollen.

Sie war so hübsch. Mit der Puppe auf ihrem Schoß. Die

Wangen gerötet. Er spürte die Wärme ihrer Haut unter dem Kleid.

Er zerrte an der Puppe. Cecilie schrie.

Das war der Moment, da sich die Mutter zu ihnen umdrehte. »Wenn ihr nicht sofort Ruhe gebt, nehme ich euch die Puppe weg.«

»Es ist wirklich kein Spielzeug«, ereiferte sich Ursula.

»Mit elf spielt man nicht mehr mit Puppen«, sagte der Junge.

Das Puppenkleid rutschte hoch. Er lachte, als er die Unterwäsche der Puppe sah. Er lachte immer lauter. Es sprudelte aus ihm heraus.

Später sollte er sich fragen, ob dies vielleicht der letzte Moment in seinem Leben gewesen war, da er etwas zu lachen gehabt hatte.

»Gib sie mir zurück«, schrie Cecilie.

»Kinderkram«, höhnte er. »Du bist doch schon elf.«

»Gib her!«

»Kinder, lasst das!«

Die Augen der Puppe klimperten. Ihr roter Mund grinste. Die schwarzen Zöpfe flogen hin und her. Ihr schien der Streit zu gefallen.

Der Vater drehte sich zu ihnen um. »Seid endlich still!«

Plötzlich schrien alle durcheinander. Nur der Junge nicht. Er sah den Lkw vor der Windschutzscheibe.

Sie rasten auf ihn zu.

Ein Dröhnen. Ein Knall.

Und danach war alles still.

Er war nur kurz ohnmächtig.

Er versuchte zu atmen.

Diese Stille. Drückend. Schwer.

Er spürte Cecilies warme Haut.

Blut tropfte in sein Gesicht.

Es war Cecilies Blut.

Sie lag auf ihm, rührte sich nicht. Dann ein Geräusch. Sehr leise. Ein Wimmern. Es war rechts von ihm. Irgendwo hinter Cecilie. Die Frau mit dem Lippenstift, dachte er. Ursula. Ihr Wimmern wurde lauter. Sie war eingequetscht zwischen Metallteilen.

Jemand rief etwas von draußen. Die Straße schien weit weg zu sein. Es war so still. Dabei waren sie doch auf der dicht befahrenen Autobahn.

Der Junge versuchte sich zu orientieren.

Der vordere Teil des Wagens fehlte. Der Rest ein Klumpen Metall. Irgendwo darunter mussten seine Eltern sein.

Er wollte nach ihnen rufen, doch es gelang ihm nicht.

Das Atmen fiel ihm schwer. Er spürte den Körper seiner Schwester auf sich.

»Cecilie?«, fragte er.

Aber es kam keine Antwort.

Ihr Kopf war verdreht. Der Rumpf sah eigenartig aus. Verschoben. Zerquetscht.

Da bemerkte er, dass er noch immer die Puppe in der Hand hielt. Er starrte sie an. Sie war heil geblieben. Das Porzellan war unzerbrochen. Nur ein Auge war ihr herausgerutscht.

Ein blaues Glasauge.

Es blieb für immer verschwunden. Zwischen all den Trümmern, dem Blech.

Der Junge hielt die Puppe fest umklammert. Auch als die Feuerwehrmänner kamen, um ihn aus dem Wagen herauszuschneiden, ließ er sie nicht los.

Seine Eltern waren tot. Cecilie auch. Ursula war schwer verletzt. Nur der Junge blieb bis auf eine leichte Gehirnerschütterung unversehrt.

Die einäugige Puppe gab er nicht mehr her.

Selbst bei der Beerdigung hielt er sie in der Hand. Ursula Münzer wurde in einem Rollstuhl an das Familiengrab geschoben.

Bald darauf ging sie an Krücken. Es brauchte noch lange, bis sie sich an ihre Beinprothese gewöhnt hatte.

Der Junge war nun eine Waise. Er zog in das Haus in der Nähe vom Liepnitzsee. Ursula hatte sich seiner erbarmt. Das Kind brauchte ein neues Zuhause.

Fortan hörte er sie stöhnen, wenn sie mit ihrer Beinprothese durch die Zimmer schlurfte. Sie hatte zwar die Vormundschaft für ihn übernommen, doch sie machte keinen Hehl daraus, dass er die Schuld an dem Unfall trug. Und an ihrem Schicksal.

»Ich werde einsam sterben. Wer nimmt schon eine Frau mit Beinprothese.«

Hätte er nicht nach der Puppe gegriffen, wäre das Unglück nicht passiert.

Manchmal war auch die Puppe an allem schuld.

»Sie ist verflucht. Die Puppe ist böse.«

Der Junge aber hielt die Puppe fest. Sie war alles, was ihm von Cecilie geblieben war. Er vermisste seine Schwester noch mehr als seine Eltern.

Da der Anbau des Hauses vermietet war, wies Ursula ihm das Puppenzimmer zu. Das Bett für die Puppen war zu klein für ihn, also wurde ein größeres angeschafft. Er bekam Anweisungen, die Puppen nicht zu berühren.

Nur die Unglückspuppe durfte er anfangs behalten.

Nachts lag er wach und starrte sie an. Ihr eines Auge starrte im Halbdunkel zurück.

»Cecilie«, sagte er leise.

Doch die Puppe antwortete nicht.

Eines Tages kam Ursula und nahm ihm die Puppe weg. »Das ist kein Spielzeug für dich«, sagte sie. »Gib sie her.«

»Nein«, sagte der Junge.

»Sie muss restauriert werden. Sie bekommt ein neues Auge. Dann sieht sie nicht mehr so böse aus.«

»Du hast gesagt, sie bringt Unglück.«

»*Du* bringst Unglück! Deinetwegen musste mir ein neues Bein verpasst werden, und deinetwegen bekommt auch die Puppe eine Prothese.«

Der Junge wollte sie darauf hinweisen, dass Puppen keine Prothesen brauchten. Jedes Puppenauge war doch letztlich nur aus Glas. Aber er schwieg. Denn vielleicht hatte Ursula ja recht. Für sie waren die Puppen lebendig. Sie sprach mit ihnen. Sie mochte Puppen mehr als Menschen.

Die Schwarzhaarige bekam ein neues Auge, jedoch war es nicht von diesem schönen Blau wie das andere.

»Diese Augen sind nirgendwo mehr zu kriegen. Nun ist die Puppe für immer entstellt.«

Und doch wurde sie zurück ins Puppenzimmer gestellt, mit ein wenig Abstand zu den anderen.

»Fass sie ja nicht wieder an«, sagte Ursula zu ihm.

Nach der Schule trieb er sich nun öfter auf dem Speicher herum. Unterm Dach war er vor Ursula geschützt. Wegen der Beinprothese bereitete ihr das Treppensteigen zu große Mühe.

Er entdeckte die Dachkammer. Er kam auf die Idee, sich

hier ein Zimmer einzurichten. Falls ihn mal jemand aus der neuen Schule in der fremden Umgebung besuchen kam, würde das einen besseren Eindruck machen. Ein Junge, der in einem Puppenzimmer lebte, machte sich doch nur zum Gespött.

Er fragte Ursula, ob sie damit einverstanden wäre. Ihr war es recht. Sie wollte ihn nicht in seiner Nähe haben. Er erinnerte sie an den Unfall. Seine bloße Gegenwart erinnerte sie an das Unglück, das er über sie gebracht hatte.

Auf dem Dachboden war er weit weg von ihr. Auf dem Dachboden war der Junge in seinem eigenen Reich.

Er stattete die Kammer mit einem Flokatiteppich aus, schmückte die Wände mit Lichterketten. Wenn Ursula schon schlief, stahl er sich hinunter und nahm sich die Puppe mit den schwarzen Haaren hinauf.

Er entfernte das falsche Auge.

Er legte die Puppe auf seinen Körper. Nun war Cecilie wieder bei ihm. Sie waren eingezwängt in dem Unfallwagen, das Atmen fiel ihm schwer, aber sie waren vereint.

Die Puppe, Cecilie und er verschmolzen zu einer Gestalt.

Nachts suchten ihn die Albträume heim. Immer wieder liefen die Szenen des Unfalls vor ihm ab. Eigenartig nur, dass er den Moment, da Cecilies Blut auf ihn tropfte, als angenehm empfand. Schlimmer waren die Fratzen von Vater und Mutter kurz vor dem großen Knall. Und am meisten ängstigte ihn das Wimmern, Ursulas Wehklagen unter dem Metallklumpen, der ihr Bein zerfetzt hatte.

Manchmal schlich er sich in ihr Schlafzimmer, um ihren Lippenstift zu stehlen. Er malte damit die Puppe an. Das gefiel ihm. Er bemalte nicht nur die Lippen, sondern den ganzen Körper.

Es sah aus wie Blut. Und wie roter Schmuck. Es harmonierte mit dem weißen Porzellan. Es war obszön, und es war unschuldig rein. Der Kontrast erregte ihn.

Auf dem Dachboden entdeckte er eine Gasmaske. Er fragte Ursula danach. Sie sagte ihm, die habe ihrem Großvater gehört. Sie stamme noch aus dem Zweiten Weltkrieg.

Wenn der Junge die Maske trug, fühlte er sich geschützt. Umhüllt. Er bekam Atemnot, doch gerade das stimulierte ihn. Es war wie in dem Unglückswagen. Kaum noch Sauerstoff. Enge. Angst. Aber auch die tröstende Wärme seiner reglosen Schwester auf ihm.

Wenn er die Puppe, die er Cecilie nannte, bei sich hatte und dabei die Maske trug, begann er wild zu fantasieren. Von jungen Mädchen, die wie Puppen waren. Von jungen Mädchen, die mit der Porzellanhaut verschmolzen.

Eines Nachmittags war er so vertieft in seine Fantasien, dass er die Geräusche vor der Kammertür nicht hörte. Das Humpeln auf dem Holzboden. Das Tocken der Beinprothese.

Ursula kam zu ihm herauf.

Sie erwischte ihn. Nur mit der Gasmaske bekleidet.

Vor ihm die Puppe. Der Lippenstift.

Sie schrie.

Sie wich vor ihm zurück.

Sie fiel in Ohnmacht.

Er riss sich die Maske herunter, zog sich an und holte das Riechsalz aus dem Badezimmerschrank.

»Was stimmt nur nicht mit dir?«, sagte sie, als sie wieder zu sich kam.

Er sollte die Puppe gründlich reinigen und zurück zu den anderen in ihr Zimmer stellen.

Kurz darauf wurde der Junge auf ein Internat geschickt.
Die Gasmaske behielt er.

»Ich konnte sehr gut Russisch. Es gab da ein Internat für besonders Begabte in Thüringen. Aber glaub mir, es war eine Strafe für mich. Gehst du gern zur Schule, Leon?«, fragte das Insekt.

Er schwieg.

»Antworte mir, gehst du gern dorthin?«

Er schüttelte den Kopf. Seine Nackenmuskulatur verkrampfte sich.

»Für mich war die Schulzeit auch eine Qual. Ich hab mich auf dem Internat nur wohlgefühlt, wenn ich mich in irgendeinem Winkel des Schulgebäudes verstecken konnte. Dann trug ich das hier.«

Die Hände in den Gummihandschuhen strichen über die Maske.

»Das gab mir Schutz. Ich war umhüllt. Und ich konnte mich ganz meinen Träumen hingeben. Meinen Fantasien.«

Das Insekt schaute zu den Puppen hinauf.

Leon zuckte zusammen, als die Jungenpuppe in sein Blickfeld geriet. Die einzige, die noch zwei Augen hatte, die einzige, deren Haar nicht dunkel, sondern rötlich braun wie sein eigenes war. Dahinter prangte sein Foto.

»Bitte«, stammelte er. »Sie können mich wirklich gehen lassen. Ich verrate nichts. Nichts von alledem.«

»Und Luna?«

»Wir wollten ohnehin morgen früh von hier wegfahren. Und wir kommen bestimmt nicht wieder. Sie gibt das Projekt auf. Sie hat genug von dem Haus, der Umgebung, der Puppe, von alldem.«

»Aufgeben? Luna gibt niemals auf. Sie wird das Buch vollenden, glaub mir. Und es hat einen ganz besonderen Schluss verdient. Was meinst du, wie wird es ausgehen? Wird es ihr letztes sein? Ich denke, die Leute werden sich darum reißen. Luna Moors finales Werk, der Thriller, der sie killte.«

Leon schaute zu dem Bildschirm des Laptops hin. Luna schlief noch immer. Wann würde sie sein Verschwinden endlich bemerken? Und wäre sie überhaupt in der Lage, ihn rechtzeitig hier oben zu finden?

»Lassen Sie mich gehen«, flehte er ein weiteres Mal.

»Aber ich bin doch noch nicht fertig mit meiner Geschichte.« Das Insekt beugte sich zu ihm herab. »Ich will dir von dem Internat erzählen und der Zeit danach. Kannst du dir vorstellen, wie ich mich gefühlt habe? Die Eltern tot, meine Schwester tot, und meine einzige Bezugsperson schickt mich einfach fort? Kannst du dich in meine Lage hineinversetzen, Leon?«

Er nickte schwach.

»Gefallen dir meine Puppen?«

Er gab ihm keine Antwort.

»Für mich ist die Zeit hier oben stehen geblieben, weißt du? Wenn ich mich auf diesen Dachboden zurückziehe, bin ich wieder dreizehn Jahre alt. Cecilie ist noch bei mir. Sie lebt in den Puppen weiter.« Er deutete auf einen der Holzkästen. »In dieser dort. Und dieser. Schau nur, wie schön sie sind.«

Leons Blick streifte die Puppen. Ihre einäugigen Fratzen, die perversen Outfits. Es schüttelte ihn.

»Ich hab sie nach und nach aus Ursulas Sammlung entwendet. In den Internatsferien. Wenn ich mal bei ihr sein durfte. Natürlich hatte sie mich gleich im Verdacht. Aber sie hat sie nie wiedergefunden. Dafür waren sie hier oben zu gut versteckt. Nach und nach hab ich mir auf diesem alten Heuboden mein Puppenreich aufgebaut. Mit Cecilies Puppe hab ich begonnen, danach folgten die anderen, all die Schwarzhaarigen aus der Sammlung, die mit der blassen Haut, die ich so sehr liebe.«

Leon holte tief Luft. Es war besser, wenn er ihm die Stirn bot. Er konnte mit seiner Angst vor dem Insekt besser umgehen, wenn er ihm seine grausamen Taten vor Augen hielt, und so stieß er hervor: »Wer hat Ursula Münzer ermordet? Waren Sie das?«

»Ihr Tod war elendig, das gebe ich zu, aber letztlich hat sie die Beilhiebe verdient.«

»Also Sie waren es?«

»Ich musste regelrecht um ihre Erlaubnis betteln, wenn ich in den Ferien mal heimwollte. Für die anderen Internatsschüler war es selbstverständlich, ihre Eltern zu besuchen, ich aber hatte niemanden, nur einen bösartigen Vormund mit Beinprothese, eine Frau, die mir auf ewig ihr Schicksal vorhielt. Und wenn sie dann so gnädig war, mich hier aufzunehmen, blieb mir nur die Dachkammer, in der es im Sommer brütend heiß und in den Weihnachtsferien bitterkalt war.«

»Sie haben sie getötet! Sie haben sie mit dem Beil erschlagen!«

»Sie war ein kaltherziger Mensch. Wie oft hab ich sie gefragt, ob ich nicht wenigstens wieder hinunter in das Puppenzimmer dürfte. Aber nein, das blieb mir zur Strafe für immer verwehrt, nachdem ich sie mit der Maske und Cecilies Puppe beinahe zu Tode erschreckt habe. Und so hab ich mir mein eigenes Puppenzimmer eingerichtet, weit weg von ihr, hier unterm Dach.«

»Und Tobias Schmidt haben Sie auch getötet! Warum? Damit es so aussieht, als sei Luna wahnsinnig geworden? Was haben Sie mit ihr vor?«

»Nicht so ungeduldig, Leon. Hör dir erst meine Geschichte an, bevor du mich verurteilst.«

Es entstand eine Pause. Danach fuhr das Insekt fort. »Nach der Wende ging es mir besser. Die furchtbare Internatszeit lag hinter mir. Ich hatte die Möglichkeit, im Westen zu studieren, und Ursula zog in eine Wohnung in Berlin. Das Haus stand überwiegend leer. Und ich bin heimlich hierher zurückgekehrt. Da Ursula schon immer sehr zurückgezogen gelebt hat, wusste in der Gegend so gut wie niemand von meiner Existenz. Sie hat mir in meiner Kindheit sogar verboten, nach draußen zu gehen, und auch der Umgang mit meinen Klassenkameraden wurde mir von ihr untersagt. Mit den Nachbarn hat sie, glaube ich, niemals über mich gesprochen. Mich gab es einfach nicht. Nur ihre Schwester Barbara wusste von mir. Und auch die hat mich immerzu beschuldigt, für Ursulas Gehbehinderung verantwortlich zu sein. Oftmals hab ich mich gefragt, warum mich Ursula damals überhaupt aufgenommen hat. Aus Pflichtgefühl ihrer besten Freundin gegenüber? Sie hätte mich doch gleich in ein Heim abschieben können. Oder hat sie etwa doch etwas für mich empfunden?«

Abermals entstand eine Pause.

»Ihre Anfälle von Selbstmitleid, ihr Gejammer, die Tränen, die Art, wie sie mich plötzlich an sich gedrückt hat, heftig, fordernd … und wie sie mich danach wegstieß … weil ich der Schuldige war … auf immer der Schuldige … Ich hab es nur ertragen können, wenn ich mir dabei die Puppen vorgestellt hab. Meine Puppen.«

Das Insekt erhob sich und ging vor den Holzkästen mit ihrem schaurigen Inhalt auf und ab.

»Das erste Mädchen, das ich in der Gegend hier beobachtet habe, war nicht ganz so dunkelhaarig wie Cecilie. Aber ihre Art sich zu bewegen, ihr Gang, ihre schmalen Hüften, all das war … sehr verlockend für mich. Ihr Name war … aber nein, Namen spielen keine Rolle. Jedenfalls war sie sehr hübsch. Schau, das ist sie.«

Der maskierte Mann wies zu dem Kasten hin. Leon war entsetzt, wie ruhig, beinahe teilnahmslos er über seine grausamen Verbrechen sprach.

»Ihre Leiche hab ich im Wald verscharrt. Sie wurde niemals entdeckt. Das Mädchen gilt noch immer als verschollen. Ihr wahrer Geist aber lebt in dieser Puppe weiter, und so kann sie auf immer bei mir sein, jung, unschuldig, rein.«

Leon schluckte. Ein Zittern durchlief seinen Körper.

»Bis ich es wieder tat, hab ich fünf Jahre gewartet. Ich kann es kontrollieren, weißt du? Danach gab ich weitere zwei Jahre Ruhe. Nach meinem dritten Opfer war ich zu ungeduldig. Ich sah Luna, draußen am Waldsee. Sie sieht Cecilie überaus ähnlich. Ich … musste sie haben. Ich wollte sie zu einer Puppe machen. Aber die Sache ging schief. Seitdem habe ich mich zurückgehalten. Zwölf Jahre lang. Bis mich Ursula vor etwa drei Monaten am späten Abend anrief, weil sie eine junge Frau hier oben auf dem Dachboden aufgestöbert hatte.« Er breitete die Arme aus. »Die Geister der Vergangenheit.«

Wieder entstand eine Pause. Plötzlich trat er auf ihn zu.

»Beseelte Puppen. Begreifst du den Unterschied?« Er bewegte heftig den Kopf. »Die Puppe, die ich für dich bereithalte, ist innen noch leer. Ihr Lächeln ist nicht so schön wie das der anderen, findest du nicht auch?«

Leon stieß einen erstickten Schrei aus. Er kauerte sich noch enger auf dem Bett zusammen.

»Schsch. Ganz ruhig. Wir haben Zeit, Leon. Viel Zeit. Ich muss dich nicht töten. Es hängt ganz davon ab, ob du dich als kooperativ erweist. Luna macht mir Sorgen. Sie ist sehr widerspenstig. Dabei hab ich ihre Puppe doch schon vor Jahren vergraben, mich schweren Herzens von ihr getrennt. Luna aber musste die Geister der Vergangenheit wieder heraufbeschwören mit ihrem neuen Manuskript. Hätte sie geschwiegen, wäre das alles nicht passiert. Nun ist es zu spät. Und wie ich schon sagte, ihr Roman verdient einen ganz besonderen Schluss.«

»Kooperativ?« Er war so panisch, dass seine Stimme brach. »Wie meinen Sie das?«

Das Insekt blickte zum Bildschirm hin. »Wenn sie aufwacht, wird sie nach dir suchen. Und wenn sie dich nicht gleich findet, wird sie die Polizei einschalten. Was sollen wir also dagegen unternehmen?«

»Ich verrate nichts. Versprochen.«

»Zunächst solltest du ein wenig schlafen.«

Der Mann mit der Gasmaske nahm aus einer Schublade des kleinen Tisches eine Spritze heraus.

»Nein!«

»Aber Leon.«

»Bitte.«

»Willst du denn die ganze Nacht wach bleiben?«

»Ich helfe Ihnen.«

»Wirklich?«

»Ja! Was soll ich denn für Sie tun?«

Das Insekt ließ die Spritze sinken. »Es gäbe da eine Möglichkeit.«

NEUNUNDZWANZIG

Luna erwachte.

Sie sah zur Uhr. Es war bereits nach halb neun. Sie war erstaunt, wie lange sie geschlafen hatte. Sie nahm den Blister mit den Beruhigungstabletten in die Hand und betrachtete ihn stirnrunzelnd. Das Mittel hatte noch stärker als beim letzten Mal gewirkt. Oder sie hatte versehentlich zu viel davon geschluckt. Benommen zählte sie nach, wie viele Tabletten in dem Blister fehlten.

Verdammt, dachte sie, ich hätte mich vergiften können.

Sie stand auf und wollte sich gerade zur Tür wenden, als ihr Blick auf ihren Laptop fiel. Das Lämpchen leuchtete. Sie hatte gestern spätabends noch einige Seiten geschrieben und danach wohl vergessen, ihn auszuschalten. Nicht einmal zugeklappt hatte sie ihn.

Sie öffnete den Vorhang und blickte aus dem Fenster. Der Nebel hatte sich endlich gelichtet. Ein paar Sonnenstrahlen blitzten hinter dunklen Wolken hervor.

Sie ging ins Bad, duschte und putzte sich die Zähne. Zurück in der Wohnküche zog sie sich an. Danach klopfte sie an Leons Tür.

Stille. Sie klopfte ein zweites Mal, rief seinen Namen.

Wieder keine Antwort.

Sie klinkte die Tür auf. Und dann erstarrte sie.

Sein Bett war ordentlich gemacht. Keine Sachen von ihm weit und breit. Sie riss den Schrank auf. Alles leer.

Sie ging durch den Flur zur Haustür. Der Schlüssel steckte von innen, aber es war nicht abgeschlossen. Sie trat hinaus in den Hof.

»Leon!«

Ihre Stimme war so schrill, dass sie ihr selbst fremd vorkam.

»Leon!«, rief sie noch einmal.

Sie ging zum Haupthaus und kontrollierte die Eingangstür. Hier war abgeschlossen.

Sie eilte zurück ins Nebengebäude, nahm ihr Handy, suchte Leons Nummer im Verzeichnis und drückte auf die grüne Taste.

Nach dem fünften Rufzeichen wurde abgehoben.

»Ja?«, meldete er sich zaghaft.

»Leon! Um Himmels willen, wo steckst du?«

Es entstand eine Pause. Schließlich sagte er. »Ich bin in Berlin. In der Wohnung meines Vaters.«

»Was? Wieso das denn?«

Er antwortete nicht.

»Was ist passiert?«, fragte sie aufgeregt.

»Ich bin mit dem Zug hingefahren«, sagte er zögernd. »Frühmorgens. Du hast noch geschlafen. Ich wollte dich nicht wecken.«

Da stimmt etwas nicht, durchfuhr es sie. Er klang so sonderbar. Und warum hatte er ihr nicht einmal eine Nachricht hinterlassen?

»Dein Vater ist doch in Wiesbaden!«

»Er ist unterwegs. Ich hab ihn angerufen. Er kommt zu mir. Wir treffen uns hier in seiner Wohnung.«

»Aber warum?«

Wieder eine Pause. »Damit ich nicht mehr allein bin. Er passt auf mich auf.«

»Das verstehe ich nicht. Wir wollten doch gemeinsam zurück nach Berlin fahren.«

Atemgeräusche. Plötzlich raunte er: »Ich halte das nicht mehr aus, Luna.«

Sie holte tief Luft. »Du meinst wegen gestern Abend? Das Puppenzimmer? Und weil dich das Gespräch mit Barbara Münzer erschreckt hat?«

Die folgenden Worte kamen völlig überraschend für sie. Zunächst glaubte sie, sie habe sich verhört.

»Sieh im Garten nach«, murmelte er. »Dann hast du die Antwort.«

»Was?«

»Da liegt ein Stapel Brennholz. Schau dahinter nach.«

»Ich verstehe nicht …«

Sie hörte ihn in den Hörer atmen.

»Ich glaube, du bist verrückt geworden, Luna. Du musst wirklich den Verstand verloren haben.«

Es klickte in der Leitung.

Leon hatte aufgelegt.

Sie war so perplex, dass sie seine Nummer gleich noch einmal wählte, aber nun meldete sich bloß die Mailbox.

Luna ließ das Handy sinken.

Ihre Beine zitterten, als sie wieder aus dem Haus ging. Sie überquerte den Hof. Sie nahm den Weg zwischen Hauswand und Schuppen, der nach hinten in den Garten führte. Gestern war hier noch alles vom Nebel verdeckt gewesen. Nun fiel ihr das aufgeschichtete Holz auf, einige Meter hinter dem Nussbaum, am Rand des Grundstücks. Sie musste sich eingestehen, dass sie auch vor dem Nebel überhaupt nicht darauf geachtet hatte.

Schon aus der Ferne erkannte sie eine blaue Plastikplane am Boden. Luna war sich sicher, dass die vorher noch nicht dort gelegen hatte. Sie war halb verdeckt von dem Brennholz und mit einem der Scheite beschwert. Fauchend flatterte sie im Wind.

Luna verspürte eine Beklemmung in der Brust, als sie die Porzellanpuppe erkannte. Sie hockte neben der Plane.

Etwas stimmt nicht. Etwas stimmt nicht, durchfuhr es Luna mehrmals.

Da vernahm sie ein summendes Geräusch. Je näher sie kam, desto deutlicher wurde es.

Sie verengte die Augen zu Schlitzen. Sie erkannte ein schwarzes Gewimmel auf der Plane. Das Summen wurde stärker.

Sie setzte einen weiteren Schritt vor.

Es waren Fliegen. Überall auf der Plane. Schillernde Aasfliegen.

Als sie dichter herantrat, umfing sie ein beißender Geruch.

Luna wankte. Ihre Beine fühlten sich mit einem Mal so schwer an.

Grimmig tosender Fliegenschwarm.

Ein Gestank, der ihr den Atem nahm.

Die Puppe grinste.

Keuchend beugte sich Luna herab.

Tu es nicht. Tu es nicht.

Mit einem Ruck zog sie die Plane weg.

Ihr war, als würde etwas in ihrem Kopf zerreißen. Nervenenden in ihrem Gehirn. Durchgeglüht. Zersprungen.

Da waren die Überreste eines Mannes. Er war zerstückelt. Sein Brustkorb war geöffnet. Sie sah die Stellen, wo die Schneide des Beils ihn getroffen hatte. Sie sah die Fliegen, sie sah die wimmelnden Maden in dem verwesenden Fleisch. Das Gesicht des Leichnams war verdeckt von einer Gasmaske. Der Kopf war zur Seite gerollt. Der lange schwarze Atemschlauch sah aus wie der Rüssel eines riesigen Insekts.

Sie taumelte zurück. Bitterer Gallensaft stieg in ihrer Kehle hoch. Sie würgte, spie aus.

Sie rang nach Luft. Ich muss es tun, durchfuhr es sie. Ich muss Gewissheit haben.

Sie wankte auf den Leichnam zu. Kniete nieder. Der Geruch war so beißend, dass sie erneut zu würgen begann.

Dann überwand sie sich und tastete nach der Gasmaske. Es brauchte einige Zeit, bis sie sie vollständig vom Kopf der Leiche gelöst hatte.

Sie keuchte. Der Tote war Tobias Schmidt.

Ich bin Ihr treuester Fan, Luna Moor.

Und dann entlud sich ihr Entsetzen in einem gellenden Schrei. Aus dem Wald kam ein Echo. In ihren Ohren dröhnte es. Kurzzeitig musste sie an die Heiligen drei Pfühle denken, irgendwo in der Ferne, hinter den Bäumen. Sie dachte an die versunkene Kirche, an ihr Glockengeläut aus der Tiefe.

Wieder schrie sie.

Schließlich richtete sie sich auf. Sie musste nachdenken. Der Anruf von Leon. Seine Stimme. So zögernd. Nahezu ängstlich.

Du bist verrückt geworden, Luna.

Nein, nein. Sie war noch bei Verstand. Sie musste die Polizei informieren. Sie war unschuldig. Sie hatte dieses Blutbad nicht angerichtet.

Ihr Rechner wurde überwacht. Das würde sie den Beamten erklären müssen. Eine Spyware im System. Jemand las heimlich in ihrem Manuskript.

Und derjenige hatte auch Ursula Münzer und Tobias Schmidt auf dem Gewissen.

Jedoch zweifelte sie daran, ob man ihr das glauben würde.

Luna wandte sich von dem Leichnam und der Porzellanpuppe ab und wankte zurück auf den Hof.

Plötzlich vernahm sie ein Motorengeräusch. Reifen knirschten auf dem Schotterweg. Kurz darauf bog ein nachtblauer Volvo zwischen den Torposten ein.

Der Wagen hielt. Ein Mann stieg aus und trat auf sie zu.

»Luna«, sagte er.

DREISSIG

Sie war so überrascht, dass sie ihn erst nach einer Verzögerung erkannte.

»Wieland«, sagte sie. »Was machst du denn hier?«

»Ich hab mir große Sorgen um dich gemacht. Da wollte ich lieber noch mal nach dir schauen.« Er blickte sie stirnrunzelnd an. »Du siehst blass aus, Luna. Stimmt irgendwas nicht?«

Sie wies mit einer Kopfbewegung in Richtung Garten. »Dahinten …«

»Was ist da?«

Ihr kamen die Tränen. Sie geriet ins Schwanken. Ihre Beine fühlten sich an wie Gummi. Wieland musste sie stützen.

»Sag schon, was ist passiert?«

»Wir müssen die Polizei rufen.«

»Warum?«

»Er ist tot.«

»Wer?«

»Tobias Schmidt. Ich habe seine Leiche gefunden.«

Er hob die Augenbrauen. »Wo?«

»Hinter dem Holzstapel. Im Garten.«

»Großer Gott.«

»Was Leon im Kühlschrank gefunden hat, war kein Schweineherz, sondern …« Sie brach ab. Erneut stieg Gallensaft in ihr hoch. »Jemand hat diesen Mann zerstückelt. Und das Gesicht der Leiche war… versteckt unter einer Gasmaske.«

»Was?«

»Ja. Wie das Insekt. Der Tote sah aus wie das Insekt.«

Wieland Kühn atmete ein paarmal tief durch. Dann sagte er: »Warte hier auf mich. Ich sehe mir das mal an.«

Luna sah ihm nach, bis er auf dem Gartenweg verschwunden war.

Sie kämpfte gegen Wellen der Übelkeit an. Sie lehnte sich gegen seinen Wagen und versuchte, ruhiger zu atmen.

Kurz darauf kam er zurück.

»Komm mit ins Haus«, sagte er knapp.

Er nahm sie am Arm und ging mit ihr ins Nebengebäude.

»Mir ist schwindlig.« Sie wollte sich auf der Klappcouch niederlassen, er aber führte sie zu ihrem Arbeitstisch.

»Setz dich hier hin.«

»Nein, ich muss mich hinlegen.«

Er drängte sie auf den Stuhl. »Du solltest lieber schreiben.«

»Was? Jetzt?«

»Ja. Schreib dein Buch zu Ende.«

Sie war perplex. »Aber warum?«

»Bevor du die Polizei anrufst, solltest du es beendet haben.«

Sie blickte ihn verständnislos an.

»Begreifst du denn nicht, Luna? Du musst aufschreiben, warum du zur Mörderin wurdest. Das bist du deinen Lesern schuldig.«

Sie schnappte nach Luft. »Ich hab ihn nicht…«

Er fiel ihr ins Wort. »Du leidest unter Wahnvorstellungen. Gib es zu, du hast diesen Mann für das Insekt gehalten.«

»Nein!«

»Woher hast du die Gasmaske?«

»Ich war das nicht!«

»Du hast sie deinem Opfer aufgesetzt. Vermutlich, als es schon tot war.«

»Was redest du da, Wieland?«

»Du wolltest, dass endlich Ruhe ist, nicht wahr? Ein Schuldiger sollte gefunden sein, damit du deinen Frieden hast. Luna, gib es doch zu. Du bist besessen von der Vorstellung, dass dieses Insekt wirklich existiert.«

»So ist es ja auch!«

»Aber nur in deinem Kopf. In deiner Fantasie spielt sich so einiges ab.«

Sie stand auf. »Du glaubst mir nicht?«

»Luna. Du bist krank.«

Er wollte sie an der Schulter berühren, sie aber fuhr mit einem Aufschrei zurück.

»Rühr mich nicht an!«

»Bleib ganz ruhig.«

»Ich bin nicht krank.«

»Du brauchst Hilfe.«

»Nein!«

Er packte sie am Arm. »Reiß dich bitte zusammen.«

Sie atmete schwer. »Ich muss zu Leon. Muss mit ihm sprechen. Irgendwas stimmt da nicht. Er war so komisch am Telefon.«

»Wo ist der Junge?«

»Angeblich bei seinem Vater, aber …«

»Gut so. Wie konntest du ihn nur in all das hineinziehen?«

»Lass mich los!«

»Ich will dir doch nur helfen.«

»Du sollst mich loslassen!«

Sie entwand sich seinem Griff. Ein heftiges Zittern durchlief ihren Körper.

»Hast du noch das Beruhigungsmittel, das ich dir gegeben habe?«, fragte er.

Sie antwortete nicht. Er aber hatte die Tabletten neben der Schlafcouch längst entdeckt. Er holte sie ihr. »Nimm!«

»Nein.«

»Es ist besser für dich.«

Sie schüttelte den Kopf. »Ich will nicht. Ich muss bei klarem Verstand bleiben.«

»Du bist längst nicht mehr bei Verstand, Luna. Du hast die Frau, die hier wohnte, umgebracht. Und diesen Mann. Du hast sie beide mit einem Beil zerstückelt.«

»Das ist nicht wahr!«

»Nimm die Tabletten!«

»Lass mich in Ruhe!«

Er warf den Blister mit den Tabletten auf den Tisch und wies auf den Laptop.

»Schreib es dir von der Seele, Luna. Erzähl der Welt von deinen Wahnvorstellungen. Schreib über das Insekt und die Puppe, die dich in deinen Albträumen verfolgen. Danach wird es dir besser gehen, glaub mir. Und dann rufen wir die Polizei.«

»Das sind keine Wahnvorstellungen.«

Er legte die Stirn in Falten. »Eine Puppe, die spricht? Eine Porzellanpuppe, von der du Botschaften empfängst? Und ein Mensch mit einem Rüssel im Gesicht?«

»Es ist eine Gasmaske!«

Seufzend deutete er auf den Computer. »Schreib. Schildere uns deinen Wahnsinn.«

»Eine Gasmaske, Herrgott! Warum glaubst du mir denn nicht?«

»Die hast du wahrscheinlich irgendwo gefunden. Vielleicht hast du sie ja in einem Trödelladen aufgestöbert. Genauso wie die Puppe.«

»Nein, Wieland, so war das nicht!«

»Du hast dem Toten die Maske übergestülpt. Vermutlich in geistiger Umnachtung. Du hast dir so sehr gewünscht, das Insekt endlich zur Strecke zu bringen. Aber du hast einen Unschuldigen umgebracht.«

»Das ist eine Lüge.«

»Schreib jetzt. Die Beamten von der Polizei werden deine Motive besser nachvollziehen können, wenn sie sie schriftlich haben.«

»Nein!«

»Schreib das Buch zu Ende. Nur noch ein paar Seiten, komm schon. Du musst es vollenden. Sobald sie dich festgenommen haben, wirst du nicht mehr die Kraft dafür haben. Luna, ich will dir doch nur helfen. Möglicherweise wirst du nie wieder schreiben können. Also nutze diesen Moment. Erkläre deinen Lesern, was mit dir los war.«

Sie ballte die Hände zu Fäusten. Es war hoffnungslos, er wollte ihr nicht glauben. Mit einem Satz stürmte sie zur Tür.

Er aber war schneller und stellte sich ihr in den Weg.

»Sei doch vernünftig, Luna. Soll denn die ganze Arbeit vergeblich gewesen sein? Seit Wochen verschanzt du dich in diesem Haus. Du schreibst wie besessen, Tag für Tag, Nacht für Nacht, und nun soll das Buch ein Fragment bleiben?«

»Ich habe Tobias Schmidt nicht umgebracht! Und Ursula Münzer auch nicht!«

»Bist du dir ganz sicher? Hast du in letzter Zeit nicht öfter selbst an deinem Verstand gezweifelt? Luna. Bitte schau mich an. Ich bin dein Freund. Dein Agent und dein Freund. Ich kenne dich mittlerweile sehr gut. Glaubst du etwa, mir sind deine paranoiden Anwandlungen verborgen geblieben? Diese innere Zerrissenheit, die dich plagt? Also erzähl die Geschichte deiner Horrorpuppe zu Ende. Schreib auf, wie sie dich zum Morden antrieb. Und ich prophezeie dir, das wird dein größter Erfolg.«

»Und was hätte ich deiner Meinung nach davon? Wenn sie mich einweisen, wie du sagst?«

»Dir bleibt für immer der Ruhm.«

Sie war fassungslos. Eine Zeit lang fehlten ihr die Worte. Dann stieß sie hervor: »Das lasse ich mir nicht länger bieten. Ich rufe jetzt die Polizei. Sollen die Ermittler doch entscheiden, wer hier nicht ganz bei Verstand ist.«

Sie nahm das Mobiltelefon aus der Hosentasche. Blitzschnell schlug er es ihr aus der Hand. Scheppernd fiel es zu Boden. Er machte einen Schritt vor und zerstörte es mit einem gezielten Tritt.

In diesem Moment huschte ein grimmiges Lächeln über seine Lippen.

»Wieland! Was soll das?!«

»Besser, wenn du tust, was ich dir sage. Nimm den Rat deines Agenten an.«

Ihre Augen weiteten sich. »Warum nur willst du unbedingt dieses schriftliche Geständnis von mir?«

Er lächelte bloß.

Sie war verwirrt. »Ist es etwa kein Zufall, dass du gerade jetzt hier aufgetaucht bist?«

»Wer weiß.«

»Wieland, du … Du machst mir Angst.«

»Sei unbesorgt. Dein Werk wird dich überleben.«

Sie glaubte, sich verhört zu haben. »Mich überleben?«

»Ja.«

Sie starrte ihn an. Keiner sagte ein Wort. Das Blut rauschte in ihren Ohren.

»Ich verstehe nicht«, sagte sie schließlich leise.

»Du hast mich schon richtig verstanden. Also los, schreib. Bevor du für immer von uns gehst.«

»Warum sollte ich denn gehen?«

Seine Stimme war so erschreckend ruhig. »Es wird nach einem Selbstmord aussehen. Vorher brauche ich das Geständnis.« Er lächelte. »Das Buch, das dich tötet. Deine Befürchtung … bewahrheitet sich.«

Sie wich einen Schritt vor ihm zurück.

»Ach ja, und ich muss meine Puppen einsammeln. Muss mir einen neuen Ort für sie suchen. Das ist schade, sehr schade.«

»Deine Puppen?«

»Ja. Ich habe eine beträchtliche Sammlung. Hier im Haus. Leon hat sie entdeckt. Heute Nacht.«

»Leon? Er war bei dir?«

Er nickte. »Hat mich aufgestöbert. In meinem schönen Versteck. Der Junge ist clever.«

»Ich hab ihn doch gerade angerufen.«

Abermals nickte er. »Ich war dabei. Keine Angst, es geht ihm gut. Er ist ein braver Junge. Hat die richtigen Antworten gegeben. Ich hab mir erlaubt, sein Zimmer aufzuräumen, während du schliefst.«

Es entstand eine Pause. Das Blut rauschte immer stärker in ihren Ohren. Ihr Kopf fühlte sich an, als würde er gleich platzen.

»Wieland … du?«, brachte sie leise hervor. »Bist du das … Insekt? Nein!«

»Bleiben wir bei der Version einer verrückten Autorin, die in diesem Haus gemordet hat. Schreib es auf. Na los.«

»Das ist … nein, das kann nicht wahr sein … du?!«

»Setz dich hin und schreib.«

Sie rang nach Luft.

»Wo ist Leon?«

»Worauf wartest du noch? Die Öffentlichkeit giert nach deinem letzten Buch. Dem Machwerk einer geisteskranken Mörderin.«

»Du darfst ihm nichts antun! Er ist doch noch ein Kind!«

»So wie du damals.«

»Wieland, du … Du bist …?«

»Bleib ganz ruhig. Nur was du aufschreibst, wird für wahr gehalten. Meine Person bleibt außen vor.«

»Lass Leon aus dem Spiel. Ich flehe dich an! Lass ihn gehen.«

»Erst will ich das fertige Manuskript.«

»Bitte!«

Er neigte den Kopf. Er senkte die Stimme zu einem Raunen. Sie klang so fern. Gepresst. Wie unter Atemnot.

Als würde er unter einer Maske zu ihr sprechen: »Du hängst sehr an dem Jungen, nicht wahr?«

Sie nickte kaum merklich.

»Dann schreib um sein Leben. Vielleicht hat er ja noch eine Chance.«

EINUNDDREISSIG

In Sekundenschnelle verschwand er in Leons Zimmer und kam ebenso rasch mit dem Beil in der Hand zurück.

»Ist das …?«, fragte sie heiser.

»… das Beil, mit dem Tobias Schmidt zerstückelt wurde, ja. Ich hab es heute Morgen unter Leons Bett gelegt. Ich brauche es ja noch. Falls du nämlich Widerstand leistest, Luna.« Er trat auf sie zu. »Besser, wenn du tust, was ich dir sage. Also setz dich hin und schreib.«

Sie wich vor ihm zurück. »Wieland, sei doch vernünftig. Du bist ein Geistesmensch. Du … lebst für die Literatur. Leg das Beil weg, ja? Bitte!«

Er schlug mit der Schneide auf den Tisch, das Holz splitterte. »Fang an!«

Das Blut wich aus ihrem Gesicht. Zittrig setzte sie sich an den Arbeitstisch vor ihren Laptop. Sie blickte auf den Text, an dem sie noch gestern Abend geschrieben hatte.

»Und keine Tricks«, sagte Wieland. »Versuch ja nicht, mich zu überlisten.«

Ins Internet gehen, dachte sie, heimlich. Eine Nachricht an die Polizei schicken. Hilfe rufen.

Als habe er in ihren Gedanken gelesen, sagte er: »Ich habe den Router im Haupthaus zerstört. Du bist nicht mehr mit dem Internet verbunden.«

Sie schluckte.

Wieland zog die Vorhänge zu. »Keiner sieht dich von draußen. Kommt sowieso selten jemand vorbei. Wir sind ganz allein, wir zwei. Und nun schreib. Schreib das letzte Kapitel. Erzähl, wie du Tobias Schmidt ermordet hast.«

»Aber ich war es nicht!«

Abermals schlug er mit dem Beil auf den Tisch ein.

»Schon gut«, stammelte sie, »ich tu's.«

Verzweifelt tanzten ihre Finger über die Tastatur, während er sich einen Stuhl heranzog und auf der anderen Seite des Tisches Platz nahm. Er legte das Beil auf seine Oberschenkel und ließ sie nicht aus den Augen.

Nachdem sie ein paar Sätze geschrieben hatte, sah sie zu ihm auf. »Aber Leon lässt du danach frei, ja? Bitte. Du darfst dem Jungen nichts antun.«

Er lächelt bloß.

Natürlich wird er auch ihn töten, dachte sie. Leon könnte ja alles verraten. Er wird dafür sorgen, dass die Leiche des Kindes niemals entdeckt wird.

Es war zwecklos, sie hatte dem Insekt eine Falle stellen wollen, und nun saß sie selbst drin.

Fiebrig schrieb sie weiter.

Noch immer war es unfassbar für sie. Ihr eigener Agent, mit dem sie so eng zusammengearbeitet hatte. Warum war ihr denn nie etwas aufgefallen? Hätte sie nicht wenigstens seine Stimme wiedererkennen müssen? Sie blickte von der Tastatur auf und musterte ihn. Die Stimme des Insekts, dumpf unter der Maske, war zusätzlich stets zu einem Flüstern gedämpft gewesen, und sein Gesicht hatte sich ihr niemals gezeigt. Nicht einmal die Augen hatte sie gesehen hinter den getönten Plastikscheiben der Gasmaske. Was aber war mit ihren Instinkten? Hätte sie nicht zumindest ein Gefühl des Unbehagens in seiner Nähe verspüren müssen?

Aber so war es ja auch gewesen. Das Verhältnis zu ihm war schon immer von einer inneren Distanz geprägt, die sowohl von ihm als auch von ihr ausging. Es war ihr ja nicht einmal möglich gewesen, ihn zu umarmen. Dabei hatten sie doch schon so lange zusammengearbeitet.

»Wieland«, sagte sie, »warum empfindest du diesen Hass auf mich?«

»Schreib weiter!«

»Warum quälst du mich?«

»Ich sagte, du sollst schreiben. Schreib dein Geständnis. Dieses Kapitel noch, und danach wirst du von uns gehen.«

»Du willst eine deiner wichtigsten Autorinnen töten?«

»Du lässt mir keine andere Wahl. Warum bist du auch in dieses Haus zurückgekehrt? Das war ein Fehler von dir. Hättest du doch wieder über einen x-beliebigen Serienmörder geschrieben! Aber ausgerechnet mich wolltest du zum Thema deines neuen Buches machen!«

»Ich hatte ja keine Ahnung, was mich am Ende erwartet. Mit allem hatte ich gerechnet, nur nicht damit. Deine Maske ist gefallen, Wieland. Und nun fühlst du dich bloßgestellt. Schämst du dich für das, was du getan hast?«

»Danach wird niemand fragen. Eher wird man sich für deinen Freitod interessieren. Alles wird darauf hindeuten, dass du dich nach der Vollendung deines letzten Buches umgebracht hast.«

Sie blickte ihm fest in die Augen.

»Damals beim Schreibwettbewerb, als wir uns begegnet sind … Warum hast du mich überhaupt zu der Veranstaltung eingeladen? Warum hast du meinen Text nicht abgelehnt?«

»Weil ich dich sehen wollte. Ich musste herausfinden, ob du es wirklich bist. Das Mädchen mit der Porzellanhaut.«

»Warum hast du mich unter Vertrag genommen?«

»Hätte ich es nicht getan, dann eine andere Agentur. Dein Talent war offensichtlich. Die Konkurrenz hätte sich um dich gerissen.«

»Und du hast dafür gesorgt, dass meine erste Erzählung nicht veröffentlicht wird.«

Er stand auf und drohte ihr mit dem Beil. »Halt deinen Mund. Schreib das letzte Kapitel, und dann ist Schluss.«

»Ja, Wieland, ich tu, was du mir sagst. Du hast die Kontrolle. Das war schon immer so.«

»Meinst du, das war einfach für mich? Mich immerzu vor dir zu verstellen? Aber was hatte ich denn für eine andere Wahl. Natürlich warst du eine große Gefahr für mich. Ich musste dich überwachen. Wie konnte ich ahnen, dass aus diesem zarten Mädchen am Waldsee eine so begnadete Schriftstellerin werden würde.«

Er ließ das Beil sinken und setzte sich wieder.

»Es war der Horror in diesem Haus, der mich zum Schreiben brachte. Letztlich warst du es, Wieland. Ironie des Schicksals?«

»Schreib. Ich will, dass du es zu Ende bringst.«

»Ich frage dich: Warum der Hass? Warum verabscheust du mich?«

Er senkte die Stimme. »Ich habe dich immer geliebt, Luna. Seit jenem Sommertag im Jahr 2003.«

»Aber ich bin kein Püppchen!«

»Tief in dir drin bist du es noch immer: das zarte, zerbrechliche Kind. Du bist aus Porzellan, Luna Moor.«

»Wieland. Lass mich gehen. Und Leon auch. Bitte. Lass

uns frei. Ich lösche den Text. Das Buch wird niemals erscheinen. Ich schweige für immer. Mir ist mein Leben lieber als dieses eine verhängnisvolle Manuskript.«

»Zu spät. Wie soll ich dir vertrauen?«

»Niemand wird es erfahren. Es bleibt unser Geheimnis, dass du dich zu jungen Mädchen hingezogen fühlst, dich hinter einer Maske verstecken musst, um deinen Trieb auszuleben. Ich verliere niemals ein Wort darüber.«

Er sah sie an.

»Schreib«, sagte er leise.

»Wieland, ich habe noch nicht mal gefrühstückt, geschweige denn einen Kaffee getrunken. Mir ist ganz flau im Magen. Bevor ich weitermache …«

»Nein. Keine Tricks. Schreib.«

»Bloß einen Kaffee. Oder besser einen schwarzen Tee. Machst du mir einen? Bitte.«

»Also schön. Diesen einen Wunsch kann ich dir als dein Agent ja noch erfüllen.«

Nachdem er ihr den Tee zubereitet hatte, glitten ihre Finger über die Tastatur.

ZWEIUNDDREISSIG

Kapitel 40

Es war spätabends, einige Wochen nach dem grausamen Mord an der Frau mit der Beinprothese. Maria Wohlleben hatte sich mittlerweile in dem einsam gelegenen Haus in der Nähe der Heiligen drei Pfühle einquartiert.

Die Ermittlungen der Polizei waren so gut wie abgeschlossen. Man ging von einem bestialischen Raubmord aus.

Maria saß in der Küche im Haupthaus und war in Gedanken vertieft, als es plötzlich an der Tür klopfte. Sie horchte auf. Kurz darauf klopfte es wieder. Offenbar war jemand draußen im Hof. Schließlich stand sie auf, ging durch den Flur und öffnete einen Spalt.

Der Mann, der vor ihr stand, hatte verstrubbeltes blondes Haar. Er trug ein schwarzes T-Shirt zu seinem Anzug und Sportschuhe der Marke New Balance.

»Ja?«, fragte sie.

»Entschuldigen Sie die Störung. Ich sah noch Licht brennen bei Ihnen. Sind Sie die neue Hausbesitzerin?«

»Nein, ich wohne nur zur Zwischenmiete hier.«

»Steht denn das Haus noch immer zum Verkauf?«

»Ja.«

»Wäre es erlaubt, es mir einmal anzuschauen?«

Maria taxierte den Fremden lange mit Blicken. Dann sagte sie: »Meinetwegen. Kommen Sie rein.«

Er ließ sich von ihr durch den Flur führen.

»Wohnen Sie in der Gegend?«, fragte sie.

Er nickte.

»Haben Sie Ursula Münzer gekannt?«

»Flüchtig, ja. Ein furchtbarer Tod.«

»Wollen Sie das Haus kaufen?«

Er blickte sich um. »Ich weiß noch nicht. Ist es denn in einem guten Zustand?«

»Ja.«

Sie musterte ihn. Schätzte ihn auf Anfang, Mitte dreißig. Sie versuchte, sich ihn mit einer Gasmaske vorzustellen. War er das Insekt?

Dann sagte sie: »Eigentlich ist für die Hausbesichtigungen der Makler zuständig.«

»Ja. Es war nur so… Um ehrlich zu sein, ich hab…«

Sie standen sich im Flur gegenüber. Er lächelte scheu.

»Ich hab Sie schon länger beobachtet. Bei Ihren Waldspaziergängen. Und auch draußen im Hof, wenn Sie in den Schuppen gingen, um Holz zu hacken. Ihr dunkles Haar fiel mir auf. Ihre porzellanhelle Haut. Und Ihre zierliche Figur. Ich hab mich gefragt, was eine Frau wie Sie ganz allein in so einem großen Haus macht. Fürchten Sie sich denn gar nicht? Hier drin ist doch etwas überaus Schreckliches passiert.«

Maria atmete tief durch. »Der Mord geschah im Schlafzimmer. Wollen Sie es sehen?«

Seine Mundwinkel zuckten. »Ich bin mir nicht sicher.«

»Kommen Sie. Ich zeig's Ihnen.«

Sie führte ihn durch die Küche und öffnete die Tür zum

hinteren Zimmer. Sie schaltete das Licht ein. Als er die Spuren der Beilhiebe und die eingetrockneten Blutspritzer an der Wand sah, fuhr er zusammen.

»Großer Gott, haben Sie denn nicht…?«

Sie lächelte. »Ich hab nichts verändert.«

»Aber wieso?«

»Keine Ahnung. Es gefällt mir eben.«

»Und schlafen Sie auch in diesem Bett?«

»Nein. Ich schlafe nebenan. In der umgebauten Scheune.«

Sie spürte seine Blicke auf sich. »Ich heiße übrigens Maria. Und Sie?«

»Tobias.«

Sie berührte flüchtig seine Hand. »Kommen Sie mit, Tobias. Es gibt noch mehr zu sehen.«

Ihr Herz schlug höher. Er war es. Sie war sich beinahe sicher. Sie hatte es mit dem Insekt zu tun.

Zurück im Flur blieb sie an der Treppe stehen. »Hier geht es zum Dachboden. Das wissen Sie doch, nicht wahr? Sie kennen das Haus ganz gut, hab ich recht?«

»Zugegeben, ich war manchmal hier. Ich hab für Ursula Münzer Einkäufe erledigt. Sie hatte doch diese Beinprothese. Und sie war sehr… unglücklich deswegen.«

Maria trat dicht an ihn heran. »Gehen wir zusammen rauf?«

Sie war ihm so nah, dass sie ihm den Atem ins Gesicht blies. Er schluckte.

»Dunkles Haar, porzellanhelle Haut«, murmelte sie. »Das gefällt dir, hmm?«

Er nickte.

Sie trat noch näher an ihn heran. Sie streifte ihn mit ihrem Oberschenkel.

»Was hast du dir vorgestellt, als du um das Haus gestrichen bist, hmm? Was willst du mit mir anstellen?«

»Wie meinen Sie das?«

»Na ja. Wir zwei… ganz allein in diesem Haus…«

Sie strich über seine Hüfte. Dann ließ sie ihre Hand einmal flüchtig nach vorn wandern und berührte ihn im Schritt. Sie spürte seine Erregung.

»Komm, lass uns raufgehen«, sagte sie. »Da oben ist eine Kammer. Die ist gemütlich. Du kennst sie doch, oder?«

Sein Atem beschleunigte sich. Abermals nickte er.

Sie ging mit ihm hinauf. Es war schummrig auf dem Dachboden. Nur das Mondlicht fiel durch die Luken herein.

»Geh du voran.«

Nach ein paar Schritten blieb er stehen. »Maria, also ich weiß nicht… Wir kennen uns doch noch gar nicht lange.«

»Oh doch, wir kennen uns.«

»Hören Sie zu, ich…«

»Hey«, murmelte sie, »bleib ganz locker. Ich will dein Püppchen sein heute Nacht.«

»Mein Püppchen?«

»Hmm. Stehst du doch drauf, oder?«

Und wieder fuhr sie mit der Hand zwischen seine Beine.

»Willst du mich küssen?«

»Ja. Das würde ich gern.«

»Und noch mehr als küssen? Soll sich dein Püppchen für dich ausziehen?«

Er holte tief Luft. »Okay.«

»Gut. In der Kammer. In der Kammer tu ich alles für dich.«

Er ging voran. Sie folgte ihm. Verächtlich sah sie auf seinen Hintern. Er war so erregt, dass er breitbeinig lief.

Vor der Vogelscheuche zuckte er leicht zusammen.

Sie lachte leise. »Nur keine Angst, die beißt nicht. Stand die schon immer hier? Erinnerst du dich?«

»Keine Ahnung.«

»Hast du gern hier oben gespielt? Als Kind?«

»Ja.«

»Wusste Ursula davon?«

»Nein.«

»Geh weiter.«

Sie erreichten die Dachkammer.

»Mach die Tür auf.«

Er gehorchte.

Das Mondlicht fiel auf die Porzellanpuppe. Sie hockte am Boden und grinste zu ihnen herauf. Tobias stieß einen erstickten Laut aus, als sein Blick auf das Beil fiel. Es lag neben der Puppe.

Und da war auch die Gasmaske.

Sie lag am Boden bereit.

Maria hatte sie gefunden, nachdem sie zum wiederholten Male den Dachboden abgesucht hatte. Sie war sich sicher, dass es die Maske des Insekts war.

Sie trat hinter ihm ein und schloss die Tür.

Er fuhr herum. »Was soll das?«

Sie zog eine kleine Stableuchte aus ihrer Hosentasche hervor, knipste sie an und hielt den Strahl direkt in sein Gesicht.

»Erkennst du die Kammer wieder? Erregt es dich, hier zu sein? Hier mit mir? Auf engstem Raum?«

Sie trat auf ihn zu und packte ihn erneut im Schritt, doch seine Erektion war geschrumpft.

»Jetzt kriegst du's mit der Angst zu tun, nicht wahr?«

»Nein, nein, ich …«

»Was? Gefällt es dir denn nicht mehr?«

Sie nahm das Beil in die Hand.

»Setz dir die Maske auf, ich will sehen, ob sie dir passt.«

Er starrte sie an.

»Na los.«

Sie gab ihm mit dem Beil einen Stoß.

Er bückte sich nach der Maske. »Bitte. Ich hab keine Ahnung, was das zu bedeuten hat.«

»Lüge! Es ist deine Maske. Es macht dich an, wenn du sie trägst, hab ich recht?«

Seine Augen weiteten sich.

»Überstreifen!«

Er tat es.

Das Adrenalin schoss durch ihre Adern. Er war es. Kein Zweifel.

»Knie dich hin.«

»Maria, nein.« Seine Stimme, gepresst unter der Maske, voller Angst.

»Hinknien!«

Er gehorchte.

Die Puppe grinste. *Mach ihn nieder*, krächzte sie. *Na los, Maria, worauf wartest du noch? Hast du Skrupel?*

»Nein. Keine Skrupel.«

Sie steckte sich die Stableuchte in den Mund, packte das Beil mit beiden Händen und holte aus. Der erste Schlag traf ihn an der Schulter. Er winselte. Der zweite erwischte ihn am Oberschenkel. Das Blut sickerte aus der Wunde. Vor Schmerz aufheulend versuchte er von ihr wegzukriechen.

Da traf ihn der dritte Schlag am Rücken. Der vierte am Hinterkopf. Wieder und wieder schlug sie mit dem Beil zu.

Das Blut spritzte. Ein letztes Zucken, danach rührte er sich nicht mehr.

Bravo!, krächzte die Puppe. *Und jetzt dreh ihn auf den Rücken!*

Maria tat es.

Sein Herz! Die Puppe lachte meckernd. *Reiß ihm das Herz heraus!*

Maria nahm die Stableuchte aus ihrem Mund und legte sie auf den Boden. Sie hob das Beil und ließ es herabsausen. Krachend öffnete sich sein Brustkorb. Sie schlug mehrmals zu. Dann warf sie das Beil hin, kniete nieder und griff mit der Hand tief in die klaffende Wunde.

Als sie den warmen Klumpen aus ihm herauszog, jubelte die Puppe auf.

Ich bin ja so stolz auf dich, Maria.

DREIUNDDREISSIG

»Ist es so gut?«

Wortlos drehte sie den Laptop um, damit er das erzwungene Schlusskapitel auf dem Bildschirm lesen konnte.

Sie trank ihren Tee und musterte ihn, während er die Zeilen überflog. Angespannt saß er auf dem Stuhl ihr gegenüber, das Beil auf seinen Oberschenkeln. Seine Hände umklammerten den Stiel.

»Du hattest Angst vor mir«, sagte sie. »Konntest dir nie sicher sein, worüber ich als Nächstes schreiben würde. Eines Tages, das hast du geahnt, würde ich den Mut aufbringen, meine eigene Vergangenheit und das Insekt zum Thema zu machen. Darum hast du meinen Rechner überwacht. Wie lange schon? Seit wann ist die Spyware auf meiner Festplatte?«

»Sei still. Ich muss mich konzentrieren.« Er scrollte über den Text und las weiter.

Er weiß nichts von dem zweiten Laptop, dachte sie. Er hat ihn nicht entdeckt. Das könnte eine Chance für die Wahrheitsfindung sein. Selbst wenn er ihren Selbstmord fingierte, die Ermittler von der Polizei könnten den anderen Rechner finden und aufgrund der Informationen in der zweiten Textdatei, die nicht überwacht worden war, den Suizid infrage stellen.

Aber wem wäre damit geholfen, nach ihrem Tod? Es gab ja nicht einmal Hinweise in der Datei, die die Ermittler zu dem Literaturagenten Wieland Kühn führen könnten.

So schnell durfte sie nicht aufgeben. Sie musste hier raus.

Sie hatte die Pflicht, Leon zu retten. Schließlich war sie diejenige, die ihn in Gefahr gebracht hatte.

»Du lebst allein, Wieland, nicht wahr? Keine Familie. Man sagt dir nach, dass du dann und wann ein Verhältnis mit einer deiner Autorinnen hast. Mit den jüngsten unter ihnen, versteht sich. Natürlich weiß ich das schon lange. Diese Gerüchte sprechen sich herum. Ich hab mich immer gefragt, wann du wohl mir Avancen machen würdest. Aber nein, bei mir hast du dich nicht getraut. Denn das junge Mädchen ist erwachsen geworden. Dein Luna-Püppchen schreibt jetzt blutrünstige Thriller. Fürchtest du dich vor meinen Büchern?«

»Sei endlich still!«

»Wie ist das für dich, wenn du mit einer erwachsenen Frau zusammen bist. Stellst du dir vor, sie sei ein Püppchen? Malst du dir aus, sie sei eigentlich noch ein Kind? Kriegst du bei einer Erwachsenen überhaupt einen hoch?«

Sein Blick wich nicht vom Bildschirm des Rechners. Angestrengt las er weiter. Seine Hände umklammerten das Beil in seinem Schoß.

»Psychiater nennen so eine Störung, unter der du leidest, Paraphilie. Du kannst nur mit Puppen und Lippenstift, Wieland. Du lebst deine Sexualität über diese leblosen Gegenstände aus.«

»Sie sind nicht leblos!«

»Nein? Sind Porzellanpuppen etwas Lebendiges für dich?«

»Ja, ob du es glaubst oder nicht. Und jetzt halt endlich deinen Mund!«

»Interessant. In welchem Verhältnis standst du eigentlich zu Ursula Münzer? Woher kanntest du sie? Und welche Bedeutung hat dieses Haus für dich?«

Schweigend las er weiter in ihrem Text. Sie bemerkte das Zucken um seinen Mund. Seine Kiefermuskeln malmten.

»Du hattest eine Mordswut auf diese Frau, hab ich recht? Wahrscheinlich hast du dir schon früher ausgemalt, sie umzubringen. Hast du dich vor ihr geschämt? Hat sie dich mal erwischt, als du die Maske trugst? Sie hat dich zur Rede gestellt, stimmt's? Sie sagte zu dir: ›Hier war eine junge Frau, die behauptet hat, sie sei als Jugendliche auf dem Dachboden missbraucht worden.‹ Sie erwähnte die Gasmaske. Und die Porzellanpuppe. Das war demütigend für dich, nicht wahr?«

Er reagierte nicht.

»Du gibst ihr die Schuld für dein verkorkstes Seelenleben, hab ich recht? Kannte sie überhaupt deine Agentur? Hat sie deinen Erfolg, dein Ansehen in der Öffentlichkeit jemals gewürdigt? Oder warst du ihr immerzu ausgeliefert? Ihren Launen? Ihrer Verachtung? Hast du dich vor ihrem Beinstumpf geekelt?«

»Herrgott noch mal, du sollst die Klappe halten!«

»Sie hat dich bis aufs Blut gereizt, nicht wahr? Und dann Tobias Schmidt. Nicht nur, dass du mir den Mord in die Schuhe schieben wolltest. Ihn als Objekt für meinen angeblichen Wahnsinn ausgewählt hast. Nein, es ging dir auch darum, ihn zum Schweigen zu bringen. Du hattest Angst, die Kontrolle zu verlieren, als du feststellen musstest, dass Teile des Manuskripts frühzeitig in Umlauf geraten sind. Ja, es geht dir immerzu um Kontrolle, Wieland. Du musst die Situation beherrschen können. Und das, was deine Autorin schreibt. Darum zwingst du sie jetzt zur Lüge. Hast du nicht Angst, dass die Leser es merken? Lies zwischen den Zeilen, Wieland, vielleicht hab ich ja versteckte Botschaften hinterlassen.«

Es war zwecklos, auf ihre Provokationen ging er nicht ein. Beinahe ohne Regung las er den Text zu Ende.

Schließlich blickte er auf.

»Bemerkenswert«, sagte er. »Du schreibst selbst unter Todesangst noch ziemlich überzeugend.«

Sie sah ihn bloß an.

»Immer die Perfektionistin, sogar kurz vor deinem Tod. Wirklich erstaunlich, Luna Moor.«

Sie schwieg.

»Ich brauche noch ein Nachwort«, sagte er knapp. »Schreib in der ersten Person. Thematisiere deinen Wahnsinn. Erkläre, dass Maria Wohlleben niemand anders als du selbst ist.«

Sie stieß die Luft aus.

»Einen Abschiedsbrief. Schreib ihn mit der Hand.«

Er packte das Beil und erhob sich.

»Nimm Stift und Papier.«

»Wieland, bitte …«

»Na los.«

Sie öffnete eine Schublade und nahm einige Bogen Papier heraus. Danach griff sie zu einem Kugelschreiber.

Zeit gewinnen, dachte sie. Was sollte sie nur tun?

Ihr Blick fiel auf die Teetasse. Sie war leer.

»Ich brauche noch einen Schwarztee. Bitte. Sonst halte ich das nicht durch.«

Er lächelte grimmig. »Na gut. Aber es wird dein letztes Getränk auf Erden sein.« Er lehnte das Beil gegen den Spültisch und füllte den Wasserkocher. »Der Abschiedsbrief erscheint als Epilog in deinem Buch, dafür sorge ich. Deine Schlussworte. Also gib dir Mühe damit.«

Zittrig begann sie, den Brief zu verfassen.

Zwei Tage sind seit dem Mord vergangen. Ich habe seine Leiche im Garten versteckt, sie notdürftig mit einer Plastikplane abgedeckt.

Alles, was passiert ist, erscheint mir wie ein böser Traum.

Ich war drauf und dran, es völlig zu verdrängen. Manchmal glaubte ich, ich könnte das Geschehene ganz vergessen.

Die Erinnerung daran verblasste von Stunde zu Stunde.

Doch dann, heute Morgen, gehe ich in den Garten, und mein Blick fällt wieder auf die Plastikplane. Sie flattert im Wind.

Ob es wirklich geschehen ist? Ich bin mir nicht ganz sicher.

Also ziehe ich die Plane weg. Für eine Sekunde denke ich, es könnte sich um eine Täuschung handeln. Etwas, das mir meine angespannten Nerven vorgaukeln.

Doch nein, keine Täuschung. Kein Zweifel. Er ist wirklich tot.

Mir ist, als würde etwas in meinem Kopf zerreißen. Als seien die Nervenenden durchgeglüht.

Ich bin verrückt geworden. Dies ist der Beweis dafür, dass ich endgültig den Verstand verloren habe.

Ich starre auf den Leichnam. Er ist von Fliegen bedeckt. Ein einziges Gewimmel. Ich erkenne Maden im roten Fleisch. Mich betäubt dieser furchtbare Verwesungsgeruch. Ich knie nieder, um dem Leichnam die Gasmaske herunterzureißen.

Es war Maria, denke ich. Nicht ich habe gemordet, sondern sie. Doch dann muss ich einsehen, dass die beiden, sie und ich, sich nicht voneinander unterscheiden.

Der Name des Toten ist Tobias Schmidt. Ich muss ihn wohl mit einer Figur in meinem Roman verwechselt haben, als ich mit dem Beil auf ihn einschlug. In Wahrheit ist er ein Leser von mir, der mich in diesem Haus aufgesucht hat. Er hat zu mir gesagt, er sei mein größter Fan.

Nun ist er tot.

Ich fürchte, ich hab ihm das Herz herausgerissen.

Sein Herz war ein blutiger Klumpen, den ich im Kühlschrank aufbewahrt habe.

Ich habe die Kontrolle verloren. Ich kann nicht mehr auseinanderhalten, was ich tat und was Maria zuzuschreiben ist. Der mordenden Maria, meinem bösen Ich.

Es gibt nur eine einzige Erklärung: Maria Wohlleben ist niemand anders als ich selbst.

Nach wie vor fühle ich mich von dem Insekt verfolgt. Es ist noch immer nicht tot. Und manchmal glaube ich, es existiert nur in meinem Kopf.

Ich habe Angst. Besonders vor Männern. Sie werfen mir anzügliche Blicke zu. Manch einem hängt ein schwarzer Rüssel im Gesicht. Manch einer hat tellergroße Augen. Sie starren mich an.

Ich bin niemals sicher vor dem Insekt. Es gibt keine Erlösung.

Was ist Wirklichkeit? Und was spielt sich bloß in meinem Kopf ab?

Die Porzellanpuppe hockt neben der Leiche und starrt mich an. Sie hat verschieden blaue Augen. Ihr Lächeln ist kalt. Und sie schweigt. Aber noch vor zwei Tagen habe ich ihre Stimme vernommen: Bring ihn um. Bring ihn um. Er ist es. Schlag zu, schlag ordentlich zu. *Ihre Stimme ist so krächzend, dass es mich schaudert. Sie hat die Stimme eines alten Mannes.*

Ich lasse sie zurück.

Es tut mir unendlich leid, was ich getan habe. Aber ich fürchte, sie wird wieder zu mir sprechen. Sie hat große Macht über mich. Dagegen komme ich nicht an.

Mein Name ist Maria Wohlleben. Mein Name ist Luna Moor.

Es ist Zeit für mich zu gehen.

VIERUNDDREISSIG

Er stellte ihr die Tasse mit dem dampfenden Tee hin. Danach schnappte er sich wieder das Beil.

»Bist du fertig?«

Sie ließ den Stift sinken und nickte. Er nahm sich die handbeschrifteten Papiere und las ihre Zeilen durch. Starr vor Angst saß sie am Tisch und beobachtete ihn dabei.

Schließlich blickte er sie an. »Das ist sehr schön geworden, Luna. Wirklich herzzerreißend. Und nun brauchen wir noch einen publikumswirksamen Abgang für dich. Die Presse soll darüber berichten: DIE LETZTEN STUNDEN DER LUNA MOOR.«

Er legte die Papiere neben ihren Laptop.

»Ich hab mir gedacht, dass du dich auf dem Dachboden erhängst. Nur keine Sorge, ich helfe dir dabei. Hab schon einen Strick für dich ausgesucht. Er liegt oben bereit.«

»Bitte …«

»Ist doch irgendwie stimmig, oder? Man findet dich an dem Ort, wo dein Wahnsinn ausbrach, am Schauplatz deines finalen Thrillers, baumelnd an einem Balken.«

Sie schaute auf das Beil in seiner Hand. Er beugte sich zu ihr herab und sagte leise: »Es ist wie damals, als ich dir den Gürtel um den Hals geschlungen habe. Ein langsamer Erstickungstod. So erfüllt sich alles. So schließt sich der Kreis.«

Luna hob die Schultern, ihr Nacken verkrampfte sich.

Blitzartig griff sie nach der Tasse, schnellte hoch und schüttete ihm den heißen Tee ins Gesicht. Er schrie auf, krümmte sich. Das Beil entglitt ihm. Sie packte es mit beiden Händen.

Sie sah das Entsetzen in seinen Augen, als sie mit aller Wucht zuschlug.

Sie traf seinen rechten Oberschenkel. So heftig, dass die Schneide tief in sein Fleisch eindrang. Sie vernahm das schmatzende Geräusch, als sie das Eisen aus der Wunde herauszerrte.

Mit einem gellenden Schrei ging Wieland zu Boden. Ihr Körper bebte. Weg, durchzuckte es sie, raus, nur raus hier!

Sein Schmerzensgeheul dröhnte in ihren Ohren, während sie mit dem Beil in der Hand zur Küchentür stürzte. Sie riss sie auf, rannte durch den Flur. Die Tür zum Hof hatte er abgeschlossen. Der Schlüssel war weg.

Sie holte aus und hieb mit dem Beil auf die Tür ein. Ein Schlag, noch einer und noch einer. Das Holz splitterte.

Da hörte sie ihn in ihrem Rücken. Sie blickte sich kurz zu ihm um. Er hinkte ihr entgegen. Blut sickerte aus seiner Hose.

»Luna!«

Sie schlug auf das Türschloss ein. Einmal, zweimal.

»Luna!«, schrie er erneut.

Das Schloss gab nach.

»Lass das, verdammt noch mal!«

Sie warf sich gegen die Tür. Er machte einen Satz auf sie zu. Riss ihr die Beine weg, als die Tür aus den Angeln flog.

Sie stürzte mit ihm zu Boden. Er griff nach dem Beil. Er

wälzte sich herum, sie zerrten beide daran. Luna hatte die Schneide dicht vor ihren Augen.

Er schrie so laut, dass seine Stimme über den Hof hallte. Plötzlich war er auf allen vieren und entriss ihr das Werkzeug. Er stemmte es hoch. Im letzten Moment kam sie auf die Beine und versetzte ihm einen Fußtritt ins Gesicht.

Er wirbelte zurück, aber das Beil hielt er umklammert. Sie rannte über den Hof.

Sie hörte, wie er ihr folgte, schleppend, hinkend, aber bewaffnet, die Eisenklinge schrammte über die Pflastersteine.

Sie wollte in Richtung Wald fliehen, als er schrie:

»Wenn du abhaust, ist der Junge dran! Ich mach ihn fertig!«

Leon, durchfuhr es sie. Bestimmt war er noch hier. Vermutlich hielt Wieland ihn im Haus gefangen. Sie musste ihn retten.

»Luna!«

Gehetzt blickte sie sich um. Kein Mensch weit und breit. Niemand, der ihr helfen könnte.

Das Auto, dachte sie für einen Moment. Ihr Wagen gleich neben Wielands Volvo. Aber sie hatte die Schlüssel nicht dabei.

Und Leon? Sie durfte keine Zeit verlieren! Musste ihn da rausholen!

Sie schrie um Hilfe, während sie auf die Tür zum Haupthaus zustürmte. Vielleicht hörte sie ja irgendwo ein Spaziergänger. Sie schrie noch einmal. Sie rüttelte an der Klinke, aber auch diese Tür war verschlossen.

Sie rannte den Gartenweg hinunter.

Abermals schrie sie um Hilfe. Versuchte es an der Hintertür. Ebenfalls verriegelt. Sie sah sich um, schnappte sich einen großen Stein und schleuderte ihn in das Küchenfenster.

Schlurfende Schritte, ganz in der Nähe. Ein Schnaufen wie von einem verwundeten Tier.

Sie griff durch das Loch in der Scheibe. Riss sich an den Scherben die Haut auf. Verzweifelt fingerte sie nach dem Fenstergriff im Innern. Sie kam nicht heran.

Sie hörte Wieland brüllen: »Luna, diesmal entkommst du mir nicht!«

Mit dem Ellenbogen zerschlug sie die Reste der Scheibe. Sie verspürte kaum einen Schmerz, sah nur das Blut an ihrem Arm herabrinnen.

Sie stemmte sich auf das Fensterbrett. Scherben schnitten sich in ihre Haut. Sie hechtete in die Küche.

»Leon!«, rief sie.

Sie blickte sich um, hastete in den Flur. Der Router war in Stücke geschlagen. Auch das Festnetztelefon, zerstört. Und ihr Handy hatte Wieland zerbrochen. Sie musste das allein schaffen.

Wo sollte sie anfangen?

Der Dachboden, dachte sie. Wieland hatte von einem Versteck gesprochen. Eigentlich konnte es nur auf dem Dachboden sein. Mein Gott, dann war er wohl schon gestern Abend hier gewesen, als sie mit Leon die Räume durchsucht hatte.

Sie rannte die Treppe hinauf. Etwas schepperte unten, und dann hörte sie ein Krachen. Offenbar war Wieland durch das Küchenfenster hereingekommen. Erneut polterte die Eisenklinge über den Boden. Er schien sich auf dem Stiel abzustützen, das Beil als Krücke zu benutzen.

KLOING, KLOING, KLOING.

Sie hastete weiter die Treppe hoch.

Oben angelangt blickte sie sich um.

»Leon«, rief sie abermals.

Es kam keine Antwort. Dafür hörte sie Wieland auf der Treppe, sein Ächzen, den schlurfenden Gang. Und das Scheppern der Klinge.

KLOING, KLOING, KLOING.

»Leon, wo bist du?«

Sie rannte um die Biegung des Speichers herum.

»Leon!«

Nichts. Nur der Verfolger in ihrem Rücken. Er war jetzt oben.

»Komm her, du Miststück! Du sitzt in der Falle! Los, zeig dich!«

Sie vernahm, wie er sich stöhnend voranschleppte.

Denk nach, denk nach, hämmerte es in ihrem Kopf. Wo könnte Leon bloß sein? Sie hatte doch hier alles schon zigmal abgesucht.

Sie näherte sich der Kammer. Die Tür stand offen. Da waren die Blutspritzer auf dem Boden und an der Wand. Und da hockte die Puppe.

»Luna!«

Sie fuhr herum. Wieland tauchte an der Ecke auf, wo die Vogelscheuche stand.

Er hinkte, die eine Hand auf das Beil gestützt, auf sie zu. Wuchtete Schritt für Schritt das Eisen über den Boden. KLOING, KLOING, KLOING.

Er sah furchtbar aus. Sein verbrühtes Gesicht, rot, voller Blasen, abgeschälte Hautfetzen, ein Auge zugeschwollen.

Er trug kein Hemd mehr. Er hatte es sich in Fetzen gerissen und um seinen Oberschenkel geschlungen, ein behelfsmäßiger Druckverband.

Das Hosenbein war von Blut getränkt.

»Hierher!«, schrie er.

Und sie sah den Strick in seiner anderen Hand.

»Komm her! Na los, mein Püppchen! Lass mich das zu Ende bringen!«

Unbeirrt setzte er seinen Weg fort. Durch die Dachluken fiel das Morgenlicht auf ihn herab. Er zog eine Blutspur hinter sich her.

Sie wusste nicht, wohin. Hinter ihr die Kammer, wo der Dachboden endete. Vor ihr Wieland mit dem Beil und dem Strick.

KLOING, KLOING, KLOING.

Schließlich blieb er schwer atmend stehen und blickte zu einem Balken hinauf.

»Der hier ist gut! Hier sollst du baumeln!«

Auch sie schaute hinauf. War das vielleicht ein Ausweg? Auf den Querbalken klettern! Weg von ihm! Mit dem verletzten Bein käme er nicht hinterher.

Kurz entschlossen machte sie einen Satz, sprang hoch und klammerte sich an dem Längsbalken fest.

Schon kam er näher. »Luna! Keine Tricks!«

Unter Aufbietung all ihrer Muskelkraft versuchte sie, sich an dem Balken hochzuhangeln, während sie die Füße gegen das Holz des Längsbalkens stemmte.

Wieland war dicht hinter ihr. Das Eisen scharrte über den Boden.

KLOING, KLOING, KLOING.

Ihre Füße rutschten ab.

In einer Holzeinkerbung fand sie Halt und stemmte sich weiter hoch.

Da spürte sie den Lufthauch. Er holte mit dem Beil aus.

Sie schwang erst das eine Bein auf den Querbalken, dann das andere. Die Schneide fegte dicht an ihr vorbei.

»Verdammt!«, brüllte er und holte erneut aus.

Sie richtete sich auf. Zitternd vor Angst balancierte sie über den Querbalken. Die Spitze des Beils traf dicht unter ihr auf und donnerte ins Holz. Wieland schrie vor Zorn, während sie weiter nach vorn balancierte.

Wieder schlug er auf den Balken ein.

»Erst den Strick! Ich muss dir den Strick umlegen!«

Sie ging weiter.

Plötzlich hielt sie inne. Sie hatte ein leises Geräusch vernommen. Aber es kam nicht von unten, nicht von Wieland, sondern eher von oben.

Sie drehte sich um und legte den Kopf in den Nacken.

Sie lauschte. Nichts. Nur die schlurfenden Schritte unten und das klirrende Beil.

Während sie ängstlich auf dem Querbalken das Gleichgewicht hielt, sah sie hinauf zur Dachspitze.

Plötzlich hörte sie es wieder, ein gedämpftes Wimmern.

Vor ihr auf dem Gebälk hingen ein paar Sackleinen, die von unten die Sicht versperrt hatten. Darüber befand sich eine Luke, direkt in der Wand über der Kammer. Sie hatte ein Metallschloss mit Klinke.

Wieder krachte ein Beilhieb gegen den Balken, auf dem sie stand. Er vibrierte heftig, und sie geriet ins Schwanken. Nur nicht nach unten schauen.

Sie breitete beide Arme aus und balancierte vorsichtig in die andere Richtung, hin zu der Luke.

Plötzlich war es still.

Wo war Wieland? Wie viel Zeit blieb ihr, um Leon zu retten?

Mit tastenden Schritten ging sie vorwärts.

Schließlich hatte sie die Luke erreicht.

»Leon?«, rief sie.

Ein kaum hörbarer Klagelaut. Sie drückte die Klinke. Verschlossen.

Da war ein anderes Geräusch. Sehr viel lauter. Hinter ihr. Sie drehte sich um und erschrak. Wieland hatte eine Leiter an einen der Längsbalken gestellt. Er begann mit dem Aufstieg. Er stöhnte vor Schmerz, als er sein verletztes Bein von Sprosse zu Sprosse wuchtete und dabei das Beil hinter sich herzog.

Was sollte sie tun? Die Leiter umstoßen, dachte sie. Er stürzt mit der Leiter, und dann bin ich ihn los.

»Gleich hab ich dich!«

Sie balancierte näher an ihn heran. Nun war er schon beinahe oben.

Sie überlegte, ob sie ihm einen Tritt gegen den Kopf verpassen könnte, ohne dabei selbst herunterzustürzen.

Schneller, dachte sie, ich muss es schaffen. Ihr Blick fiel in die Tiefe. Der Schwindel kam jäh. Sie blieb stehen, schwankte.

Da wuchtete er das Beil hoch und schlug auf den Balken ein. Die Schneide traf das Holz dicht vor ihren Füßen, und sie taumelte zurück.

Jetzt stand er oben, zog das verletzte Bein nach, hievte das Beil aus dem Holz heraus und stemmte es in die Höhe.

Sie wich weiter zurück. Nicht fallen. Nicht in die Tiefe schauen. Das Beil nicht aus den Augen lassen. Vorsichtig balancierte sie rückwärts.

»Wieland, bitte«, stammelte sie, »lass uns aufhören, ja? Lass es uns beenden.«

Er schleppte sich näher an sie heran. »Beenden? Kannst du gerne haben!«

»Sei doch vernünftig. Bitte. Wir regeln das unter uns. Keine Polizei. Okay? Ich gebe dir darauf mein Wort.«

Schaum stand vor seinem Mund. Seine Gesichtshaut schälte sich. Mit jedem Schritt sickerte mehr Blut aus den Hemdfetzen, die er sich um die Fleischwunde in seinem Oberschenkel geschlungen hatte.

Wie schaffte er das bloß? Wie hielt er diese Schmerzen nur aus? Seine Augen quollen hervor, er schien voller Adrenalin zu sein.

Er hielt sich besser auf dem Balken als sie. Wieder wurde ihr schwindlig. Sie wandte den Blick nach hinten, schwankte. Rasch schaute sie wieder nach vorn.

Er kam näher und näher, sie wich rückwärtsgehend vor ihm zurück.

Dann hatte sie das Ende des Balkens erreicht, stand mit dem Rücken zu der Wand über der Kammer, über sich die Luke.

Erneut vernahm sie das leise Wimmern dahinter.

Wieland hielt das Beil in beiden Händen. Er keuchte. Sie sah ihm an, dass er seine letzten Kräfte mobilisierte.

»Du willst den Strick nicht? Dann nimm das!«

Mit einem Wutschrei wuchtete er das Beil nach vorn, sie sah die Schneide heransausen, duckte sich und stieß gleichzeitig mit ihrem Gewicht nach vorn. Ihr Kopf traf seinen Unterleib, während das Beil irgendwo über ihr krachend einschlug.

Wieder schrie er. Diesmal voller Entsetzen.

Sie wankte, bebte, dann sah sie, wie er das Gleichgewicht verlor, seine Arme ruderten. Sie richtete sich auf, hatte die Balance wieder.

Doch er stürzte nach unten.

Sie hörte den dumpfen Aufprall.

Danach Stille.

Sie blickte in die Tiefe, drei, vier Meter unter ihr lag er. Sein Kopf verdreht. Die Augen starr.

Er rührte sich nicht mehr.

War er wirklich tot? War sein Genick gebrochen? Sie wartete ab. Nichts geschah. Keine Regung. Und dann sickerte das Blut unter seinem Kopf hervor.

Tot, dachte sie, tot.

Wo war das Beil?

Sie drehte sich um.

Die Schneide steckte in der Holzluke über ihr.

Ohne länger zu zögern, wuchtete sie das Beil heraus und schlug auf die Luke und das Türschloss ein, bis es zerbarst.

Sie warf das Werkzeug hin, riss die Luke auf, zog sich an der Mauerkante hoch und spähte in den Raum dahinter hinein.

»Leon?«

Sein Wimmern kam von unten.

Es brauchte eine Weile, bis sich ihre Augen an das Halbdunkel gewöhnt hatten.

Und dann erkannte sie die Puppen. Einäugig. Aufgereiht in Holzkästen. Sie starrten sie an.

Luna sah die Haare in den Augenhöhlen, abgetrennte Fingernägel. Mädchenfotografien.

Sie sah die Unterwäsche, die Puppenmöbel. Und sie machte die Jungenpuppe aus. Leons Foto dahinter.

Ihr Blick wanderte weiter. Neben den Kästen stand ein Bett.

Darauf lag er.

Gefesselt an den Bettpfosten, sein Mund mit Tape verklebt.

»Alles ist gut, Leon«, rief sie zu ihm hinunter. »Es ist geschafft. Es ist …«

Sie schluchzte auf, rang nach Atem. Ihre Glieder zitterten.

»Es ist vorbei. Das Insekt ist tot. Ich hole dich da raus.«

EPILOG

VIER WOCHEN SPÄTER

Der Schreibtisch im Arbeitszimmer ihrer Wohnung in Berlin-Friedrichshain war leer geräumt. Nur ein dick gefüllter großer Umschlag lag darauf. Braunes Packpapier. Unbeschriftet.

Luna stand am Fenster und blickte ins Geäst der winterkahlen Straßenbäume. Sie fühlte sich leer. Und erschöpft.

Wenn sie die Augen schloss, zuckten Bilder durch ihren Kopf, grässliche Szenen, grell, überbelichtet. Sie musste sich zwingen, die Bildkaskaden zu stoppen. Sie versuchte, ruhiger zu atmen.

Sie presste die Stirn gegen die kühle Fensterscheibe. Das half. Sie zählte in Gedanken rückwärts, von fünfzig bis null. Danach konzentrierte sie sich auf alle blauen Gegenstände im Zimmer. Angeblich sollte sich das beruhigend aufs Zentralnervensystem ausüben, hatte sie erst kürzlich in einem Artikel im Internet gelesen. Sie kam durcheinander, ihr Blick blieb auf den beiden Laptops haften, dem silbernen und dem schwarzen. Sie hatte sie zugeklappt auf den Rollladenschrank gestellt, in dem sie Papiere, Notizen und Druckertoner aufbewahrte, denn in nächster Zeit wurden sie nicht gebraucht.

Das Projekt war beendet. Es war durchgestanden.

Ein Experte hatte die Spyware auf dem schwarzen Computer entfernt, nachdem er von Kriminaltechnikern untersucht worden war.

Schon eigenartig, dass sie ihn überhaupt noch aufbewahrte. Sollte sie ihn wegschmeißen? In Zukunft würde sie jedenfalls nur noch den silbernen Rechner benutzen.

In diesem Moment läutete es an der Tür. Sie ging in den Flur, sah kurz durch den Spion und öffnete.

»Leon!«

Sie war erfreut, ihn endlich wiederzusehen. Schon den ganzen Vormittag über war sie wegen des bevorstehenden Treffens mit ihm aufgeregt gewesen.

»Hallo«, murmelte er, stellte seinen Schulrucksack ab, zog seine Jacke aus und hängte sie an den Garderobenhaken, während sie die Tür hinter ihm schloss.

»Möchtest du was trinken? Ein Wasser? Einen Kaffee? Einen Kakao?«

Er schüttelte nur den Kopf.

Sie ging mit ihm ins Arbeitszimmer. Er blickte sich kurz um, dann ließ er sich auf ihrem zerknautschten Ledersofa nieder.

Sie zog sich einen Stuhl heran, setzte sich und versuchte in seinem Gesicht zu lesen. Er sah erwachsener aus als noch ein paar Wochen zuvor. Seine Wangen waren schmaler geworden, das Kinn spitzer. Die Augen waren umschattet, das rötlich braune Haar hing ihm in der Stirn.

»Wie geht es dir?«, fragte sie.

»Ganz gut.«

»Bist du direkt von der Schule hierhergekommen?«

»Ja. Anna weiß nicht, dass ich hier bin.«

»Deine Mutter ist noch immer wütend auf mich, oder?«

Er verzog den Mund und machte eine Geste des Bedauerns. »Ziemlich.«

»Ich würde gern mit ihr sprechen. Aber sie ruft nicht zurück, wenn ich eine Nachricht auf ihrer Mailbox hinterlasse.«

»Sie sagt, du hättest mich niemals in dieses Haus mitnehmen dürfen.«

Sie schwiegen eine Weile. Danach sagte Luna: »Es war ein Fehler von mir. Und es tut mir unendlich leid. Ich habe Anna das sogar in einem längeren Brief zu erklären versucht, aber auch der blieb unbeantwortet.«

»Es war kein Fehler. Nur ein bisschen fahrlässig vielleicht. Es ist okay für mich, Luna, wirklich.«

»Wie ist die Stimmung bei euch zu Hause?«

»Eher schlecht. Und jetzt auch noch die Sache mit Bob.«

»Was ist denn mit ihm?«

»Es ist vorbei.«

»Deine Mutter ist nicht mehr mit ihm zusammen?«

Er schüttelte den Kopf.

»Aber das erleichtert dich doch, oder? Du mochtest den Typen nicht.«

»Stimmt. Aber… sie ist… noch schlechter drauf seitdem… Ich kann ihre Selbstvorwürfe nicht mehr hören… dass sie mich mit dir allein gelassen hat… Was mir alles hätte zustoßen können… Ich in den Händen eines Psychopathen und du eine Egoistin, der man nicht einmal für zwei Wochen einen Fünfzehnjährigen anvertrauen kann.«

»Sie hat ja recht damit. Es *war* unverantwortlich von mir.«

»Wie auch immer. Ich hoffe, sie kriegt sich wieder ein.«

»Das hoffe ich auch. Lass ihr ein bisschen Zeit, okay?«

»Hmm.«

»Auch wenn es ein Fehler von mir war… Ohne dich hätte ich es nicht geschafft.«

Sie blickten sich an.

»Mein Gott, Leon, ich bin so froh … dass du … halbwegs unbeschadet da rausgekommen bist.«

»Schon okay.« Kaum hörbar fügte er hinzu: »Der Scheißkerl ist tot. Das ist die Hauptsache.«

»Kannst du nachts schlafen?«

Er nickte. »Manchmal träume ich von den Puppen. Und von dem Zeug, das er in ihre Augenhöhlen gestopft hat.«

Sie erhob sich aus ihrem Stuhl und setzte sich zu ihm auf das Sofa. Sie schlang die Arme um ihn. »Es tut mir so leid, Leon.«

»Du kannst doch nichts dafür«, murmelte er dicht an ihrem Ohr. »Wie solltest du ahnen, dass er bei uns ist. So nah. Direkt unterm Dach. In dieser letzten Nacht.«

»Es war grausam.«

»Ja.«

»Wir haben es geschafft. Du und ich.«

Er strich mit der Hand über ihren Rücken.

Luna dachte an die unzähligen Vernehmungen auf dem Polizeirevier. Wieder und wieder hatte sie ihre Geschichte erzählen müssen. Einmal war sie Leon und seiner Mutter im Flur begegnet. Anna, übernächtigt, im Jetlag, gerade heimgekehrt aus den USA, hatte ihr empörte Blicke zugeworfen. Und kein Wort mit ihr gesprochen.

Sie rückte ein kleines Stück von ihm ab.

»Wie kommt *du* denn klar?«, fragte er. »Schlafwandelst du noch?«

»Ich glaube nicht.« Sie versuchte zu lächeln. »Ich wache jedenfalls morgens immer in meinem Bett auf. Und nicht irgendwo auf der Straße oder sonst wo.«

Leon nickte ihr zu.

Es war gut, dass er bei ihr war. Gut, mit ihm zu sprechen.

Sie hatte ja sonst niemanden. In diesem Moment wurde ihr bewusst, dass Anna ihre einzige richtige Freundin war. Und ausgerechnet jetzt zog sie sich von ihr zurück.

»Gibt es die Agentur eigentlich noch?«, fragte er.

»Nein, sie wurde aufgelöst. Ich hoffe, dass die Mitarbeiterinnen irgendwo anders unterkommen. Sie waren alle völlig geschockt. Kein Wunder. Der angesehene Literaturliebhaber Wieland Kühn, entlarvt als Mörder und Kinderschänder.«

Luna musste an Barbara Münzer denken. Auch ihr war sie im Flur des Kommissariats begegnet. Eine verhärmte hagere Frau, ähnlich verbittert wie ihre Schwester.

Sie hatte steif und fest behauptet, an dem Kind, für das Ursula die Vormundschaft übernommen hatte, sei ihr niemals etwas Ungewöhnliches aufgefallen. Seine Vorliebe für Porzellanpuppen und diese Gasmaske waren ihr angeblich unbekannt. Überhaupt habe sie selten mit ihrer Schwester über den Jungen gesprochen.

Wieland war tabu bei den Geschwistern Münzer. Das schwarze Schaf unter ihnen.

»Die Zeitungen sind voll davon«, sagte Leon.

»Du liest regelmäßig Zeitung?«

»Na ja«, er errötete leicht, »zumindest die Artikel, die unseren Fall betreffen.«

»Unseren Fall.« Sie lächelte schwach.

»Ich hab alles darüber gelesen. Die Morde an Ursula Münzer und Tobias Schmidt sind eindeutig Wieland Kühn zugeschrieben worden. Außerdem haben die Ermittler…«, er schluckte, »… aber das weißt du sicherlich schon längst… zwei skelettierte Mädchenleichen im Berliner Umland gefunden. Sie gelten als Opfer des Insekts.«

»Ich weiß. Es gab entsprechende Hinweise in Wielands

Wohnung. Nach den Überresten des dritten Mädchens suchen sie noch.«

Wieder dachte sie an die schier endlosen Vernehmungen auf dem Polizeirevier in Frankfurt/Oder. Auch der Fall ihrer Verschleppung im Sommer 2003 war noch einmal komplett aufgerollt worden.

»Es ist furchtbar«, sagte sie.

»Ja, aber jetzt ist es vorbei. Er wird niemandem mehr etwas antun können.«

»Gott sei Dank.«

Er musterte sie. »Was ist mit deinem Buch?«

»Deswegen habe ich dich ja hergebeten.« Sie stand auf und ging zum Schreibtisch. Sie nahm den schweren Umschlag in die Hand. »Ich habe beide Dateien zusammengefügt.« Sie deutete auf die zwei Laptops. »Die eine stammt von dem überwachten Rechner, darin geht es um Maria Wohlleben, und die andere handelt von mir. Und von dir natürlich. Meinem Begleiter und Beschützer. Ich habe das Buch gestern Abend beenden können. Es ist fertig. Heute Morgen habe ich das vollständige Manuskript für dich ausgedruckt. Hier drin ist es.«

Auch er stand auf. »Du hast wirklich … Ich komme in deinem neuen Buch vor?«

Sie nickte. »Nicht einmal deinen Namen habe ich geändert. Wenn dir das überhaupt recht ist.«

Er sah sie nur an.

»Du kannst es als Erster lesen. Das wünsche ich mir sogar. Ich hab es dir doch versprochen. Weißt du noch?«

»Natürlich. Wir standen im Garten vor diesem Nussbaum. Du hast mir verboten, das Haupthaus zu betreten.«

»Was du dann doch getan hast.«

Er lächelte. »Na klar.«

Sie blickten sich an.

Abermals errötete er. »Und dann hab ich gesagt, in deinem Buch geht es bestimmt um eine Frau, die so cool ist wie du.«

Sie lächelte. »Das war sehr lieb von dir, Leon. Und danke, dass du für mich da warst. Auch wenn Anna mich deswegen verurteilt, du hast mir unendlich geholfen. Ohne dich hätte ich es nicht geschafft.«

Sie hielt ihm den Umschlag hin.

»Bevor ich den Text meinem Verlag schicke, wüsste ich gern deine Meinung darüber.«

»*Meine* Meinung?«

»Ja. Ob es dir gefällt.«

»Das ist …« Er nahm den Packen in die Hand. »Wow, ich bin … dein allererster Leser?«

Sie nickte. »Wir können uns nächste Woche treffen, und dann sagst du mir, was du davon hältst, okay?«

»Oder gleich morgen!«, rief er. »Ich lese es noch heute Nacht. Ich lese es in einem Zug durch.«

»Vergiss die Schule nicht.«

»Scheiß was auf die Schule!«

Sie lachte. »Ruf mich einfach an, wenn du damit fertig bist.«

»Okay. Danke, Luna.«

Er umarmte sie und drückte ihr einen Kuss auf die Wange. Sie empfand ihn als recht intensiv. Ziemlich lang für einen Freundschaftskuss, und darum löste sie sich von ihm.

Sie blickten sich eine Weile verlegen an, danach begleitete sie ihn zur Tür. Er hatte sich schon die Jacke angezogen, den Rucksack aufgesetzt und den Umschlag unter den Arm geklemmt, als er plötzlich innehielt.

»Was ist eigentlich mit der Puppe? Hast du sie noch?«

Ihr stockte für einen Moment der Atem. »Ja. Ich hab es nicht fertiggebracht, sie wegzuschmeißen.«

Er senkte die Stimme. »Wo ist sie?«

»In meinem Kleiderschrank.«

»Bei dir im Schlafzimmer?«

»Ja. Wieso fragst du?«

»Sie hat dir geholfen«, sagte er. »Ohne die Puppe hättest du das Insekt niemals enttarnt.«

»Vergiss sie, Leon. Du solltest nicht mehr an sie denken.«

Sein Herz klopfte wie wild. Er war gerade mal ein paar Stufen hinuntergegangen, da zog er schon das Manuskript aus dem Umschlag hervor.

Die Puppe
Von Luna Moor

stand auf der ersten Seite. Aufgeregt blätterte er um.

Für Leon

war in ihrer Handschrift auf dem nächsten Blatt vermerkt. Sein Herz klopfte noch schneller. Er nahm sich die nächste Seite vor.

Er setzte sich auf die Treppenstufe und las. Und plötzlich begann das Abenteuer von vorn.

Es war ihr gemeinsames Abenteuer. Er war bei ihr.

Er begleitete Luna an einen Waldsee, einige Kilometer außerhalb von Berlin. Und er wollte sie beschützen. Bei jedem Schritt, den sie tat.

Ihm war, als spräche sie leise zu ihm, als er die ersten Zeilen ihrer Geschichte in sich aufsog:

Ich war sechzehn. Von den Jungs in meiner Schule, die mich nicht beim Namen kannten, wurde ich das Mädchen mit der Porzellanhaut genannt. Mein Haar war tiefdunkel, meine Taille schmal, und den Blick aus meinen kristallblauen Augen fanden manche aus meiner Klasse zu rätselhaft, auf andere hingegen übte er einen gewissen Reiz aus.

Es war im Sommer 2003, als ich aus einer spontanen Laune heraus nach der Schule nicht gleich nach Hause fuhr, sondern am Bahnhof Gesundbrunnen die U-Bahn verließ und in die S-Bahn Richtung Bernau umstieg.

Vor Kurzem hatte ich eine Gegend im Umland Berlins entdeckt, die in meinen Augen von beinahe magischer Schönheit war. Idyllisch, still, fernab vom Trubel der Großstadt, der perfekte Ort zum Nachdenken und Alleinsein.

Es war kurz nach Mitternacht. Luna lag auf ihrem Bett. Sie konnte nicht schlafen. Es war nicht nur dieses dumpfe Gefühl der Erschöpfung, das sie überkam, wenn sie gerade ein Buch beendet hatte. Nein, diesmal plagte sie auch ein Ziehen im Bauch, ein empfindlicher Schmerz.

Wie ein Vorbote. Eine Ahnung von Unheil.

Warum nur?, fragte sie sich. Es war durchgestanden. Das Insekt war tot. Das Buch beendet. Hatte sie womöglich etwas übersehen?

Sie wälzte sich auf die Seite. Versuchte es wieder mit Rückwärtszählen. Stellte sich alle blauen Gegenstände im Zimmer vor. Blau, dachte sie, blau ist beruhigend.

Aber blau war auch …

Sie verwarf den Gedanken. Sie dachte an Leon. Und an Anna. Es war absolut erforderlich, sich mit ihr auszusöhnen. Ihre Freundschaft zu retten.

Endlich war sie dabei einzuschlafen. Ein Geräusch ließ sie aufhorchen. Ich träume nur, dachte sie. Das alles ist bloß ein Traum.

Sie warf sich auf dem Bett herum.

Plötzlich riss sie die Augen auf, versuchte, sich im Halbdunkeln zu orientieren. Schweiß stand auf ihrer Stirn. Ihr Herz hämmerte.

Ich will das nicht, will das nicht, durchfuhr es sie, es ist nur ein Traum.

Sie richtete sich auf.

Da war das Geräusch wieder. Ein Knarren. Die Schranktür. Sie öffnete sich.

Ein Albtraum, dachte sie, mehr nicht.

Ihr Blick fiel auf die Puppe. Sie hockte im Schrank. Ihre Augen, verschieden blau, funkelten sie an.

Und dann sprach ihre krächzende Stimme zu ihr: *Du träumst nicht, Luna Maria. Du bist wach. Hellwach wie ich.*